rororo

Zu diesem Buch

Seit 8 Jahren, 6 Monaten und 11 Tagen ist Ben Forbes trocken. Nun fühlt er sich stark genug, dem Dämon der Vergangenheit zu begegnen. Zunächst trifft er im legendären «Algonquin»-Hotel eine alte Liebe. Doch Diane weiß nicht so recht, was sie von Ben halten soll, nachdem ihn die Anonymen Alkoholiker bekehrt haben. Sie fühlt sich angezogen und abgestoßen zugleich. Doch bevor die Hormone über den Intellekt siegen, passiert hinter der Badezimmertür das Unfassbare. Diane liegt nackt auf dem Boden, in einem Meer von Blut. Der Schock treibt Ben ins Irrationale, er lässt die Leiche aus Zimmer 612 beseitigen und damit zu einem Fall für die Cops werden. Panik ergreift von Ben Besitz wie ein schleichendes Nervengift. In seiner Verzweiflung sucht er Halt bei einem Meeting der New Yorker AA. Dort lernt er die rothaarige Nora kennen und vertraut ihr seine abstruse Geschichte an. Das hätte er nicht tun sollen, denn nun beginnt ein Martyrium, das einem Fegefeuer der Verderbnis gleicht.

«Mich interessiert nicht, wie Menschen abgeschlachtet werden. Aber ich finde es interessant, was mit Menschen passiert, die an einem Mord beteiligt sind: Tätern, Opfern, Ermittlern», sagt der 1943 in New Mexico geborene Jerry Oster, den die *New York Times* als den besten Krimiautor der letzten Jahre bezeichnete. Für seinen Kriminalroman «Sturz ins Dunkel» (Nr. 3303) wurde ihm 1999 der *Deutsche Krimipreis* verliehen.

Jerry Oster

Versuchung in Rot

Roman

Deutsch von
Jürgen Bürger

Rowohlt Taschenbuch Verlag

Originalausgabe
Veröffentlicht im Rowohlt Taschenbuch Verlag GmbH,
Reinbek bei Hamburg, Juni 2000

Umschlaggestaltung: Notburga Stelzer
Foto: photonica/Toshi Sasaki
Satz Berling PostScript, PageOne
Gesamtherstellung Clausen & Bosse, Leck
Printed in Germany
ISBN 3 499 22808 4

1

«Und woher kommen Sie, Sir, wenn ich fragen darf?» Der Fahrstuhlführer behielt den Blick auf die Anzeigetafel über der Tür gerichtet.

«Aus North Carolina», entgegnete Bennett Forbes. «Chapel Hill.»

«Dann sind Sie so ein Wetter ja gewohnt.»

«Heute Morgen um fünf waren's siebenundzwanzig Grad.»

«Siebenundzwanzig Grad morgens um fünf?»

«Ja.»

In der fünften Etage wurde der Fahrstuhl langsamer und hielt auf der sechsten. Der Fahrstuhlführer betätigte den Hebel, um die Tür zu öffnen. «Sechs-zwölf finden Sie am Ende des Ganges auf der rechten Seite, Sir. Ich wünsche einen angenehmen Aufenthalt.»

«Ich danke Ihnen. Schönen Tag noch.»

«Ich danke *Ihnen*, Sir.»

Der Zimmerschlüssel war eine Karte mit Magnetstreifen und das Zimmer so klein, dass er sich seitlich am Bett vorbeischieben musste, um hineinzukommen. Das Fenster bot einen Blick in einen Lichtschacht ohne auch nur die geringste Spur von Himmel.

Der Hoteldiener hatte sein Gepäck auf ein Klappgestell neben der Kommode gelegt. Forbes öffnete den Koffer und legte seine Kleidung in die Kommode, Socken und Unterwäsche in eine Schublade, Hemden in eine andere, eine Jeans und ein T-Shirt in eine dritte. Er nahm seine schwarzen Nikes aus einer Plastiktüte von Gap und stellte sie auf den Boden des Schrankes. Seinen Kulturbeutel brachte er ins Bad, faltete die Plastiktüte ordentlich zusammen und legte sie in den Koffer, zog den Reißverschluss des Koffers zu und verstaute ihn im Kleiderschrank. Das Koffergestell klappte er zusammen und räumte es in den Schrank.

Er hörte das *Bing* des Fahrstuhls und die Stimme des Fahrstuhlführers, der jemandem den Weg erklärte. Er warf einen Blick in den Spiegel an der Schranktür, nahm einen Kamm heraus und kämmte sich. Danach zog er den Knoten seiner Krawatte stramm und rückte sie gerade.

Sie klopfte an seine Tür.

Er machte auf.

«Du hast dich nicht verändert», sagte sie.

«Zum Glück doch.»

Sie küssten die Luft neben ihren Ohren, erlaubten eine leichte Berührung ihrer Wangen und machten leise Geräusche mit den Lippen.

«Komm rein», sagte Forbes.

Sie stand am Fußende des Bettes und drehte sich einmal langsam im Kreis, hielt den Kopf dabei auf eine Seite geneigt, registrierte alles, als befände sie sich in einem Zimmer in Versailles oder dem Taj Mahal. «Das Algonquin», sagte sie und sah ihn an.

«Ja.»

«Glaubst du, dass in diesem Zimmer schon mal eine Berühmtheit übernachtet hat?»

«Du siehst super aus, Diane. Schön, dich zu sehen.»

Sie drückte ihr Kinn auf die Brust und blickte zu Boden. Dann schaute sie ihn wieder an. «Schön, dich zu sehen.»

Er sah auf seine Armbanduhr. «Ich habe für halb acht einen Tisch im Un Deux Trois bestellt. Nimm einen Moment Platz. Wir haben noch Zeit, bevor wir gehen.»

Sie ließ ihre Umhängetasche, schmal und aus Leder, von der Schulter gleiten und einen Augenblick an dem langen, dünnen Riemen baumeln, während sie überlegte, wohin sie sie legen sollte. Sie hängte sie an den Knauf der Badezimmertür. Sie setzte sich auf den Stuhl, er auf die Bettkante.

Kurzes Schweigen zwischen Smalltalk und Ernsthafterem.

«Ich freue mich, dass du gekommen bist, Diane. Ich habe dich schlecht behandelt.»

Sie lächelte. «Du hast mich nicht schlecht behandelt. Du hast mich wie ein Stück Scheiße behandelt.»

Er zuckte zusammen. «Tut mir Leid. Ich habe damals viel getrunken. Jetzt nicht mehr. Schon seit acht Jahren nicht. Seit acht Jahren, sechs Monaten und elf Tagen.»

Sie legte den Kopf schief. «Wirklich? Glückwunsch. Du warst widerwärtig, wenn du getrunken hast.»

«Ich habe pausenlos getrunken.»

«Du warst immer widerwärtig ... am Ende, wenigstens.»

«Ich habe dein Tagebuch gelesen ... dein Journal, wie du's genannt hast.»

«Du hast es gelesen?»

«Du hast es in deiner Nachttischschublade aufbewahrt, und ich habe nicht eine einzige Nacht in deiner Wohnung verbracht, ohne darin zu lesen. Wenn du unter der Dusche warst. Oder telefoniert hast. Ich war eifersüchtig – eifersüchtig auf die Männer, die du kanntest, eifersüchtig auf die Freunde, die du hattest, schlichtweg eifersüchtig. Ich habe nach Dingen gesucht, derentwegen ich eifersüchtig sein konnte, und ich habe sie auch gefunden. Es tut mir Leid.»

Sie starrte ins Nichts. «Du hast mein Journal gelesen», sagte sie tonlos.

«Tut mir Leid. Es tut mir auch Leid, dass ich dich geschlagen habe. Dich geohrfeigt habe. Soweit ich mich erinnere, zweimal. Ich hoffe, es war nicht öfter. Es gibt dafür keine Entschuldigung. Ich wollte, dass du jemand warst, der du nicht sein konntest. Wenn du warst, wie du warst, bin ich wütend geworden. Es tut mir Leid.»

Sie berührte ihre Wange leicht mit der Spitze ihres Mittelfingers. «Ich erinnere mich an zwei Mal.»

«Ich bedauere die Lügen, die ich dir aufgetischt habe. Ich habe dauernd gelogen. Das konnte ich gut. Ich habe nicht nur gelogen, um mich ab und zu aus der Affäre zu ziehen, ich habe reflexiv gelogen, fundamental. Nur als Beispiel: Ich habe keinen Bruder.»

Sie lachte, aber nicht aus Belustigung, sondern aus schierer Fassungslosigkeit. «Du hast keinen?»

«Ich hab keinen.»

Sie rutschte nervös auf dem Stuhl hin und her. «Dann hatte er auch keine Kinderlähmung und du hast ihn nicht überallhin getragen. Durch die Korridore der Schule, in den Park, ins Museum.» Sie lachte wieder. «Gott, was für ein Trottel.» Sie meinte sich.

«Tut mir Leid, Diane. Ich kann dir die Lügen nicht erklären. Sie waren Teil meiner früheren Persönlichkeit. Es tut mir Leid.»

Sie schlug die Beine übereinander und legte einen Ellbogen auf ihr Knie. Sie senkte den Kopf und stützte die Stirn auf dem Handballen ab. «Ich bin auf einmal schrecklich müde.»

«Gib Di Foxx 'nen Gutenachtkuss?»

Ohne den Kopf zu heben, schaute sie zu ihm auf. «Was?»

«Das hast du früher immer gesagt. Dafür hab ich dich geliebt. Wenn du müde warst, aber noch nicht richtig bettreif. Auf dem Nachhauseweg in der U-Bahn oder in einem Taxi. Du hast dann deinen Kopf an meine Schulter gelehnt und gesagt: ‹Du darfst Di Foxx 'nen Gutenachtkuss geben.›»

Sie setzte sich gerade hin und presste die Knie zusammen, als wäre sie bei einem Vorstellungsgespräch. «Bist du wirklich den ganzen weiten Weg gekommen, nur um dich bei mir zu entschuldigen?»

«Ich möchte auch noch verschiedene andere Leute treffen, aber, ja, genau deshalb bin ich hier.»

«Andere Verflossene?»

Er schüttelte den Kopf. «Jim Levin. Erinnerst du dich noch an Jim?»

Sie nickte. «Ich sehe ihn ab und zu. Er wohnt in meinem Viertel. Er hat inzwischen eine Tochter. Sie ist drei oder vier.»

«Vier, soweit ich weiß.»

«Ich glaube nicht, dass er sich noch an mich erinnert. Er geht einfach vorbei.»

«Er erinnert sich an dich. Ich habe ihm gesagt, dass wir uns treffen. Er hat sich darüber gefreut. Er findet auch, dass ich dich schlecht behandelt habe.»

«Dann sind wir ja schon drei.»

«Du bist sauer.»

«Wen noch?»

«Mit wem ich mich noch treffe?»

Sie zuckte gereizt mit einem Bein. «Ja.»

«Keinen, den du kennst. Ein alter Arbeitskollege vom Magazin, ein Typ, mit dem ich auf dem College war. Vielleicht treffe ich mich auch mit Bruce Norman, meinem ehemaligen Therapeuten. Auch er hat sich gefreut, als er hörte, dass wir uns sehen.»

«Alle freuen sich. Tja, du kannst ihnen sagen, die Sache ist erledigt. Du kannst mich abhaken.»

«Du *bist* sauer.»

«Was spielt das schon für eine Rolle?»

«Keine. Es ist dein gutes Recht. Aber … Aber … Das ist alles …»

Sie schwieg. Und dann: «Ich bin enttäuscht. Ich dachte … Ach, Scheiße, ist auch egal, was ich dachte. Ich habe mich eben verdacht.»

«Es läuft nicht so gut bei dir? Mit deinem Mann?»

Sie schüttelte den Kopf und umklammerte mit beiden

Händen die Sitzfläche des Stuhls, drückte die Arme durch, als wollte sie eine gymnastische Übung machen.

«Tut mir Leid.»

Sie ließ die Sitzfläche los, schlug die Beine wieder übereinander und legte einen Arm über die Rückenlehne des Stuhls. Sie hatte Tränen in den Augen und lächelte affektiert. «Und du? Glücklich verheiratet?»

«Ich habe gelernt, dass man dafür arbeiten muss. Ich habe zu arbeiten gelernt.»

«Leck mich doch, Ben. Scheißkerl. Du kannst nicht einfach so wieder in meinem Leben aufkreuzen und damit prahlen, dass du jetzt trocken bist und glücklich verheiratet und deinen Scheiß auf die Reihe bekommen hast, und davon ausgehen, ich würde dir das nicht krumm nehmen.»

Er seufzte. «Ich prahle nicht. Ich bin hier, um mich zu entschuldigen – das ist alles. Es tut mir Leid, dass es nicht klappt.»

Sie beugte sich vor, die Ellbogen auf den Knien, die Handballen auf die Augen gepresst. «Ich habe schreckliche Kopfschmerzen.»

Er berührte ihre Schulter. «Willst du ein Aspirin?»

Sie stand so unvermittelt auf, dass sich ihre Köpfe streiften. Sie ging ins Bad und schloss die Tür. Wasser lief im Waschbecken, dann in der Wanne. Der Wasserstrom gluckerte, als sie auch noch die Dusche anstellte.

Ben Forbes stand am Fenster und blätterte in einem *New Yorker*. Er setzte sich auf die Bettkante. Er setzte sich auf den Stuhl. Er trat vors Fenster und schaute hinaus. Er nahm die Illustrierte in die Hand und warf sie wieder hin. Er griff erneut danach und blätterte. Er sah sich Cartoons an, die er bereits kannte. Er begann, eine Theaterkritik zu lesen, die er bereits angefangen, aber nicht zu Ende gelesen hatte. Er las sie auch jetzt nicht zu Ende. Er warf die Illustrierte hin. Er klopfte an die Badezimmertür.

«Diane? … Diane? … Di*ane!*»

Er öffnete die Tür einen Spaltbreit. «Diane?»

Er drückte gegen die Tür, doch sie war blockiert. Er lehnte sich dagegen. «*Diane!*»

Er drückte sie weit genug auf, um sich hineinzwängen zu können. Diane Foxx lag der Länge und mit dem Gesicht nach unten auf den Bodenfliesen. Ihre Kleidung war um sie herum verstreut, überall um ihren Kopf Blut, das aus der aufgeschlagenen Stirn quoll.

2

Joe Cullen machte Überstunden im Revier Midtown West, erledigte liegen gebliebenen Papierkram und beteiligte sich anschließend an einer Diskussion zwischen Truelove und Bernstein über die Verdienste von Ella Fitzgerald. Bernstein behauptete, sie sei eine Diva gewesen, Truelove konterte, keine Diva würde «A Tisket, A Tasket» singen. Bernstein fragte Cullen nach seiner Meinung und Cullen antwortete, er höre in letzter Zeit viel Mary Lou Williams.

Als Cullen zu seinem Subaru ging, holte Truelove ihn ein. «Hast du das gerade über Mary Lou gesagt, weil du mich anbaggern willst?»

Das wollte er allerdings – jeder wollte das; Truelove war überaus attraktiv – aber er wusste – jeder wusste –, dass Truelove lesbisch war. «Du bist meine Lieblingssängerin, Jan.» Sonntags und montags sang Truelove Blues und Jazz im Rocky's an der Second Avenue, und vier- oder fünfmal im Jahr ging Cullen zu ihrer Sonntagsmatinee.

Truelove berührte seinen Unterarm. «Du weißt, wie sehr ich mich darüber freuen würde, wenn du in den Club kommst, Joe.»

«Wie geht's Mabel?», fragte Cullen. Trueloves Partnerin, Mabel Segura, hatte Gebärmutterkrebs und machte gerade eine Chemotherapie.

«Sie besiegt ihn», sagte Truelove, «aber er landet auch ein paar Treffer. Ich weiß, ich dürfte eigentlich gar nicht wissen, dass ihr zwei im gleichen Programm seid, aber du sollst wissen, dass sie trocken bleiben will.»

«Ich habe ein schlechtes Gewissen, dass ich sie immer noch nicht besucht habe», sagte Cullen. «Ich steck bis über beide Ohren in Arbeit.»

«Besuch sie nicht», sagte Truelove. «Aber ruf sie an.»

Cullen beschloss, für den Anfang erst einmal zum 10-Uhr-Meeting ins McBurnery YMCA zu gehen, ein Treffen, von dem er wusste, dass Mabel es häufig besuchte. Er rechnete nicht damit, sie dort zu treffen, aber er würde ihre Gegenwart spüren.

In dem Meeting ging es jeweils um einen der zwölf Schritte der Anonymen Alkoholiker, und nach der gemeinsamen Lesung teilte man sich in zwei Gruppen, von denen sich an diesem Abend die eine mit dem dritten und die andere mit dem neunten Schritt beschäftigte. Cullen gesellte sich zu den Neunern, natürlich nicht nur, um Michelle mit dem Gesicht einer Renaissancemadonna gegenübersitzen zu können. Der Stuhl rechts neben Cullen war leer, zu seiner Linken saß ein Mann, der sich als Ben vorgestellt hatte und behauptete, von außerhalb zu kommen. Ben schaute immer wieder auf die Uhr.

An der Diskussion beteiligte sich einer nach dem anderen, und als die Reihe an Cullen kam, sagte er: «Ich heiße Joe. Ich bin Alkoholiker.»

«Hi, Joe.»

«Es tut gut, hier zu sein. Ich komme nicht oft zu diesem Meeting. Ich bin heute hier, weil ich zum einen schon seit mehreren Tagen bei keinem Meeting mehr war und zum anderen wegen einer Freundin von mir, die, das glaube ich wenigstens, mehr oder weniger regelmäßig herkommt. Mabel.» Er betonte es wie Mabel, eine Costa-Ricanerin, es aussprach: *Mah-BELL*.

«Mabel ist krank, ich vermute, das wisst ihr. Ich hab mich eine ganze Weile nicht bei ihr gemeldet und nicht auf dem Laufenden gehalten, wie's ihr geht und so weiter. Das ist nichts Neues bei mir. Ich hab's schon immer gehasst, wenn meine Exfrau und meine Kinder krank wurden. Normalerweise bedeutete das nämlich, dass ich weniger trinken musste. Mir war nicht klar, dass ich hier in ein Neuner-Meeting gerate, aber es ist gut so, denn ich habe was gutzumachen bei Mabel, und ich hoffe, dass mein Kommen ein Anfang ist. Danke.»

Ben sah auf seine Uhr. Er richtete sich auf. Er beugte sich vor und legte die Ellbogen auf die Oberschenkel. «Ich heiße Ben. Ich bin Alkoholiker.»

«Hi, Ben.»

«Ich, äh … Wie ich schon sagte, ich bin nur zu Besuch in der Stadt. Ich habe jahrelang in New York gelebt. Sechsunddreißig Jahre. Ich …» Er räusperte sich. Er beugte sich vor. Er setzte sich gerade hin. «Dieser Raum. Ich weiß nicht, wann das geändert wurde, aber früher war das hier mal die Cafeteria des Y.»

Ein paar der Älteren nickten.

«Die Fliesen sind unvergesslich.»

Alle lachten. Die maurischen Fliesenimitate waren irgendwie schrill.

«In den Siebzigern, den frühen Achtzigern, neunzehnsiebzig bis fünf- oder sechsundsiebzig, habe ich werktags praktisch jeden Morgen in diesem Raum verbracht und war meistens damit beschäftigt, meinen Kater loszuwerden. Um sieben, wenn sie hier aufmachten, bin ich rauf in die Trainingshalle. Ich habe dann Squash gespielt oder bin gejoggt, ich habe Gewichte gestemmt, ein Dampfbad genommen oder bin in die Sauna gegangen. Gegen acht bin ich dann hier runter, habe Rühreier mit Schinken verputzt, ein paar Zigaretten geraucht, Zeitung gelesen, drei oder vier Tassen Kaffee getrunken, und gegen neun war ich dann so weit, zur Arbeit gehen zu können, fühlte mich nicht mehr ganz so beschissen wie zuvor.»

Bis zu dem Augenblick, als er die Fliesen erwähnte, hatte Ben auf den Boden in der Mitte des aus Stühlen gebildeten Kreises gestarrt. Jetzt schaute er auf, betrachtete nacheinander einzelne Teilnehmer und sprach sie direkt an. Die schöne Michelle war eine davon, wie Cullen bemerkte. Sie wich Bens Blick nicht aus. Sie mochte Ben, das spürte Cullen. «Körperliches Training war ein wesentlicher Bestandteil meiner Selbstverleugnung. Ich konnte unmöglich ein Säufer sein, ich war ja viel zu fit. Ich konnte eine Meile in sieben Minuten laufen, ich konnte eine Stunde Squash spielen, ohne zusammenzubrechen. Ja, ich trank und rauchte, aber das bedeutete doch nur, dass ich das Leben in vollen Zügen auskostete.»

Ben beugte sich wieder nach vorn und setzte seine Zwiesprache mit dem Fußboden fort. «Ich bin nach New York gekommen, weil ich etwas wieder gutzumachen habe. Ich wusste nicht, dass dieses Treffen ein Schritt-Meeting ist. Ich wusste nicht, dass wir über den neunten Schritt sprechen würden. Wenn es sich irgendwie einrichten lässt, schlage ich normalerweise einen großen Bogen um Meetings, die sich mit dem neunten Schritt befassen.»

Verständnisvolles Lachen von anderen Schlawinern.

«Bei meinem ersten Meeting habe ich an der Wand die Schritte gelesen, und als ich dann beim achten und neunten Schritt anlangte, da hab ich gedacht: ‹Genau das werde ich tun. Ich werde ein paar Besuche machen.› Das habe ich dann auch ein paar Veteranen gegenüber erwähnt, und die haben zu mir gesagt: ‹Warum wartest du damit nicht noch ein bisschen?›»

Lachen von anderen, die am Anfang ebenfalls zu enthusiastisch gewesen waren.

«Ich habe fünf Jahre gewartet. Wenn man's genau nimmt, habe ich pro Jahr einen Schritt gemacht. Nicht bewusst, aber genau so hat's sich nun mal ergeben. Es kam mir irgendwie richtig vor. Ich habe ein paar Briefe geschrieben – unter anderem an einen alten Arbeitskollegen von mir, eigentlich mehr ein Partner. Ich hab ihn damals hängen lassen. Es geht ihm heute gut, er hat sich gefreut, von mir zu hören, er war nicht nachtragend. Es war nett. Ich schrieb einem Therapeuten, bei dem ich damals war, und sagte ihm, ich hätte ihn angelogen – ich hatte ihm nämlich gesagt, ich hätte mit dem Saufen aufgehört – und dass genau das offensichtlich der entscheidende Grund gewesen sei, warum wir in unserer Zusammenarbeit nicht weiterkamen. Auch er reagierte ausgesprochen verständnisvoll …

Ich bin in die Stadt gekommen, um mich mit einer alten Freundin zu treffen. Zum letzten Mal hatte ich sie gesehen, als ich einfach aus der Wohnung gegangen bin. Ihrer Wohnung. Vor siebzehn Jahren. Nach diesem Tag sprach ich nur noch ein einziges Mal mit ihr, um zu regeln, wie ich einen Teil meiner Sachen aus ihrer Wohnung bekam. Wir haben zwar nicht richtig zusammengelebt, aber …»

Lachen von anderen, die ebenfalls Sachen in den Wohnungen von Leuten hatten oder gehabt hatten, mit denen sie nicht zusammenlebten, aber …

«Es lief nicht besonders gut – die Wiedergutmachungen. Wie heißt es noch gleich in den zwölf Schritten und zwölf Traditionen – unseren Seelenfrieden können wir nicht auf Kosten anderer erkaufen, richtig? Ich wollte ihr nur sagen, dass der Mensch, der all die Dinge getan hat, die ich getan habe, nicht … gesund war. Ich hatte eine Krankheit. Ich *habe* eine Krankheit …

Es heißt auch, dass wir ein gutes Urteilsvermögen, ein gutes Timing, viel Mut und Umsicht brauchen. Mein Timing war schlecht. Ich wusste es nicht – konnte es nicht wissen –, aber sie hat Eheprobleme. Als wir miteinander telefoniert haben und ich mich bei ihr entschuldigte – da muss sie wohl gedacht haben, es würde bedeuten, ich wäre frei, wollte versuchen, wieder mit ihr zusammen zu sein. Ich bin verheiratet, ich liebe meine Frau. Meine Frau wusste, dass ich herkam, und auch, warum. Sie hat mich unterstützt. Ich –»

Abrupt setzte Ben sich auf. «Ich rede zusammenhangloses Zeug. Danke, dass ihr mir zugehört habt. Es ist schön, bei euch zu sein.»

«Danke, dass du uns Anteil nehmen lässt», sagten andere, die zu ihrer Zeit auch zusammenhangloses Zeug geschwafelt hatten.

Marianne, die links neben Ben saß, fing mit ihrem stressreichen Bankerjob und ihren ständigen Reisen um die Welt an, und – genau wie immer – hörte kein Mensch ihrem aufgeblasenen Gefasel zu, als sie die Namen von Orten fallen ließ, an denen sie schon gewesen war (Rio, Nairobi, Hongkong) oder wo sie schon gewohnt hatte (Knightsbridge, Neuilly, Park Avenue).

Cullen legte eine Hand auf Bens Schulter und drückte sie mitfühlend. Ben schaute in Cullens Richtung, sah ihn jedoch nicht an. Er hatte Tränen in den Augen.

Nach dem Meeting schüttelte Cullen Ben die Hand und umarmte ihn. Ben war angespannt und verkrampft, und Cullen war sich nicht sicher, ob dies daran lag, dass er Fremden gegenüber immer zurückhaltend war oder weil er Cullens Schulterhalfter an seiner Brust spürte.

«Wenn Sie nichts vorhaben, ich weiß nicht, vielleicht haben Sie Lust auf einen Kaffee.»

Ben warf einen Blick auf seine Armbanduhr und schlang die Finger um sein Handgelenk. «Ich kann … kann leider wirklich nicht. Aber … danke.»

«Danke, dass Sie uns Anteil nehmen ließen», sagte Cullen.

«Danke.»

«Kommen Sie wieder. Sind Sie länger in der Stadt?»

Er sah wieder auf die Uhr. «Ich, äh, nur ein paar Tage.»

«Haben Sie einen Plan der Meetings?»

«Ich, äh, ich hab einfach die Nummer angerufen.»

«Ich gebe Ihnen gern meinen. Ich hab ihn im Wagen. Ich kenne die Meetings praktisch auswendig, zu denen ich gehen kann.»

Ben wich langsam zurück, wie ein Betrogener vor dem Betrüger. «Danke, ich, äh, ich komm schon zurecht.» Er wich weiter zurück. «Danke. War schön, Sie kennen zu lernen. Wir sehen uns ... vielleicht.»

Er wich weiter zurück und stolperte dann in Michelle. Michelle versuchte, sich bei ihm zu bedanken, dass er sie hatte Anteil nehmen lassen, aber Ben ging einfach weiter, verschwand durch die Tür und sah dabei immer wieder auf seine Armbanduhr.

Michelle sah Cullen an, lächelte dann und zuckte die Achseln.

Cullen erwiderte das Lächeln und zuckte ebenfalls die Achseln. Er dachte kurz daran, ihr zu sagen, dass es besser sei, Ben nicht näher kennen zu lernen. Denn da war nicht nur die Ehefrau, die er so sehr liebte, da war auch noch ein riesiger Blutfleck auf dem Saum seiner linken Manschette.

3

Bennett Forbes betrat eine Stripteasebar in den oberen West Forties. La Club Hot. Eine Rothaarige mit Orangenhaut-Oberschenkeln vögelte zu einem Sixties-Song – irgendwas von den Cream oder Traffic – etwas unbeholfen eine Metallstange. Er setzte sich an die Theke und sah auf seine Uhr.

Der massige Barkeeper baute sich vor ihm auf und legte seine gewaltigen Pranken auf die Theke. Er fragte nicht nach Forbes' Wünschen, sondern hob einfach nur die Augenbrauen und wartete.

«Haben Sie ein Telefon?», fragte Forbes.

«Zwei. In meiner Küche an der Wand. Im Schlafzimmer neben dem Bett.» Er sagte das völlig trocken und ohne jeden Sarkasmus; ein Mann, der alles wörtlich nahm.

«Ich meine ein Münztelefon. Hier.»

Der Barkeeper deutete mit dem Kinn in den hinteren Teil des Lokals.

Forbes legte einen Fünfer auf die Theke.

Der Barkeeper starrte den Schein an. «Wollen Sie das Ding kaufen? Dann rufen Sie AT&T an.»

«Vierteldollarmünzen. Für fünf Dollar.»

Der Barkeeper schüttelte den Kopf. Um den Mund auf seinem grobschlächtigen Gesicht spielte ein angedeutetes Lächeln, als gratuliere er sich, nur mit knapper Not nicht aufs Kreuz gelegt worden zu sein. «Ohne Bestellung läuft hier gar nichts.»

«Ich bestelle was, nachdem ich telefoniert habe», erwiderte Forbes. Er legte einen zweiten Fünfer auf den ersten. «Der ist für Sie, wenn Sie mir für den anderen Quarters geben.»

Die rechte Pranke des Barkeepers verschlang die beiden Scheine. Er öffnete die Kasse und fingerte mit seinem dicken Zeigefinger nach den Münzen. Die Quarters in den Pranken haltend wie ein kleines Kind, das mit beiden Händen am Strand gefundene Muscheln trug, kehrte er zu Forbes zurück. Er kippte die Münzen vor Forbes auf die Theke und zählte sie sotto voce mit rauchiger Stimme ab. «Eins, zwei, drei, vier. Zwei, zwei, drei, vier. Drei, zwei, drei, vier. Vier, zwei, drei, vier. Fünf, zwei, drei, vier.» Er legte seine dicken Daumen aneinander und schob die Quarters über die Theke zu Forbes. «Quarters für fünf Dollar.»

«Danke.» Forbes schaufelte die Münzen in eine Hand und steckte sie in seine Jackentasche. Er rutschte vom Barhocker und ging nach hinten.

Das Telefon befand sich neben einer Tür mit einem «Zutritt verboten»-Schild, auf das ein Witzbold mit schwarzem Filzstift geschrieben hatte: «Das gilt ganz besonders für dich!!!» Die Tür ging genau in dem Augenblick auf, als Forbes das Telefon erreichte, und seine Frau, Kathleen Forbes, trat heraus – nicht Kathleen, wie sie heute aussah, sondern wie sie mit zwanzig ausgesehen hatte, lange bevor er sie kennen lernte, auf den Fotos, die er gesehen hatte – hochgebundenes blondes Haar, nicht kurz und grau meliert wie heute; unglaublich blaue Augen noch ohne die Brille. Die Frau trug ein kurzes gelbes Sommerkleid und über ihrer Schulter hing eine große schwarze Nylontasche. Auf der Tasche stand in weißen Buchstaben *Capezio*.

«Hi, Süßer», sagte die Frau, als Forbes keinerlei Anstalten machte, sie vorbeizulassen. «Siehst du ein Gespenst?»

«S-sie sehen wie jemand aus, den ich kenne», stammelte Forbes.

«Grüß sie von mir, okay?», sagte die Frau und schob sich an Forbes vorbei.

Die Tür war noch nicht wieder ganz zugefallen, und Forbes stand von Angesicht zu Angesicht einer anderen Tänzerin gegenüber, einer Brünetten in einem weiten, offenen Kimono. Sie riss den Kimono verdrießlich über ihre Brüste und zeigte Forbes den gereckten Mittelfinger. Dann fiel die Tür ins Schloss.

Forbes wählte und wartete auf die Computerstimme, die ihm mitteilte, wie viel er einwerfen musste. Er fütterte Quarters in den Münzschlitz und wartete wieder. Der Anrufbeantworter schaltete sich ein, und er lauschte seiner eigenen Stimme, die Anrufern mitteilte, welche Nummer sie erreicht hatten, gefolgt von Kathleens Stimme, die sagte, man möge doch bitte eine Nachricht hinterlassen. Ihre Ansage gefiel jedem, ihre beiden Stimmen, die den Eindruck vermittelten, dass sie ihr Leben bis ins kleinste Detail miteinander teilten. Die Maschine piepte.

«Kath, hi. Es ist schon spät. Du schläfst, gut. Ich wollte nur –»

«Hi, Schätzchen», sagte Kathleen. Der Anrufbeantworter schaltete sich unter Protest aus.

«Hi. Es ist schon ziemlich spät.»

«Wie spät ist es denn?»

«Es ist spät. Tut mir Leid, dass ich dich geweckt habe. Ich wollte nur hallo sagen.»

«Ist alles in Ordnung?»

«Klar.»

«Ich habe mir schon Sorgen gemacht, weil du nicht angerufen hast.»

«Ich war essen, danach bin ich zu einem Meeting gegangen.»

«Zu einem Meeting?»

«Mach ich doch immer, wenn ich unterwegs bin.»

«Ich weiß. Ich dachte nur ... Ist mit dir alles in Ordnung?»

«Alles bestens?»

«Wo bist du? Hört sich an wie auf einer Party.»

«Es ist eine Bar in der Nähe des Hotels.»

«Du bist von einem Meeting in eine Bar gegangen?»

«Kath, bei mir ist alles in Ordnung. Ich habe ein paar Leute auf dem Meeting kennen gelernt und wir machen jetzt noch ein kleines Meeting nach dem Meeting.»

«In einer Bar?»

«Es ist, weißt du, eine von diesen modernen Bars. Nur Hamburger und so Zeugs.»

«Ist sie auch da?»

«Wer? Diane? Nein. Ich habe mich vor Stunden von ihr verabschiedet.»

«Und?»

«Es war in Ordnung. Es war okay. Ich habe gesagt, was ich sagen musste. Sie hat zugehört. Ich fühle mich jetzt besser.»

«Wie fühlt *sie* sich?»

«Sie hat sich gefreut, dass ich trocken bin. Ich vermute, sie hat sich wahrscheinlich auch gefreut, dass ich mich für alles entschuldigt habe.»

«Vermutest du?»

«Also, wir haben nicht so besonders lange geredet. Es war irgendwie, na ja, kurz und nett.»

«Wie nett?»

«Das ist nur so eine Redewendung, Kath.»

«Eine Redewendung, die *du* benutzt hast.»

«Kath, ich hab's dir doch schon mal gesagt – es gibt auch nicht den geringsten Grund, eifersüchtig zu sein.»

«Sag's nochmal.»

«Du hast keinen Grund, eifersüchtig zu sein.»

Schweigen.

«Ich mach mich jetzt besser auf den Weg», sagte Forbes. «Es ist spät.»

«Gehst du ins Hotel zurück?»

«*Ja.*»

«Ich frag ja nur.»

«Und ich sag's einfach nur. Ja.»

Schweigen.

«Also, dann ... gute Nacht. Schlaf gut. Ich liebe dich. Wir sehen uns Sonntag.»

«Willst du deine anderen Freunde immer noch besuchen?»

«Ja, eigentlich schon.»

«Du willst Diane nicht noch einmal treffen?»

«Nein.»

«Tjaaa, dann … äh … Ich seh dich Sonntag.»
«Ich liebe dich.»
«Ich liebe dich.»
«Gute Nacht.»
«Gute Nacht.»

Er legte den Hörer auf und kehrte zur Theke zurück. Er setzte sich auf denselben Barhocker. Die Brünette mit dem Kimono, jetzt nackt bis auf einen schmalen Lederriemen, vögelte zu «Roxanne» von den Police die Stange. Sie sah Forbes und zeigte ihm den gestreckten Finger.

Irgendwer lachte und Forbes sah, dass die Blondine in dem gelben Sommerkleid einen Margarita schlürfte. Sie winkte ihm mit dem kleinen Finger zu. Forbes lächelte sie an, schaute dann fort.

Der massige Barkeeper baute sich wieder vor ihm auf, seine Pranken umklammerten die Theke links und rechts von ihm.

«Ein Tonic», sagte Forbes. «Einfach nur einen Tonic. Mit Limone.»

«Und noch einen Margarita für sie», sagte die Blondine in dem gelben Sommerkleid, während sie den Barhocker neben ihm herauszog und ihr Glas, ein Päckchen Zigaretten und eine Schachtel Streichhölzer auf die Theke legte.

Forbes nickte dem Barkeeper bestätigend zu.

Sie kickte ihre *Capezio*-Tasche unter die Theke und setzte sich auf den Barhocker. «*¡Hola!*»

«Hi.»

«Ich heiße Allegra.»

«Netter Name.»

«Ich bin ja auch ein nettes Mädchen. Was dagegen, wenn ich rauche?»

«Nein.»

«Dann bist du also ein Exraucher. Stimmt's?»

«Ja.»

«Exraucher haben nichts dagegen, wenn man raucht. Es

sind diese Niemalsraucher, die einem den Arsch aufreißen. Und was führt dich in den Club Hot? Außer Janie da drüben, meine ich?» Sie deutete mit dem Kopf auf die Brünette.

«Ich war gerade in der Gegend», sagte Forbes.

Allegra hustete den Rauch aus, den sie eben erst inhaliert hatte. «Der ist gut. Hab ich noch nie gehört. Woher kommst du?»

«Nicht von hier.»

«Du redest nicht viel, oder? Die meisten Typen erzählen mir praktisch alles. Sie erzählen mir sogar den Namen ihres Hundes. Sie glauben, je mehr ich über ihre miesen kleinen Leben weiß, desto schärfer bin ich drauf, es mit ihnen zu treiben.»

«Bill», sagte Forbes.

«... du oder dein Hund?»

«Der Hund.»

Allegra lachte. «Guter Name. Was ist mit den lieben Kleinen? Wie –»

«Können wir nicht über was anderes reden? Egal, was?»

Sie spreizte eine Hand auf ihrer Brust. «He, ich versuche nur, nett zu sein. Wenn du über Bosnien quatschen willst, dann quatschen wir eben über Bosnien.»

«Seit wann strippst du?»

«Das ist direkt. Ich mag's direkt. Ich strippe seit elf Jahren ... Du musst jetzt sagen: ‹Was? *Elf* Jahre? Ich dachte, du wärst erst neunzehn.›»

«Allegra?»

Sie lehnte sich ein Stück zurück. «Oh-oooh. Jetzt wird's ernst.»

«Kennst du jemanden, der ... gegen Bezahlung alles macht?»

Sie legte den Kopf schief. «Du meinst doch nicht ...?»

«Nein.»

Sie nickte. «Du meinst *alles*.»

«Ja.»

Sie drückte ihre Zigarette aus und kramte umständlich eine andere aus dem Päckchen.

Forbes nahm ihre Streichhölzer und riss eines an. Sie beugte den Kopf vor und bedankte sich mit einem Nicken.

Er blies das Streichholz aus und steckte die Schachtel ein.

«Tjaaa», sagte Allegra gedehnt. «Da wär zum Beispiel Leo.»

4

«Leo», sagte Allegra. «Darf ich vorstellen: Ben.»

Leo hob sein Gesicht von einem Teller Pasta. Soße tropfte von seiner Unterlippe aufs Kinn, und seine Zunge schnellte heraus, um sie wegzulecken. «Hab dich hier noch nie gesehen.»

Ein anderes Mal, unter anderen Umständen, in einem Film hätte Forbes nun lachen müssen. Im schäbigen Séparée eines Restaurants irgendwo in der Nähe der Brooklyner Williamsburgh Bridge befand sich sonst niemand, und aus den Schwierigkeiten, die Allegra gehabt hatte, zuerst ins Restaurant und dann in das Hinterzimmer zu gelangen, ließ sich messerscharf folgern, dass nur äußerst selten jemand hier zu sehen war. «Nein. Nein, ich komme von außerhalb.»

Aber niemand stimmte nicht ganz, erkannte Ben dann, denn eine vage Bewegung verriet ihm, dass sich dort, in einer im Halbschatten liegenden Sitznische im hinteren Teil dieses Raumes, noch jemand befand, ein großer und dunkler Jemand, der sich in regelmäßigen Abständen über eine Tasse oder ein Glas beugte wie ein Kind, das zu trinken versuchte, ohne das Getränk an den Mund zu heben.

Leo drehte Pasta auf seine Gabel und inhalierte sie dieses Mal so, dass keine Soße entkommen konnte. Er leerte ein halbes Glas Rotwein auf einen Zug. «Ich weiß, was du denkst.»

Forbes wartete.

«*Du* musst jetzt irgendwas sagen.» Leo benutzte seine Gabel wie einen Dirigentenstab, deutete von sich auf Forbes, dann wieder auf sich, wieder auf Forbes, wieder auf sich. «Ich sage: ‹Ich weiß, was du denkst›, du sagst: ‹Was?›, ich sage, was du meiner Meinung nach denkst, du sagst: ‹Das hab ich nicht gedacht›, oder vielleicht sagst du auch: ‹Woher zum Geier wusstest du, was ich gedacht hab?› So läuft das. So führt man eine Unterhaltung.»

«Was?», sagte Forbes.

Leo lächelte. «Was du meiner Meinung nach denkst?»

«Ja.»

«Du denkst: ‹Was für ein abgelutschtes Spaghettiklischee. Ein dicker, fetter dummer Wichser pfeift sich in irgendeinem Hinterzimmer Spaghetti ein und kippt sich Chianti hinter die Binde.›»

«Genau das hab ich gedacht», sagte Forbes.

Leo strahlte. Er richtete seine Gabel auf Allegra. «*Habichsdirgesaaagt*. Hab dir ja gesagt, ich wusste, was er denkt.»

«Du bist wirklich erstaunlich, Leo», sagte Allegra.

Die Gestalt in der Nische hinten murmelte irgendetwas, vielleicht ebenfalls: *Du bist wirklich erstaunlich, Leo,* und beugte sich wieder über die Tasse oder das Glas. Diesmal hörte Forbes ein Geräusch und begriff, dass die Gestalt nicht *aus* der Tasse trank, sondern etwas – Kautabak? – *hinein*spuckte.

«Setzt euch, beide», sagte Leo und dirigierte sie mit der Gabel.

An seinem Tisch gab es nur seinen Stuhl, also holten sie sich Stühle von einem anderen Tisch und nahmen Platz.

Leo fuhrwerkte wieder mit der Gabel herum. «Fickst du sie?»

«Nein», antwortete Forbes.

«Fickt er dich?» Leo zeigte auf Allegra.

Sie zog den Kopf ein. «*Leo.*»

Leo machte neben seiner Schläfe mit der Gabel kleine Kreise in der Luft. «Ihr müsst bescheuert sein, ihr zwei. Ihr seid ein echt heißes Gespann.»

«Leo.» Allegra legte eine Hand auf den Tisch. «Ben hat ein Problem.»

«Was bin ich denn, taub vielleicht? Meinst du, ich hätte dich beim ersten Mal nicht verstanden?», sagte Leo.

Allegra zog ihre Hand zurück. «Tut mir Leid.»

«Leo?», wiederholte Forbes.

Allegra schnappte nach Luft. So lief das nicht. Leo schrieb hier das Drehbuch und führte Regie.

Die Gestalt in der Ecke hörte auf, sich weiter vorzubeugen, hörte auf zu spucken, wartete darauf, von Leo gerufen zu werfen, um dieses dumme Arschloch auszuknipsen.

«Könnte ich vielleicht ein Stück von Ihrem Brot bekommen. Ich hab noch nichts gegessen.»

Leo fiel die Kinnlade herunter, seine Augen verengten sich. «Ist *das* dein Scheißproblem?» Er funkelte Allegra an. «Ist *das* sein Scheißproblem?»

«Ich habe seit gestern Mittag nichts mehr gegessen», sagte Forbes. «Ist mir gerade erst aufgefallen. Wie ich so Ihr Essen vor mir stehen sehe, da … da wird mir ganz flau.»

«Leo», sagte Allegra. «Gib dem armen Kerl doch das Brot.»

Ohne Forbes auch nur eine Sekunde aus den Augen zu lassen, griff Leo mit der rechten Hand nach dem Brotkorb. Er fand ihn, nahm heraus, was noch übrig war, brach es in zwei Hälften und legte eine vor Forbes auf den Tisch. Mit dem anderen Stück schob er die Soße von seinem Teller zusammen. Fast schien es, als wolle er das Brot selbst essen, bot es dann aber Forbes an, der es entgegennahm und in der Hand hielt, während er das andere noch kaute.

«Danke», sagte Forbes zwischen zwei Bissen.

«Danke, Leo», sagte Allegra.

«He», sagte Leo, «was bin ich denn, aus Holz vielleicht? Wenn ein Kerl Hunger hat, ja, soll ich ihn dann verhungern lassen? Was willstu essen? Willstu Pasta? Willstu Antipasto? Willstu Kalbfleisch oder was Hühnchen?»

«Suppe. Bitte», sagte Forbes. «Ich hätte gern eine Suppe. Ich kann auch bezahlen.»

«He», sagte Leo. «Was bin ich denn, billig vielleicht? Du kommst und bittest mich um einen Gefallen, und ich zwinge dich, für einen Teller Suppe zu bezahlen. Anthony, bring dem Mann Minestrone.»

Ein Kellner, den bislang niemand bemerkt hatte, kam mit einem Teller Suppe in der Hand aus einer Ecke des Raumes. Er stellte ihn mit einem Korb Brot vor Forbes.

«Danke», sagte Forbes.

«Danke, Anthony», sagte Allegra.

«Willst du auch ein Glas Wein?», fragte Leo. «Willst du ein Bier?»

«Nur einen Schluck Wasser», erwiderte Forbes.

«Wasser?», wiederholte Leo. «Was ist Wasser? Einfaches Leitungswasser, das hat doch überhaupt keine Nährstoffe. Nimm einen Wein, trink ein Glas Bier.»

«Nur Wasser. Bitte.»

«Wie wär's mit einem Mineralwasser? Willst du ein Mineralwasser? Anthony, bring ihm ein Mineralwasser. Mineralwasser enthält Nährstoffe. Wenn du am Verhungern bist, dann brauchst du Nährstoffe.»

«Mineralwasser ist okay», sagte Forbes. «Danke.»

«Danke, Leo», sagte Allegra.

Die Gestalt in der Sitznische beugte sich vor und spuckte.

Anthony kam mit einer Flasche San Pellegrino und alle bedankten sich bei ihm.

Nachdem Forbes etwas gegessen und einen Schluck getrunken hatte, wischte er sich mit einer Serviette den Mund ab und legte sie neben seinen Teller auf den Tisch. «Als ich sagte, ich könnte bezahlen, da meinte ich, ich kann Ihnen für die Gefälligkeit etwas bezahlen.»

«Woher weißt du das?», fragte Leo. «Woher weißt du, wie viel dich was kosten wird?»

«Ich kann's mir leisten. Ich habe ein erfolgreiches Geschäft.»

«Ach, ja? Was ist das denn für ein Geschäft?»

«Eine Marketingfirma. Marketing und Werbung.»

«Marketing? Du meinst, so was wie ein Lebensmittelgeschäft?»

«Wir sind eine Beratungsfirma. Wir beraten Leute, wie sie ihre Produkte am besten verkaufen. Ein neues Arzneimittel, ein neuer Politiker, eine neue Idee, ein neues Profisportteam in unserer Gegend.»

«Ah, ja, und welche Gegend ist das wohl?»

«Das, äh, möchte ich nicht sagen. Je weniger Sie wissen, desto besser.»

«Das ist sicher völlig richtig, aber ich habe dich in meinem ganzen Leben noch nicht gesehen, und bei Allegra hier hab ich auch nicht gerade das Gefühl, dass sie dich schon länger kennt. Na, hab ich Recht, Allegs, oder hab ich Recht?»

«Du hast Recht, Leo.»

«'türlich hab ich Recht. Was bin ich denn, aus Holz vielleicht? Du verstehst also, was ich sage, Ben, ja? Super, dass du geschäftlich gut klar kommst und alles. Freut mich für dich, echt. Aber ich brauche schon ein paar Referenzen. Damit meine ich nicht deinen Baseballtrainer von der High School oder deinen Lehrer aus dem zweiten Schuljahr. Ich meine etwas oder jemanden, das oder der mir sagt, dass du tatsächlich in der Lage bist, diese spezielle Sache auch tatsächlich zu bringen, in finanzieller Hinsicht, meine ich.»

Forbes zog einen Umschlag aus der Innentasche seiner Jacke. Die Lasche auf der Rückseite des Umschlages war eingeschlagen. Er zog die Lasche heraus und öffnete den Umschlag. Er nahm ein Bündel Zwanzigdollarscheine heraus. «Dreitausend Dollar. Alles, was ich um diese Uhrzeit an diversen Geldautomaten abheben konnte. Ich entschuldige mich für die kleinen Scheine. Man bekommt einfach keine größeren Scheine. Verstehen Sie es als Anzahlung. Sobald Montagmorgen eine Bank aufmacht, kann ich Ihnen einen Barscheck oder einen Verrechnungsscheck oder auch mehr Bargeld besorgen.»

Die Gestalt in der Sitznische hinten beugte sich vor, spuckte jedoch nicht aus.

Leo legte sein Besteck auf den Tisch und trank etwas Wein. Mit der Serviette wischte er sich den Mund ab. Er faltete die Serviette und legte sie ordentlich neben seinen Teller. Er nahm das Bündel Zwanziger in die Hand und blätterte sie mit dem Daumen durch. Er klopfte sie auf den Tisch, um die Kanten glatt zu stoßen. Er steckte sie in den Umschlag zurück, klappte die Lasche wieder ein und ließ den Umschlag in einer Innentasche verschwinden. «Tote Präsidenten sind eine hervorragende Referenz. Ich bin beeindruckt, und ihr Erscheinen aus mehreren verschiedenen Geldautomaten zeigt mir, dass du auch von deinem Wohnsitz entfernt etwas bewirken kannst. Auch bin ich von deiner offensichtlichen Kenntnis der groben Größenordnung beeindruckt, die für gewisse Dienstleistungen zu berechnen ist. Wenn du jetzt noch so nett wärst, mir zu verraten, welche Art von Dienstleistung genau du benötigst, dann werde ich dir eine Vorstellung von den exakten Dimensionen des Spielfeldes geben, auf dem wir, äh, spielen werden.»

Die Gestalt in der Sitznische hinten spuckte aus und richtete sich wieder auf.

«Ich bin im Algonquin-Hotel abgestiegen.»

«Tatsache.»

«Zimmer sechs-zwölf.»

«Keine Glückszahl, aber auch keine Zahl, die Pech bringt.»

«Im Bad ... liegt eine Tote.»

«Pech ... für sie.»

«Sie hatte einen Herzinfarkt oder so.»

«‹Oder so›?»

«Ein Kollege von mir hatte einen Schlaganfall, ist gestürzt und hat sich den Kopf aufgeschlagen, und zuerst glaubte man, er sei niedergeschlagen worden. Sie hat sich auch den Kopf aufgeschlagen, sie hat stark geblutet. Möglich, dass sie einen Schlaganfall hatte ... oder ein Aneurysma.»

«Passiert dir so was öfters?», fragte Leo. «In der Gegend rumlaufen und die Leute nippeln ab wie die Fliegen?»

Forbes nippte an seinem Wasser. «Wenn ich die Polizei verständige ... Nun, zwei Dinge würden dann passieren: Wenn ich die Polizei verständige, werden die doch als Erstes denken, *ich* hätte sie erschlagen. Und die werden denken, sie wäre dort gewesen, weil ... Die werden denken, wir hätten eine Affäre gehabt.»

«Und wieso sollten *die* so was wohl denken?», fragte Leo.

«Sie ist nackt.»

«Ja, kommt hin. Könnte dazu führen.»

«Sie wollte gerade duschen. Ich habe etwas zu ihr gesagt, das sie verletzt hat. Sie hatte Kopfschmerzen. Sie wollte duschen, um ... um es wegzuwaschen.»

«*Es*?»

«Mich.»

«Ich kapiere. Sie wollte dich auf der Stelle loswerden.»

«Hören Sie, nichts davon ergibt einen Sinn. Aber das ist es ja gerade. Deshalb kann ich nicht zu den Cops gehen. Die werden nur das Schlimmste vermuten. Die werden gar nichts anderes vermuten *können*. Sie ist verheiratet. Ihre Ehe lief nicht besonders. Verstehen Sie nicht? Es sieht doch so aus, als wäre sie zu mir ins Hotel gekommen, weil sie wieder was mit mir anfangen wollte, als hätte ich ihr dann einen Korb gegeben, als hätte sie versucht, mich zu verführen, als hätte ich sie umgebracht.» Forbes schob seinen Stuhl vom Tisch zurück. «Schaffen Sie sie einfach aus meinem Hotelzimmer. Ich bezahle Ihnen, was immer Sie verlangen.» Er stand auf. «Packen wir's an.»

Die Gestalt in der Sitznische hinten erhob sich und war bereit zu erledigen, wofür Leo bezahlt würde.

Leo machte dem Kellner ein Zeichen, der daraufhin wie aus dem Nichts erschien. «Ein Espresso und ein Cognac. Allegra, was kriegst du? Willst du auch irgendwas, Ben?»

«Ich nehme nicht an, dass die hier wissen, wie man einen Margarita mixt», sagte Allegra.

«Einen Cognac für die Dame», sagte Leo. «Ben?»

Forbes starrte durch Leo hindurch in die Vergangenheit und in die Zukunft. Seine Schultern sackten herunter, denn er wusste, dass eine Zeit ohne Zukunft anbrach. «Scotch. Mit zwei Würfeln Eis.»

«Scotch auf etwas Eis», sagte Leo zum Kellner, der daraufhin verschwand. «Setz dich», sagte Leo. «Wir haben Zeit.»

Forbes setzte sich.

Der Kellner brachte ihre Getränke und stellte sie auf den Tisch.

«Verrat mir doch mal, Ben», sagte Allegra, «was hast du eigentlich zu diesem Mädchen gesagt, das sie so verletzt hat?»

Die Gestalt in der Sitznische hinten beugte sich wieder vor, spuckte aber auch diesmal nicht aus, sondern wartete auf die Antwort.

Forbes legte alle Fingerspitzen an sein Glas. *Ich trinke nicht*, sagte er sich. *Ich bete*.

«Ich habe ihr gesagt, ich hätte mit dem Trinken aufgehört.» Er hob das Glas mit der rechten Hand und leerte es auf einen Zug.

5

Das Leben ist wunderbar, dachte Joe Cullen. Samstagmorgen neun Uhr, ein Tag, an dem es ihm noch nie etwas ausgemacht hatte zu arbeiten, weil die Luft frisch war und der Verkehr erträglich. Blauer Himmel, nicht zu heiß, keine schrägen Vögel von Freitagnacht übrig geblieben, noch niemand tot.

Und so arbeitete er bereits eine Stunde und hatte nichts zu tun, außer ein Bagel zu einer weiteren Tasse Kaffee zu essen, die Sportseiten der *Times* zu studieren und gelegentlich etwas zu meckern, während Mike Mathews wie schon seit einer Woche wieder damit prahlte, am Türsteher des Chaos vorbeigekommen zu sein, um auf die Jagd nach Supermodels zu gehen.

«Die haben so eine Liste, stimmt's? Das weißt du, stimmt's? Bist selbst schon da gewesen, stimmt's? Du verstehst, was ich sage?»

«Hm-hmmmh.»

«Du bist noch nie da gewesen? Ach, komm, Joe. Da musst du hin. Komm heute Abend einfach mit – verstehst du, was ich sage? Ich geh wieder hin. Es war, als wär ich gestorben und in den Himmel gekommen – verstehst du, was ich sage? Von Wand zu Wand zu Wand zu Wand nichts als schlanke große Babes. Wie zum Beispiel Leeza Benson. Kennst du Leeza Benson? Die ist in dieser Werbung. Du kennst die Werbung. Wo sie sich bückt, als würde sie, du weißt schon, dir einen blasen. Macht mich wahnsinnig, diese Werbung. Ich wollte es ihr sagen. Sie war da. Ich wollte einfach zu ihr hin und sagen: Yo, Leeza, bück dich, als würdest du mir einen blasen, machst du das mal für mich, damit ich sehe, was das für ein Gefühl ist. Oooh, wahnsinnig gern würde ich wissen, was das für ein Gefühl ist. Verstehst du, was ich sage? Du magst doch auch schlanke große Babes, Joe, oder vielleicht nicht?»

«Hmmm.»

«Dann musst du mitkommen – hörst du mich? Die haben eine Liste. Keinen Schimmer, wer die aufstellt. Die Besitzer von dem Schuppen, schätze ich. Mehrere Seiten lang. Die hat er auf einem Klemmbrett, also, der Türsteher – verstehst du mich? Ist dein Name nicht auf der Liste, kommst du nicht rein. Aber das sind alles keine Leute, die *bestimmt* kommen, es handelt sich um Leute, von denen sie *hoffen*, dass sie kommen, also, die Inhaber hoffen das. Wenn die nicht kommen, die Leute auf der Liste, läuft auch keine Party. Und wenn die Party nicht läuft, dann sind sie verdammt schnell wieder genau dort, wo sie mal waren, und zwar in irgendeinem Lagerhaus an irgendeiner Seitenstraße am absoluten Arsch der Welt – verstehst du, was ich sage?»

Janet Truelove kam mit einer Starbuck's-Tüte herein. «Ich habe hier Kaffee? Wer will?»

Cullen senkte seine Zeitung. «Was machst du denn hier?»

«Schieb 'n paar Ü-Stunden. Lehman nimmt sich einen Psychotag. In der U-Bahn hat so ein Wichser auf ihn geschossen. Hast du davon gehört?»

«Hab gehört, er hätte zu dem Kerl gesagt, er soll sich nicht die Mühe machen, ihn abzuknallen, er wäre nur ein Bahnbulle.»

«Es kam ja noch viel besser», sagte Truelove. «Er hat dem Typ gesagt, er wäre *kein* Bahnbulle, er hätte keine Befugnisse, der Typ sollte einen Moment warten, dann würde er losziehen und einen Bahnbullen *holen*. Der Wichser hat gerade lange genug nicht aufgepasst, dass Lehman ihm ein Ding in die Kniescheibe verpassen konnte.»

«Das *ist* besser», sagte Cullen.

«Hallo, Mike», sagte Truelove. «Steht'n an?»

«Ich, äh, hätte nichts gegen einen Kaffee», sagte Mathews.

«Einen Buck und einen Quarter», antwortete Truelove.

Mathews zog seine Hand zurück. «Also, äh, vielleicht …»

«War nur Spaß, Mike. War nur Spaß. Nimm ihn dir. Ich schmeiß 'ne Runde. Ich schieb Ü-Stunden.»

«Danke, Trues. Danke. Ej, Trues, rat mal, wohin Joe und ich heute Abend gehen? Ins Chaos.»

«Schon da gewesen, schon gesehen», sagte Truelove.

«Nein! Wirklich?»

«War ein Scherz, Mike. Wie in: ‹Mein *Leben* ist ein Chaos›. Deshalb hab ich Verständnis für die Erfahrung von … Ach, vergiss es. Du meinst den *Nacht*club?»

«War letzten Samstag da. Heute Abend will ich wieder hin. Als wär ich gestorben und in den Himmel gekommen – verstehst du, was ich meine? Von Wand zu Wand zu Wand zu Wand nichts als schlanke große Babes – verstehst du, was ich sage?»

Mathews holte tief Luft, und Cullen wusste, dass er gerade darüber nachdachte, Truelove zu fragen, ob sie auch auf schlanke große Babes stand. Aber er fragte nicht, er quasselte einfach weiter.

«Ich hab Joe gerade erzählt, die haben da so eine Liste. Keinen Schimmer, wer die aufstellt. Die Besitzer von dem Schuppen, schätze ich. Mehrere Seiten lang. Die hat er auf einem Klemmbrett, also, der Türsteher – verstehst du mich? Ist dein Name nicht auf der Liste, kommst du nicht rein. Aber das sind alles keine Leute, die *bestimmt* kommen, es handelt sich um Leute, von denen sie *hoffen*, dass sie kommen, also, die Inhaber hoffen das. Wenn die nicht kommen, die Leute auf der Liste, läuft auch keine Party. Und wenn die Party nicht läuft, dann sind sie verdammt schnell wieder genau dort, wo sie mal waren, und zwar in irgendeinem Lagerhaus an irgendeiner Seitenstraße am absoluten Arsch der Welt – verstehst du, was ich sage?»

«Dann bist du also reingekommen, vermute ich», folgerte Truelove.

«Na klar! Als wär ich gestorben und in den Himmel gekommen – verstehst du, was ich sage? ‹Du kannst nicht rein, du stehst nicht auf der Liste›, sagt der Türsteher zu mir. Ich sage: ‹Mein guter Freund, Marcello, der hatte mia nicht gesagte, es gibte Liste. Als iche ause Italia wege bin, wir sinde gewesen in Roma, in eine Café an Via Boyardee, da sagte er zu mia, du gehste ine Chaos, sage dene, du Freunde von Marcello. Null Probleme.›»

«Damit ich das jetzt richtig verstehe, Mike», sagte Truelove. «Dein Freund, dieser Marcello, das ist …»

«Mastroianni. Der Schauspieler. Ich meine, er ist nicht *wirklich* mein Freund, das hab ich nur so gesagt. Jedenfalls bin ich reingekommen.»

«Marcello ist tot, weißt du», sagte Truelove.

«Er ist *tot*?»

«Schon ein paar Jahre. Hab ich Recht, Joe?»

Cullen hörte nur mit einem Ohr zu. So ging das ewig weiter, genau wie der Hudson River. Aber fragte man den Hudson River: *Entschuldige bitte – was hast du gerade gesagt?* «Hm-hmh.»

«Apropos sterben und in den Himmel kommen», sagte Truelove. «Wenn ich sterbe und in den Himmel komme, werde ich als Erstes darum bitten, O. J. Simpson sehen zu dürfen – mal angenommen, er gibt vor mir den Löffel ab. Klar.»

«Weißt du, Trues, ich muss schon sagen, eine Menge Leute wie du sehen das gar nicht so, die glauben nicht, dass der Juice Nicole umgelegt hat.»

«Solltest du auf die Tatsache meiner schwarzen Abstammung anspielen, Mike, muss ich dir sagen, dass es einfach passiert ist. Aber ich wollte eure Geschichte nicht unterbrechen.»

Mathews zuckte die Achseln. «Das war's. Mehr gibt's nicht. Ich bin zum Chaos, hab mich am Türsteher vorbeigemogelt, bin rein. Überall Supermodels. Als wär ich gestorben und in den Himmel gekommen.»

«Und hast du, du weißt schon, irgendwen kennen gelernt? Irgendwelche Supermodels?»

«Also, ich hab sie nur gecheckt – du verstehst, was ich sage? Man darf in so einer Situation nichts überstürzen, du musst erst alles checken.»

«Aber du gehst wieder hin.»

«Genau. Ich und Joe gehen. Stimmt's, Joe?»

«Hmh.»

«Joseph», sagte Truelove. «Ist das wahr?»

«Du kennst mich», sagte Cullen. «Mister Downtown Saturday Night. Isch wörde aus Fronkreisch sein. Isch wörde dönen sagen, mon ami, Maurice Chevalier at misch geschickt.»

«Macht euch nur über mich lustig», schimpfte Mathews. «Ich bin reingekommen. Und ich geh wieder hin. Diesmal *steht* mein Name auf der Liste. Ich werde da richtig groß was darstellen – versteht ihr, was ich sage?»

Dann ging die Tür des Großraumbüros auf, und Jackie Bruno, der Dienst habende Sergeant, steckte seinen Kopf herein. «Chelsea Piers.» Er zog seinen Kopf zurück und schloss die Tür.

Das ist der einzige Nachteil daran, samstags zu arbeiten, dachte Cullen. Diejenigen, die sie Freitagnacht umgelegt haben, werden so abgeladen, dass du sie am Samstag findest, und zwar schön weit weg.

6

«Ben, hallo. Toll, dich zu sehen.» Jim Levin ignorierte Ben Forbes' ausgestreckte rechte Hand, schloss ihn in die Arme und drückte ihn fest an sich.

«Ja, schön dich zu sehen», sagte Forbes.

Levin lehnte sich zurück, um Forbes von oben bis unten zu mustern, dann drückte er ihn noch einmal. «Du siehst spitze aus, alter Hurenbock. Noch nie was davon gehört, dass du älter werden sollst?»

«Oh, ich bin älter», sagte Forbes.

Levin trat einen Schritt zurück, ließ Forbes aber nicht los. Er hielt ihn an den Schultern und musterte ihn wieder vom Scheitel bis zur Sohle, als wollte er sich mit ihm anlegen. «Es liegt am Stoff, stimmt's? Du hast dem Alk abgeschworen, und sieh sich einer an, wie gut dir das getan hat.»

Forbes konnte Levin nicht in die Augen sehen und schaute fort. «Willst du hier essen oder sollen wir woanders hin? Ich kenne die angesagten Lokale nicht mehr.»

Levin ließ Forbes los und schaute sich im Blue Mill um. «Nein. Nein, hier ist schon okay. Hat sich kein bisschen verändert. Sogar die Kellner sind noch dieselben, stimmt's? Lass uns hier essen. Es sei denn ... ich meine, wenn du lieber irgendwohin möchtest, wo es keinen Alk gibt.»

«Nicht so schlimm, Jim. Schon okay.»

Der Empfangschef kam und führte sie an einen Tisch. Ihr Kellner würde sofort zu ihnen kommen. «Möchten Sie vielleicht schon einen Aperitif bestellen?»

Levin beugte sich über den Tisch. «Ich nehm was. Ist das in Ordnung?»

«Natürlich.»

«Einen Stoli Martini, pur. Mit einem Stück Limone, keine Schale.»

«Sehr wohl, Sir. Und was darf ich Ihnen bringen, Sir?»

«Ich nehme, äh ... ich nehme das Gleiche.»

Levin beugte sich wieder vor. Er biss die Zähne zusammen. «Ben.»

Forbes lächelte den Oberkellner an. «Das wär's dann.»

«Jawohl, Sir.» Er trat einen Schritt zurück, machte eine zackige Kehrtwendung und zischte ab.

«Ben, was ist los?», fragte Levin.

«Ist schon in Ordnung, Jim. Ich habe gelernt, damit zurechtzukommen.»

«Da hast du mir aber was anderes geschrieben. Du hast geschrieben, du wärst seit acht, zehn, wie viel auch immer Jahren trocken. Trocken bedeutet … trocken.» Er sagte das laut und ein paar Leute drehten sich zu ihnen um.

«Jim, hör zu. Ich habe es lange Zeit nach der AA-Methode gemacht. Dadurch bin ich wieder nüchtern geworden, gar keine Frage. Jetzt stehe ich an einem … einem Scheideweg. Ich habe beschlossen, mir eine Auszeit zu nehmen. Es muss nicht alles oder nichts sein. Es verlangt genauso viel Willenskraft, sich nur einen zu genehmigen wie keinen.»

Levin gab ein wenig nach. Sein Gesichtsausdruck wurde sanfter. Er lächelte. «Du zitierst mich, stimmt's? Etwas, das ich vor zehn Jahren, vor acht Jahren mal gesagt habe.»

«Nicht bewusst, aber wo du's jetzt erwähnst, ja.»

Der Kellner brachte ihre Drinks. Sie legten die Fingerspitzen auf den Fuß ihrer Gläser. Sie sahen sich an.

«Also, dann», sagte Levin. Er hob sein Glas. «Cheers.»

Forbes hob sein Glas. «Cheers.»

Sie stießen an.

Sie tranken. Sie bestellten – den Fisch. Sie redeten, sie tranken aus. Der Kellner servierte ihre Hauptgerichte.

«Darf es noch etwas sein?», fragte der Kellner.

«Ich nehme ein Glas Weißwein», sagte Levin. «Welchen Hauswein haben Sie?»

«Einen australischen Merlot. Sehr trocken. Sehr gut.»

«Fein.»

«Sir?»

«Ich, äh … ich nehme noch einen Martini.»

«Sehr wohl.» Der Kellner ging.

«Und?», sagte Levin. «Hast du Diane schon gesehen, Ben?»

«Nein. Ich habe sie nicht gesehen. Sie hat's nicht geschafft.»

«Nicht geschafft? Was meinst du damit, sie hat's nicht geschafft? Ich dachte, du wärst extra hergekommen, um sie zu sehen.»

«Und um dich zu sehen. Und ein paar andere Freunde.»

«Ja, ja, ich weiß. Aber sie war die Hauptattraktion. Was für ein Fuck. Ich hatte mich schon drauf gefreut, von dir zu hören, wie ihr beide euch nur einmal kurz angesehen und dann erkannt habt, dass die alte Leidenschaft immer noch glüht … und wie ihr euch dann die Klamotten vom Leib gerissen habt.»

«Kein Mensch sagt heute noch ‹Fuck›, Jim. Oder?»

«Wechsel nicht das Thema.»

Der Kellner brachte ihre Getränke. Er wartete, während Levin den Wein kostete.

«Gut», sagte Levin.

«Sehr wohl, Sir.» Der Kellner verschwand.

«An welchen Projekten arbeitest du zur Zeit?», erkundigte sich Forbes.

«So läuft das nicht, Ben», sagte Levin. «Ich will nicht über Werbung reden, ich will über Sex reden.»

«Da sprichst du mit dem Falschen.» Forbes trank einen Schluck.

«Als du nach Chapel Hill gezogen bist – erinnerst du dich noch daran? –, hast du gesagt, du könntest nirgendwo leben, wenn's dort keine Frauen gibt, die du ficken kannst. Und? Was ist draus geworden?»

«Klingt wie etwas, das ich damals wahrscheinlich gesagt hätte.»

«Du *hast* es gesagt. Du hast es im Louie's East gesagt, im Hinterzimmer.»

Forbes trank einen Schluck. «Damals hab ich noch geglaubt, der äußere Schein wäre wichtig.»

«Und heute nicht mehr? Ich will's nicht hoffen. Du bist in der Werbebranche.»

«Ich mache heute viel PR für Politiker. Inhalte, nicht Kandidaten. Ich arbeite für gemeinnützige Organisationen.»

«Was sagte Jack Gaffigan immer so schön? ‹Gemeinnützige Organisationen eigennützig unwillkommen hier.› Dann hast du dich also in vieler Hinsicht gebessert, hey? Keine eigennützigen Klienten mehr, keine Wollust mehr. Hey, wenn ich ‹Wollust› sage, darf ich dann auch ‹Abfuck› sagen? Du rauchst nicht, andernfalls hättest du schon längst gequalmt. Heutzutage raucht irgendwie jeder. Es ist wieder genau wie in den Sechzigern. Mal abgesehen vom Alk bist du durch und durch langweilig.»

Forbes lachte. Er trank einen Schluck. «Erzähl mir von deinen Kunden.»

Levin schüttelte den Kopf. «Erzähl du mir, was mit Diane passiert ist.»

«Da gibt's nichts zu erzählen. Sie hat's nicht geschafft. Hat was mit Timing zu tun. Sie ist auf Reisen. Ich konnte nur dieses Wochenende kommen und genau dieses Wochenende ist sie weg. Sie ist nicht in der Stadt. In Denver, glaube ich. Ja, Denver.»

Levin aß ein Stück Fisch. Er trank einen Schluck Wein. Er wischte sich den Mund mit der Serviette ab. Er legte eine Hand dicht neben Forbes' Hand. Er berührte ihn nicht. Vorhin hatte er ihn umarmt, aber auf einmal waren sie keine engen Freunde mehr. «Was ist los, Ben?»

Forbes spreizte die Hände. «Das ist alles. Ehrlich.»

Levin faltete seine Serviette und legte sie neben sich auf den Tisch. «Ben, ich werde nicht weiter drauf herumreiten, denn eigentlich ist es mir scheißegal. Aber wie *du* schon sagtest, ich arbeite in der Werbebranche. Und wenn mir in der Werbebranche einer mit ‹ehrlich› kommt, dann weiß ich, dass es alles andere als ehrlich gemeint ist, es ist vorgetäuscht. Hundert Prozent frei von natürlichen Bestandteilen. ... Ich hab gelogen. Es interessiert mich doch. Mir gefällt das hier nicht. Mir gefällt nicht, was du mir vormachst. Du hast mir geschrieben, du wolltest dich mit mir treffen, weil du dich gut fühlst und dieses Gefühl mit mir teilen möchtest. Du wolltest ‹Wiedergutmachung leisten›. Das waren *deine* Worte, Ben, nicht *meine*. Ich kann auf diese Scheiße verzichten. Du hast dich gut gefühlt, weil du zu saufen aufgehört hast, nachdem du all diese Jahre voll gedröhnt gewesen bist.

Tja, und hier sitzt du jetzt und trinkst schon deinen zweiten Martini, und da es jetzt» – er warf einen Blick auf seine Uhr – «zwölf Uhr fünfundzwanzig ist, wer weiß, wie viele du bis jetzt schon intus hast. Ich sehe hier dein altes Ich vor mir, genau dasselbe alte Ich. Du hast mit einer deiner zahllosen Beziehungen Schluss gemacht und dich dazu herabgelassen, mit mir essen zu gehen. Wenn ich ‹herablassen› sage, kann ich dann auch ‹Abfuck› sagen? Andernfalls hättest du viel zu viel um die Ohren, wärst zu sehr mit deiner letzten Eroberung beschäftigt. Du wärst mit mir essen gegangen und hättest mir erzählt, wie gut du dich fühlst, weil du gern allein bist, am liebsten allein, ein selbständiger Bursche, der nicht auf komplizierte Beziehungen steht. Und noch während wir uns unterhielten, hättest du eine Schnalle am Nachbartisch ausgecheckt, und ein paar Mal hast du sie sogar angebaggert, während wir zusammen saßen, als wäre ich nur ein Requisit für deine verschissenen Raubzüge. Das jetzt ist wieder genau dasselbe. Haargenau dasselbe. Du sitzt hier und laberst davon, mal ein Auge zuzudrücken, aber in Wahrheit machst du nichts anderes – aber auch *gar nichts* anderes –, als eine Burg aus Scheiße zu errichten, und mich hältst du für gottverdammt blöd genug, nicht zu sehen, aus was sie gebaut ist. Weißt du eigentlich, warum ich –»

Doch Levin setzte sich abrupt zurück, denn der Kellner

war da, um sich zu erkundigen, ob alles in Ordnung war. «Ist alles zu Ihrer Zufriedenheit, Gentlemen?»

«Bestens», sagte Levin. «Alles bestens.»

Mit den Fingerspitzen schob Forbes sein Glas Richtung Kellner.

Der Kellner nahm das Glas vom Tisch. «Noch einen Martini. Sehr wohl.» Er ging.

Forbes schaute ihm nach. «Es gibt da einen Witz, den sich die Kellner erzählen. Ich frage mich, ob er den wohl kennt. Was fragt der Kellner den Tisch mit ein paar kleinen, alten jüdischen Typen? ‹Ist *irgend*was in Ordnung?›»

Levin beugte sich vor. «Weißt du, warum ich dir das alles erzähle? Willst du wissen, warum ich das alles sage?»

Forbes zerbröselte einen Brotkrumen zwischen den Fingerspitzen, dann schob er den Krumen mit dem Daumen auf seinen Teller. Er blickte zu Levin auf. Er zuckte die Achseln. «Warum?»

«Vor ein paar Jahren», sagte Levin, «vor ein paar *Jahren*, als ich noch Journalist war, habe ich mal für die *Times* gearbeitet, und da war dieser Typ, Bob Doty, er war der Leiter unseres Büros in Rom, sie holten ihn zurück, sie steckten ihn in die Lokalredaktion, was fängt man schon mit einem Kerl an, der über den Vatikan berichtet hat? Eines Tages im Frühjahr, es war der erste wirklich warme Tag, gaben sie ihm die Wetterstory. Du hast das schon mal gelesen – die bringen sie mehrmals jährlich: ein heißer Tag im Januar, ein kalter Tag im August, der erste Schnee, die ersten Krokusse. Diese Jobs bekommen immer die Altgedienten oder die Grünschnäbel. Sie schreiben die Artikel immer besser, als es das Thema eigentlich verdient, versuchen zu beweisen, dass sie's draufhaben beziehungsweise immer noch draufhaben. Doty hat eine Zeile geschrieben, die ich nie vergessen habe. Offensichtlich – denn deshalb erzähle ich dir das alles. Er schrieb: ‹Alle Frauen auf der Fifth Avenue schienen unendlich lange

Beine zu haben und in Eile zu sein, weil sie mit Cary Grant Cocktails schlürfen wollten.›

Gestern Nachmittag um halb sieben, ich komme gerade aus dem Time-Life-Building, hab ich eine alte Freundin von mir gesehen. Mich hat sie nicht gesehen, sie war auf der anderen Straßenseite der Fiftieth Street. Sie hätte mich so oder so nicht gesehen, sie schwebte drei Meter über dem Boden. Sie hat ohnehin schon unendlich lange Beine, aber jetzt schien sie noch längere Beine zu haben und in Eile zu sein, weil sie mit Cary Grant Cocktails schlürfen wollte.»

Levin zückte seine Brieftasche, nahm einen Zwanziger heraus und legte ihn auf den Tisch. Er schob seinen Stuhl zurück und stand auf. «Es war Diane Foxx.» Er drehte sich um und verließ das Restaurant.

Der Kellner brachte den Martini. Er sah die Serviette, er sah den Stuhl, er sah den Zwanziger, er musste nicht erst fragen. «Ich bringe Ihnen die Rechnung, Sir.»

7

«Hübsches Mädchen», sagte Janet Truelove. «Es ist ein Jammer, alle wollen irgendwas von einem.»

Sie und Cullen standen links und rechts neben der Leiche der nackten blonden Frau, die unter einem Tuch lag.

Cullen dachte an all die hübschen Frauen, die er gekannt, und an alles, was er von ihnen gewollt hatte. Er dachte an seine Tochter; sie war zweiundzwanzig (oder war sie schon dreiundzwanzig?) und schlank und klug und stark und hübsch (vermutete er, nur, dass die Leute gesagt hatten, als sie aufwuchs, sie sehe ihm ähnlich, und niemand – *niemand* – hatte *ihn* jemals hübsch genannt) und ihr Lieblingsschimpfwort lautete *«Männer»*.

Janet Truelove bückte sich, um das Tuch noch einmal zurückzuziehen. «Womit auch immer er sie erschlagen hat, es sieht aus, als hätte er nur ein einziges Mal zugeschlagen. Ich schätze, manchmal ist nicht mehr nötig.» Sie zog das Tuch wieder hoch und richtete sich auf. «Er hat sie nicht hier umgebracht. Was meinst du?»

Das war exakt, was er dachte, aber er hielt es noch für ein wenig zu früh, das zu denken. «Er hat sie hierhin gebracht, um sie in den Fluss zu werfen, aber irgendwas ist passiert, jemand ist vorbeigekommen.»

Hier war eines der merkwürdigeren Wahrzeichen der Stadt, ein früherer Handelspier, der mit einem Netz eingehüllt worden war, sodass es nun an ein Kunstwerk von Christo erinnerte. Die kommerzielle Inkarnation des Piers war die eines Drivingrange, und das Netz sollte verhindern, dass die Golfbälle in den Hudson flogen. Es war Cullen schleierhaft, von wem diese Golfbälle geschlagen wurden. Wann immer er hier gewesen war, war weit und breit niemand zu sehen bis auf jemanden, der in dem seltsamen kleinen Laden Golfschläger und Spikes sowie Strickwesten mit bunten Rautenmustern verkaufte. Weiter nördlich, in einem weiteren grotesk umgewandelten Lagerhausareal, joggten Jogger auf einem Hallenparcours und kletterten Kletterer an einer Übungswand. Mathews hatte bei der Fahrt hierher gesagt, dass es hier irgendwo auch eine Halleneislaufbahn gebe, und er hielt es für ein viel versprechendes Revier für die Jagd nach jungen Frauen mit kräftigen Oberschenkeln und kurzen Röckchen. Außerdem sagte er, dass es irgendwo hier, okay, nicht direkt hier, aber vielleicht im benachbarten Gebäude, Studios gab, in denen Fotografen Fotos von Supermodels schossen, von denen er ganz bestimmt etwas wollte.

«Sie trägt normalerweise einen Ring an der linken Hand», sagte Cullen. «Da ist ein Abdruck.»

«Habe ich auch gesehen», sagte Truelove.

Cullen winkte die beiden uniformierten Cops aus dem Streifenwagen, der den Einsatz bekommen hatte, mit einer Kopfbewegung herüber. Die Cops kamen. Auf dem Namensschild des einen stand *Dent*, auf dem des anderen *Nall*.

«Ich bin Cullen. Das hier ist Truelove. Wer hat die Tote gemeldet?»

«Hausmeister», antwortete Dent wortkarg.

«Ist er noch irgendwo in der Nähe?»

«Er hat noch einen anderen Job», sagte Nall. «Aber wir haben seine Nummer.» Er riss eine Seite aus seinem Notizblock und reichte sie Cullen.

«‹Will›», sagte Cullen. «Ist das sein Vorname oder sein Nachname?»

«Nachname», erwiderte Dent.

Cullen wollte fragen, ob irgendwer, der mit diesem Fall zu tun hatte, einen mehrsilbigen Namen hatte. Er wollte Dent fragen, ob er manchmal in vollständigen Sätzen sprach. Er fragte, wann Will das Opfer gefunden hatte.

«Sechs», antwortete Dent.

«Hat er sie bewegt? Oder Sie?»

«Er hat die Plane über sie gelegt», sagte Nall. «Wir haben sie nicht angerührt – außer um zu prüfen, ob sie noch einen Puls hatte.»

«Hat Will irgendetwas gehört, irgendetwas gesehen?»

«Negativ», sagte Dent.

«Er arbeitet den größten Teil des Abends an der Eislaufbahn», sagte Nall, der Redselige. «Zum letzten Mal war er um drei-dreißig in dieser Gegend. Also muss es irgendwann dazwischen passiert sein. Das vordere Tor ist wegen dem Parkplatz immer offen, also können sie mit dem Wagen bis hierher gefahren sein.»

«Ja», fügte Dent hinzu.

«Okay, Freunde, tausend Dank. Bleibt noch einen Moment

in der Nähe, alles klar? Fragt bei den Jungs von der Spurensicherung, ob ihr vielleicht irgendwie helfen könnt.»

Als die Uniformierten verschwunden waren, meinte Cullen: «Sie war demjenigen nicht gleichgültig, der sie hergebracht hat.»

«Wie kommst du denn darauf?», fragte Truelove.

Cullen beugte sich vor, um das Tuch wieder zurückzuziehen. «Wie die Arme auf ihrer Brust gefaltet sind, ihre Füße an den Fersen zusammen. Sie ist nicht einfach hier abgekippt worden, sie ist fast schon behutsam auf den Asphalt gelegt worden. Wie die Haare unter ihrem Kopf herausgezogen wurden, genau wie man's machen würde, wenn man sie ins Bett legt, damit sie nicht auf ihnen liegt.» Er deckte sie wieder zu und richtete sich auf.

Truelove schien skeptisch, sagte aber nichts, sondern räumte ein, dass Cullen in seinem Leben womöglich schon einige Frauen ins Bett gebracht und auf ihr Haar geachtet hatte. «Willst du Mathews losschicken, damit er mit diesem Hausmeister redet?»

«Ja, ich werd's ihm sagen.»

«*Ich* sag's ihm», meinte Truelove. «Ich muss sowieso mal zur Toilette. Und da kommt auch schon dein Lieblings-SGM.»

Cullens Lieblings-stellvertretender-Gerichtsmediziner hieß Jane Blankenstein, die eine Frisur wie ein Junge und eine Figur wie eine Ballerina hatte. Sie hatte Cullen einmal zu einem Brunch mit ein paar Freunden eingeladen. Sie hatte gesagt, falls er eine Beziehung hätte, dann solle er sie einfach mitbringen. Oder ihn, hatte sie nachgeschoben. Wenn sie es für möglich hielt, dass er eventuell schwul sein könnte, bedeutete dies dann, dass sie nicht an ihm interessiert war, falls er nicht schwul war und keine feste Beziehung hatte? Das alles war so verwirrend gewesen, dass Cullen unter dem Vorwand, sein Sohn hätte ein wichtiges Hockeyspiel, gar nicht erst hingegangen war. Sein Sohn hatte tatsächlich ein Hockeyspiel gehabt, aber Cullen wollte nicht wirklich hin, da seine Ex ebenfalls dort sein und ihn mit den Problemen ihrer zweiten Ehe nerven würde.

«Hi», sagte Jane Blankenstein. Sie trug Jeans, ein weißes T-Shirt und hohe, schwarze Converse-Basketballschuhe.

«Hi.»

«Mord?»

«Sieht so aus, aber das ist dein Job.»

«Nicht mehr lange. Ich meine, ich werde diesen Job nicht mehr lange machen. Ich gehe im September wieder auf die Uni. Tropenmedizin.»

Sie fehlte Cullen schon jetzt. C'est la vie. «An einem exotischen Ort?»

«Ich gehe auf die Vanderbilt. Das ist in Nashville. Tennessee.»

Er wusste, wo Nashville lag, hatte selbst schon mal überlegt, dorthin zu ziehen, als er hörte, dass Lucinda Williams von Austin dorthin umgezogen war, wohin zu ziehen er im Übrigen auch schon überlegt hatte, nachdem er herausfand, dass sie dort wohnte. Lucinda Williams war Cullens absolute Lieblingssängerin und – weil er weder zum zweiten Mal geheiratet noch derzeit eine nennenswerte Beziehung hatte – seine Lieblingstraumfrau. Seine Phantasien waren in letzter Zeit ziemlich durcheinander geraten, als er las, dass Lucinda Williams in Nashville nur zwei Häuser entfernt von Emmy Lou Harris lebte, seiner Lieblingstraumfrau aus einer anderen Epoche und zugleich unter den absoluten Top Ten seiner Lieblingssängerinnen.

«Die haben ein großes Institut», sagte Blankenstein, während sie sich hinkniete, über die Tote beugte und das Tuch zurückzog. «Wir haben nie zusammen gebruncht.»

«Nein, ich, äh ...»

«Hockey», sagte Jane Blankenstein.

«Genau. Hockey.»

«Das war eine Premiere.»

«Was?»

«Dass jemand mir einen Korb gegeben hat, nur weil er zu einem Hockeyspiel wollte.»

«Mein Sohn hat mitgespielt.»

«Hm. Hast du damals gesagt. Gute Ausrede, glaub mir. Einmalig. Es ist nur, dass –»

«Ich kann sie kein zweites Mal anbringen.»

Sie lächelte ihn über ihre Schulter an. «Genau.» Sie drehte sich wieder zur Leiche um und setzte ihre Untersuchungen noch einige weitere Augenblicke fort. Dann stand sie auf. «Tja, sie ist tot. Da bin ich sicher. Ansonsten? Sie hatte keinen Sex, zumindest nicht in jüngster Zeit. Abgesehen von der Kopfwunde keine weiteren schweren Verletzungen. Es war weder der Kolben einer Schusswaffe noch ein Hammer, es war etwas Glattes, ein Baseballschläger vielleicht, oder eine Eisenstange. An ihrem linken Ringfinger befindet sich ein Abdruck, aber sie trägt keinen Ring. Ich würde sagen, sie hat ihn abgezogen. Falls es der Mörder war – oder jemand, der die Leiche gefunden hat –, müsste es eine Verletzung um den Knöchel geben. Es ist ein tiefer Abdruck. Sie hat diesen Ring viele Jahre getragen. Ansonsten? Das war's so ungefähr, bis ich sie auf dem Tisch habe. Habt ihr Leute noch irgendwas?»

Cullen sagte: «Sie ist irgendwann zwischen drei-dreißig und sechs hier abgeladen worden. Wir geben der Spurensicherung nochmal richtig Zeit, aber das hier ist nicht der Tatort. Andernfalls müssten ihre Kleider hier irgendwo liegen. Oder ihr Ring. Ansonsten?»

Jane Blankenstein schaute auf, weil sie wissen wollte, ob er sie nachäffte. Sie lächelte. «Es ist ein Mysterium.»

«Es ist ein Mysterium.»

Inzwischen war ein Fahrzeug der Spurensicherung eingetroffen und Cullen ging hinüber. Truelove unterhielt sich mit einem der Männer.

«Kenn Eudy.»

«Joe Cullen.»

Sie schüttelten sich die Hand.

«Wir suchen nach Kleidungsstücken und einem Ring, wahrscheinlich ein Ehering», sagte Cullen.

«Und nach Ohrringen», sagte Truelove. «Sie hat durchstochene Ohrläppchen.»

«Keine Waffe?», fragte Eudy.

Cullen schüttelte den Kopf. «Ein Schläger, eine Stange. Irgendwas Rundes, Glattes. Aber sie ist nicht hier ermordet worden. Hier haben sie sie nur abgeladen.»

«‹Sie›?»

«Nur so eine Redensart.»

Eudy reckte den Hals und betrachtete das riesige Areal um sie herum, um den Körper der nackten Toten. «Wie viel sollen wir absperren?»

Cullen streckte den Arm aus. «Sie sind durch dieses Tor reingefahren, dann da lang, sind hier eingebogen, haben gewendet, angehalten, sind ausgestiegen, dorthin gegangen, wieder zurück, eingestiegen, losgefahren, dort abgebogen und durchs Tor wieder raus.»

Eudy ging zur Leiche, umrundete sie einmal, beugte sich dabei leicht vor wie ein Aasgeier, der eine Mahlzeit beäugte. Er ging einen Teil der Strecke ab, die Cullen skizziert hatte, und kehrte zu der Stelle zurück, wo sie standen.

«Da vorne befindet sich ein kleiner Ölfleck mit Schuhabdrücken darin. Bevor ihr verschwindet ... wir haben im Wagen ein Spurensicherungskit, ihr lasst uns eure Schuhabdrücke hier, das Gleiche machen wir auch mit den Uniformierten. Sonst noch jemand, von dem wir Abdrücke nehmen sollten?»

«Ein Hausmeister», sagte Truelove. «Er hat die Tote gefunden. Er hat tagsüber noch einen anderen Job. Wir haben jemanden zu ihm geschickt.»

«Also, ihr könnt uns allen ein bisschen Zeit und Mühe sparen, wenn ihr ihn bittet, die Schuhe mitzubringen, die er getragen hat. Er kann sie zu euch ins Büro bringen, dann kommen wir rüber und holen sie ab.»

«Ich sag's Mike.» Truelove nahm ihr Mobiltelefon und entfernte sich ein paar Schritte, um Mathews anzurufen.

Cullen sah Eudy an, der seinen Blick erwiderte.

«Gib dein Bestes», sagte Eudy. «Manchmal hilft's.»

Cullen schaute sich um, sah nichts, das er nicht auch schon zuvor gesehen hatte, und schaute wieder Eudy an. «Wie ich schon sagte, sie ist woanders ausgeknipst und dann hier abgeladen worden. Die Sache ist nur …»

«Ja?» Eudy wedelte auffordernd mit den Fingern. «Ja, rauf auf die Mutter!»

Truelove kehrte zurück. Sie sah Eudy und Cullen an und war klug genug zu warten.

«Warum hier?», sagte Cullen. «Es ist ein öffentlicher Ort. Es ist zwar unten am Fluss, aber es ist ein öffentlicher Ort. Es ist beleuchtet, es ist geschützt, es ist ein Ort, der ein Gefühl von Sicherheit vermittelt. Wenn man eine Tote loswerden will, gibt's doch alle möglichen Stellen, wo es Tage oder Wochen oder Monate oder Ewigkeiten dauern würde, bevor sie von jemandem gefunden wird. Also, warum ausgerechnet hier?»

«Der Täter wollte, dass sie gefunden wird», sagte Truelove. «Er hat sie umgelegt und er wollte sie nicht auf seinem Gelände oder in seiner Nachbarschaft haben, wollte aber auch nicht, dass sie einfach spurlos verschwand.»

«Ich glaube, das ist es», sagte Cullen. «Sie hat Familie, einen Mann. Die werden sie suchen. Er wollte nicht, dass sie zu lange suchen müssen.»

Eudy fuchtelte mit einem Finger in ihre Richtung. «Ihr

Leute sagt immer ‹er› – das ist jetzt wieder nur so eine Redensart, stimmt's? Ihr schließt *nicht* aus, dass der Täter auch eine Frau gewesen sein kann.»

«Wenn das eine Frau war», sagte Truelove, «bin ich Polin.»

«Meine Mutter ist Polin», schaltete sich Jane Blankenstein ein.

Sie traten einen Schritt zur Seite, um sie nicht vom Gespräch auszuschließen.

«Nichts für ungut, Jane», sagte Truelove.

«Kein Problem. Da ist jemand, der mit euch reden möchte.»

Sie schauten in die Richtung, in die sie zeigte, und sahen eine graue Frau – graues Haar, graue Haut, drei graue Mäntel trotz des milden Wetters. Sie trat neben dem Wagen des SGM von einem Bein aufs andere, hielt dabei eine Tasse Kaffee in beiden Händen dicht an ihren Mund.

«Sie schläft hinten in dem Golfladen», sagte Jane Blankenstein. «Sie hat einen Transporter gesehen, einen königsblauen Transporter.»

«Was haben wir nur gemacht», meinte Truelove, «als wir noch nicht all diese Obdachlosen hatten, die überall in der Gegend herumliegen und nur darauf warten, Augenzeugen zu werden?»

«Kannst du laut sagen», sagte Cullen.

Die Frau hieß Holly, und sie war alles andere als eine großartige Zeugin, doch mit Farben kannte sie sich aus.

«Azurblau», beschrieb sie den Truck, den sie um drei Uhr morgens durch das Tor auf das Piergelände und wenig später wieder hatte fort fahren sehen. «Mit kardinalspurpurnen Kringeln und Wirbeln und so Sachen.»

«Was genau für ein Truck war's denn, Holly?», fragte Cullen. «Ein Pickup? Ein geschlossener Transporter?»

«Soll'n das sein, ein geschlossener Transporter?»

«So einer, wie ihn Lieferanten verwenden. Floristen. Oder Handwerker – Elektriker, Anstreicher.»

Holly starrte ihn fassungslos an. «Was glaubst'n, was für ein Leben ich führe? *Flor*isten?»

Cullen lächelte. «Ein kleiner Lieferwagen. Ohne Motorhaube vorne.» Er gestikulierte mit den Händen, hatte aber keinen Schimmer, was er damit verdeutlichen wollte.

Holly runzelte die Stirn. «So was wie ein VW-Bus?»

«Ja. Danke. So was wie ein VW-Bus.»

«So einer war's nicht. Hatte 'ne kleine Schnauze. Sah eher aus wie eins von diesen Jeepdingern, mit denen die Yuppies durch die Gegend brausen. Tagsüber sieht man hier einen ganzen Haufen von den Dingern, oben an der Eisbahn und an der Halle. Wusstest du, dass Leute herkommen und gutes Geld dafür zahlen, nur um Wände hochzuklettern?» Sie lachte. «Verdammt, die sollten lieber ein paar Tage mit mir verbringen. Dann würden sie gratis die Wände hochgehen.»

«Ranger, Trooper, Explorer – das sind die Fabrikate, von denen Sie hier reden», sagte Cullen. «War's eins von diesen Fahrzeugen? So ähnlich wie – Scheiße, wie nennt man die Dinger noch gleich, Jan?»

«Sportnutzfahrzeuge», antwortete Truelove und unterdrückte ein Grinsen.

«War's eins von denen, Holly?», sagte Cullen. «Ein Sportnutzfahrzeug?»

Holly schüttelte traurig den Kopf. «Es war ein Truck.»

«Vielleicht haben Sie einen Lieferwagen gesehen», sagte Truelove. «Einen kleinen Lieferwagen. Hatte er Schiebetüren, Türen, die nicht nach außen aufklappen, sondern vor und zurück gleiten?»

«Hab die Türen nicht gese… – Da!» Holly streckte den Arm aus. «Da ist einer!»

Sie wirbelten gerade rechtzeitig herum, um noch das Heck

eines Ford Minivan zu sehen, der in südlicher Richtung auf der West Side Highway fuhr.

Sie sahen Holly wieder an.

«Genau so einer?», fragte Cullen.

Sie starrte ihn an. «Nicht *genau* so einer. Das war aubergine. Den ich gesehen hab, der war azurblau mit kardinalspurpurnen Kringeln und Wirbeln.»

«Richtig. Dann waren die Kringel und Wirbel handgemalt?»

«Woher zum Teufel soll ich das wissen?»

«Es war keine professionelle Lackierung?» Er wusste, dass es die falsche Frage war, aber er musste sie einfach stellen.

Holly starrte ihn an. Cullen starrte zurück mit seinem *Ist-doch-nicht-meine-Schuld-dass-du-obdachlos-bist-irgendwas-hattest-du-schon-damit-zu-tun-also-musst-du-auch-eine-gewisse-Eigenverantwortung-für-deine-Situation-übernehmen*-Blick.

Es funktionierte. Holly musste fortschauen. Dann zuckte sie mit den Achseln, warf Cullen einen verstohlenen Seitenblick zu und zuckte wieder die Achseln. «Nein. Nein. Ich meine, nein, das war keine serienmäßige Lackierung, das war 'ne Sonderlackierung auf Bestellung.»

«Okay, Holly, danke. Wir rufen jetzt einen der uniformierten Beamten herüber, der Sie dann zum Revier fährt, wo Sie einem Zeichner den Transporter und die Lackierung beschreiben, damit der uns eine Skizze anfertigen kann. Sie bekommen für Ihre Zeit und Mühe ein paar Mäuse und was zu essen. Falls Ihnen sonst noch was einfällt, falls Sie den Transporter nochmal wieder sehen sollten, dann rufen Sie, egal zu welcher Uhrzeit, diese Nummern hier an. Machen Sie's als R-Gespräch.»

Holly studierte die Karte, die er ihr gab. «‹Joseph Cullen.› Ich kannte mal eine Bernice Cullen. Wir haben zusammen bei der Telefongesellschaft gearbeitet.»

Dieses Mal war es Cullen, der mit großen Augen glotzte. «Das muss meine Mutter gewesen sein.»

Holly konnte ihm nicht in die Augen sehen. «Wie geht's ihr?»

«Sie ist tot. Vor drei Jahren.»

Holly schluckte, schluckte dann noch einmal. «Ich mochte sie. Wir waren befreundet.»

Cullen zeigte auf die Karte. «Machen Sie's als R-Gespräch.»

Nachdem Holly an Nall und Dent weitergereicht worden war, sagte Truelove: «Ganz schön heavy.»

«Kannst du laut sagen», meinte Cullen.

Mathews lehnte an seinem Wagen, als sie zu ihrem zurückkehrten. Neben ihm lehnte eine große schlanke Frau mit schmal geschnittenen schwarzen Stiefeln, schmal geschnittener schwarzer Jeans, kurzer schwarzer Lederjacke, schwarzer Sonnenbrille und schwarzem Bolerohut.

«Den Hausmeister schon gefunden?», fragte Cullen.

«Joe, das wirst du nicht glauben. Erinnerst du dich noch, über wen wir erst kürzlich gesprochen haben? Erinnerst du dich noch, dass wir über Leeza Benson gesprochen haben? Tja, rat mal, wer das hier ist.»

«Hast du mal eine Minute für mich, Mike?», sagte Cullen und ging zu seinem Wagen.

Mathews ging neben ihm her. «Es ist nicht zu fassen. Sie hat gerade ein Shooting in dem anderen Gebäude, von dem ich dir erzählt habe. Das mit den Fotostudios, weißt du noch?»

«Hast du den Hausmeister aufgetrieben, Mike?», wiederholte Cullen.

«Ob ich ihn aufgetrieben habe? Nein, ich hab ihn noch nicht aufgetrieben. War noch gar nicht weg. Ich unterhalte mich mit Leeza Benson. Ich hab ihr erzählt, dass ich neulich im Chaos war. Sie meint, sie könnte sich an mich erinnern.»

«Treib den Hausmeister auf, Mike.»

«Ach, Joe, komm schon. Fünf Minuten. Fünf Minuten mit einem Supermodel.»

Cullen schob sein Gesicht dicht vor Mathews Nase. «Hier ist ein Verbrechen begangen worden, du Arschloch. Schaff sie gottverdammt hier weg.» Er drehte sich um und stieg in seinen Wagen.

Truelove hatte den Innenspiegel verstellt, um Leeza Benson sehen zu können. «Mensch, ich bin hin und weg.»

«Auf geht's.»

«Willst du sie nicht kennen lernen? Ich meine, scheiß drauf.»

«Fahren wir, J.»

«Zu spät», sagte Truelove.

«Was ist zu spät?»

«Lieutenant?», sagte eine Frau an seinem Ellbogen. Eine Frau, die gut roch. Die große schlanke Frau mit schmal geschnittenen schwarzen Stiefeln, schmal geschnittener schwarzer Jeans, kurzer schwarzer Lederjacke, schwarzer Sonnenbrille und schwarzem Bolerohut.

«Tut mir Leid, Sie müssen das Gelände hier sofort verlassen», sagte Cullen.

«Ich weiß. Detective Mathews hat es mir erklärt. Ich wollte nur sagen, dass es mir Leid tut. Ich arbeite in dem Gebäude dort drüben. Wir machen gerade Pause. Ich habe das Treiben hier gesehen, bin rübergekommen. Ich ... Also, ich habe es ausgenutzt, dass er mich erkannt hat.»

Cullen schenkte ihr sein absolut schönstes Lächeln. «Schon okay.»

Leeza Benson lächelte zurück, wahrscheinlich war's nicht ihr absolut schönstes Lächeln, wahrscheinlich war's nur ein zweit- oder sogar nur drittklassiges Lächeln, aber auf jeden Fall ein Lächeln, das ihn todsicher auf die Bretter geschickt hätte, hätte er gestanden. «Wir sehen uns.»

«Wir sehen uns», sagte Cullen.

Als sie fort war, trällerte Truelove leise: «Wir se-he-en uns.»
«Und auf geht's», sagte Cullen.
«Du hast vergessen, mich ihr vorzustellen», sagte Truelove.
«Das nächste Mal.»
«Kannst du laut sagen.»

8

«Guten Tag alle miteinander. Ich heiße Nora, und ich bin eine rothaarige Alkoholikerin.»
«Hi, Nora.»
«Willkommen zum samstagabendlichen Meeting der Anonymen Alkoholiker. Wenn ich jetzt um einen Augenblick Stille gefolgt vom Gelassenheitsgebet bitten darf.»
«... Gott, gib mir die Gelassenheit, die Dinge hinzunehmen, an denen ich nichts ändern kann, schenke mir den Mut, die Dinge zu ändern, die ich ändern kann, und die Weisheit, den Unterschied zwischen beidem zu erkennen.»
«Die Anonymen Alkoholiker sind eine Gemeinschaft von Männern und Frauen, die ihre Erfahrungen, Kraft und Hoffnung miteinander teilen, damit sie ihr gemeinsames Problem lösen und anderen helfen können, vom Alkoholismus zu genesen. Die einzige Voraussetzung der Mitgliedschaft ist der Wunsch, mit Trinken aufzuhören. Die Mitgliedschaft bei den AA kennt weder Beiträge noch Gebühren; wir tragen uns ausschließlich durch Spenden. Die AA stehen in keinerlei Verbindung zu einer wie auch immer gearteten Sekte, Konfession, Politik, Organisation oder Institution, wollen sich an keiner öffentlichen Diskussion beteiligen, setzen sich weder für noch gegen eine Sache ein. Unser vorrangiges Ziel besteht darin, trocken zu bleiben und anderen Alkoholikern zu helfen, trocken zu werden.

Dieses Meeting wurde ins Leben gerufen, damit Einzelne kurz berichten können, wie es war, was geschah und wie es jetzt ist. Der Sprecher schlägt ein Thema vor, und so geht es reihum, jeder Einzelne wird gebeten, die Gruppe an seiner oder ihrer Erfahrung, Hoffnung und Kraft teilhaben zu lassen. Wer nicht möchte, muss nicht sprechen. Um zwanzig vor sechs beginnen wir mit den persönlichen Meldungen, damit jeder, der uns noch etwas mitteilen möchte, Gelegenheit dazu bekommt. Bevor ich unseren Sprecher vorstelle, noch eine Frage: Ist jemand hier, der heute zum ersten Mal bei einem AA-Meeting ist? Haben wir einen Gast aus einer anderen Gemeinschaft oder von außerhalb? Ja? Sir? Dort hinten. Haben Sie die Hand gehoben?»

«Ich heiße ... Ich heiße Ben ... Ich heiße Ben ... Ich heiße Ben.»

«Hi, Ben.»

«Sonst noch Besucher? Schön ... also dann, unser Sprecher heute Abend ist jemand, der inzwischen seit fast einem Jahr herkommt, und ich ...»

«Ein brennendes Verlangen.»

Gelächter.

«Äh, ja, Mary, normalerweise setzen wir das brennende Verlangen mehr ans Ende unserer Zusammenkünfte.»

«Also, es ist aber ein brennendes Verlangen, das ich gottverdammt genau jetzt habe.»

Wieder Gelächter.

«In Ordnung, na, schön, Mary, wir hören zu.»

«Ich heiße Mary und ich bin Alkoholikerin.»

«Hi, Mary.»

«Vor ein paar Jahren, kommt mir vor, als hätten wir es schon eine ganze Weile nicht mehr so gemacht, früher haben wir überhaupt vieles anders gemacht als heute, aber das ist eine andere Geschichte, also, damals hatten wir einen Satz, der unmittelbar nach der Präambel gesprochen wurde, und dieser Satz besagte, falls man getrunken oder bewusstseinsverändernde Drogen genommen hatte, dann wurde man gebeten, an diesem Tag nicht zu sprechen, sondern einfach nur zuzuhören. Wenn man getrunken oder Drogen genommen hatte, steckte man immer noch mitten in der Krankheit, und was man dann den anderen mitzuteilen hatte, war für die Gruppe weder gut noch von Interesse.

Wie ich schon sagte, heute gibt es diesen Satz bei uns nicht mehr. Das ist dann wohl der Lauf der Welt, schätze ich. Nur eine dieser zahlreichen kleinen Veränderungen, die durchgeführt werden, und da wir eine führerlose Organisation sind, weiß eigentlich keiner so genau, warum das so ist, es wird einfach ...»

«Ich dachte, es handelt sich um ein *brennendes* Verlangen, Mary.»

Gelächter.

«Wir hatten auch einen Grundsatz», fuhr Mary fort. «Wenn jemand sich nicht als Alkoholiker zu erkennen gab, dann war er bei geschlossenen Zusammenkünften nicht erwünscht. Das hier ist eine geschlossene Zusammenkunft, und wir haben jemanden hier, der sich nicht als Alkoholiker bezeichnet hat, und ich möchte den Sitzungsleiter bitten, diese Person aufzufordern, jetzt bitte zu gehen. Bei einem offenen Meeting ist er jederzeit willkommen, aber muss ich erst alle daran erinnern, dass die Anonymität unser kostbarster Besitz ist?»

«Entschuldigen Sie, wenn ich unterbreche, Mary», sagte ein Mann mit starkem irischen Akzent. «Aber die bewusste Person kann Sie nicht hören. Er ist ohnmächtig geworden.»

«Geht's wieder besser? Der Name war Ben, richtig?»

«Richtig.»

«Ich heiße Nora. Ich habe das Meeting geleitet. Die mit den roten Haaren.»

«Ich ... ich bin eingeschlafen.»

«Sie haben getrunken.»

«Ich hatte, ich hatte, ich hatte ein paar Drinks.»

«Wo wohnen Sie, Ben?»

«Ich bin … ich komme von außerhalb.»

«Von weit außerhalb? Kann ich Sie vielleicht nach Hause fahren? Falls Sie in Jersey oder auf der Insel wohnen, bringe ich Sie gern nach Hause. Oder auch weiter in den Norden des Bundesstaates.»

«Ist noch Kaffee da?»

«Nein, ich habe schon alles weggeräumt. Möchten Sie einen? An der nächsten Ecke gibt es ein Lokal.»

«Gehen Sie nur schon vor. Ich komme nach. Ich werd's schon finden.»

«Das glaube ich kaum. Ich glaube, vorher werden Sie Eddie's finden. Eddie's befindet sich an der *anderen* Ecke, Sie können die Kneipe gar nicht verfehlen. Ben, ich versuche mich an die Maxime ‹leben und leben lassen› zu halten, aber was auch immer passiert ist, durchs Trinken wird es nicht besser.»

«Gehen Sie vor.»

«So wie ich das sehe, sind Sie hergekommen. Das ist ein wichtiger Schritt. Manche Leute, ich weiß nicht, ob Sie das gehört haben, manche Leute haben gesagt, Sie dürften eigentlich nicht hier sein, Sie befänden sich noch mitten in Ihrer Krankheit. Ich habe geantwortet, Sie haben den Mut aufgebracht, durch die Tür hereinzukommen, und das bedeutet, Sie gehören zu uns, egal, wie kaputt Sie sind. Ich war mal auf einem Meeting, auf dem sich ein Typ auch nicht Alkoholiker nennen wollte, er war dort, weil ein Gericht ihn dazu verdonnert hatte, er hatte unter Alkoholeinwirkung Auto gefahren und die Leute wollten, daß er geht. Ich habe sein Gesicht gesehen, als er ging, und es war mein eigenes Gesicht, trotzig, arrogant, was zum Teufel bildet *ihr* euch eigentlich ein, mir vorschreiben zu können, was ich tun und lassen soll. Der perfekte Vorwand, nie wieder zurückzukommen. Ich habe damals gesagt, wenn wir ihn akzeptieren, würde er vielleicht wiederkommen. Ich habe gesagt, man kann nicht wiederkommen, wenn einen die Leute vorher nicht bleiben lassen. Seitdem versuche ich, na ja, eben zu leben und leben zu lassen ... Also, äh, sind Sie geschäftlich in der Stadt?»

«Nora? Nora ist richtig, ja?»

«Nora.»

«Es klingt für mich nicht so, Nora, als würden Sie einfach nur leben und leben lassen. Für mich hört sich das an, als würden Sie Ihre Nase in Dinge stecken, die Sie nichts angehen. Ich will gottverdammt nur in Ruhe gelassen werden. Es ist nett von Ihnen, dass Sie nach dem Meeting noch geblieben sind. Es ist nett von Ihnen, dass Sie den Vorsitz geführt und Kaffee gekocht haben. Ich bin Ihnen dankbar dafür, dass Sie etwas für die Gruppe getan haben ...»

Sie war bereits Richtung Tür gegangen und wirbelte nun zu ihm herum. «Wissen Sie, wie spät es ist?»

Forbes tastete nach seiner Armbanduhr, sah aber nicht darauf. Es gab keine Fenster, keine anderen Anhaltspunkte. «Äh, nein. Nein, weiß ich nicht.»

«Das war ein Vier-Uhr-Meeting. Ohnmächtig geworden sind Sie gegen Viertel nach vier. Jetzt ist es sieben. Also behaupten Sie nicht, dass ich mich in Ihre Angelegenheiten einmische. Arschloch. Ich bin hier geblieben, damit Sie nicht allein sind, wenn Sie wieder zu sich kommen. Ich hätte Sie auch allein lassen können. Ich hätte Sie allein lassen und einschließen können. Um acht findet das nächste Meeting statt. Die hätten Sie dann gefunden. Arschloch.» Sie setzte sich wieder in Bewegung.

«Warten Sie. Gehen Sie nicht.»

«Ich warte.»

«Das Angebot mit dem Kaffee, gilt das noch?»

«Klar.»

Im Café beobachtete Nora, wie er seinen Kaffee schlürfte. «Sie hätten sich eine Suppe bestellen sollen, eine Hühnerbrühe oder so. Die gibt's hier. Da sind Nudeln drin und Gemüse und was weiß ich nicht alles, aber die Brühe hätten Sie einfach trinken können. Und dann Saft, hier gibt's auch Saft. Kaffee ist die schlechteste Wahl, ein Aufputschmittel nach einem Beruhigungsmittel. Nehmen Sie einen Kräutertee mit Honig.» Sie hob beide Hände. «Ich weiß. Leben und leben lassen.»

«Und, was machen Sie so, Nora?»

«Ich? Ich bin eine Säuferin. Sie haben doch bestimmt *Casablanca* gesehen, oder? Ich hab den Film nicht mehr gesehen, seit ich trocken bin, aber ich wollte, dass sich meine Nichte ihn ansieht, sie ist vierzehn, sie liebt Cary Grant, Gene Kelly, Sinatra, aber Bogart hatte sie noch nie gesehen. Also haben wir uns das Video ausgeliehen, und ich war verblüfft, wie viel darin getrunken wird. In *Die Nacht vor der Hochzeit* übrigens genauso. Die machen *nichts* anderes als trinken. Jimmy Stewart. Zurück zu Bogart ... der deutsche General sagt, er möchte ihm ein paar Fragen stellen, Bogart sagt, ja, schön, okay, der General sagt, ‹Welche Nationalität haben Sie?›, Bogart antwortet, ‹Ich bin ein Trinker.› *War* er ein Trinker? Bogart, meine ich. Er ist jung gestorben. Ich meine, er ist jetzt schon seit Jahren tot. Sehen Sie sich die Bacall an, die lebt immer noch. Was ist mit Ihnen? Was tun Sie so?»

«Ich habe meine Geschichte schon mal gehört, Nora. Ich will sie wirklich nicht nochmal hören.»

«He, ich versteh das. Unsere Geschichten. Was wir gemeinsam haben und was uns gigantisch auf die Palme bringt. Das Programm könnte richtig super sein, wenn da nicht all diese Säufer wären, stimmt's? Das meine ich nicht wirklich, aber es gibt manche Leute, von denen will ich nie wieder hören, dass sie an der Park Avenue wohnen, dass sie nächste

Woche nach Buenos Aires fliegen. Ich stehe auf und geh aufs Klo, ich geh zu den Rauchern raus, und dabei rauche ich nicht mal.» Sie lachte und beugte sich tief herunter, weil sie wissen wollte, ob sie ihm in die Augen sehen und ihn ebenfalls zum Lachen bringen konnte.

Er starrte aus dem Fenster ins Nichts.

«Willst du mit zu mir kommen?», sagte Nora. Sie hob eine Hand und drehte sich dahinter fort. «Ich weiß, ich weiß. Sprich nicht mit Fremden, groß, dunkel und attraktiv.» Sie legte den Kopf schief. «Wer sagt das? Es ist aus einem Song oder so.» Sie sang: *«Don't talk to strangers, tall, dark and handsome.»* Sie schnippte mit den Fingern. «Die McGarrigles. Kate und Anna. Dieser Song über Astrologie. *‹Move over, moon, get out of Uranus. Get out of Uranus …›* Weißt du, so hab ich's noch nie versucht. Da war mal ein Typ, der wollte wirklich. Er sagte so was wie, es ist das Intimste, was man machen kann. Für ihn vielleicht. Duncan. Ich nannte ihn Duncan Doughnut. Vielleicht hat er das für Anmache gehalten, dachte, ich wollte, dass er mir seinen Doughnut reinstecken sollte.

Ich bin nicht immer so ordinär. Ich sage, verpisst euch, wenn Leute anfangen, Wortspiele mit Uranus zu machen. Du bist verheiratet. Kinder?»

Forbes hatte seine Papierserviette auf ein Achtel ihrer Größe gefaltet. Jetzt fing er an, sie wieder auseinander zu falten.

«Weißt du, wenn ich gehe, säufst du. Es ist ziemlich einfach. Also hast du mich am Hals.»

Forbes strich die Serviette mit dem Griff eines Messers glatt. Er sah Nora an. «Sie haben getan, was Sie tun konnten. Belasten Sie sich nicht mit mir.»

«Weißt du, ich sehe die Sache so», sagte Nora. «Ich glaube, es ist etwas passiert. Ich glaube, du bist nicht ausgerutscht, du wurdest geschoben. Du kommst von außerhalb. Hab ich

Recht? So wie du gekleidet bist. Ich meine, du könntest von hier sein, aber du bist es nicht. Du bist irgendwie gut angezogen, so wie man sich gut anzieht, wenn man irgendwo hinfährt. Also bist du von außerhalb und du bist auf Geschäftsreise, und dann ist etwas passiert. Du hast einen Kunden verloren. Du hast den Auftrag nicht bekommen. Irgendwas. Mit Saufen kriegst du den Kunden auch nicht wieder. Das weißt du. Das muss ich dir nicht erst sagen. Das hast du selbst schon anderen gesagt, die ausgerutscht sind. Du bist schon eine ganze Weile beim Programm, du hast schon eine Menge Alk-freie Stunden zusammen. Hast du mit deinem Paten geredet? Hast du einen Freund im Programm, den du anrufen könntest? Komm mit zu mir, du kannst mein Telefon benutzen. Ich wohne direkt hier die Straße runter. Du kannst auch deine Frau anrufen. Sie macht sich wahrscheinlich schon Sorgen.»

«Ich ...»

«Was?»

«Ich könnte eine Dusche vertragen. Und etwas Schlaf.»

Nora nahm die Rechnung vom Tisch. «Ich erledige das.»

9

Truelove legte die Zeichnung eines Minivan auf Cullens Schreibtisch. «Hollys Truck.»

Mathews stellte ein Paar Arbeitsschuhe mit Stahlkappen neben die Zeichnung. «Wills Schuhe. Der Hausmeister, du erinnerst dich?»

Cullen stellte die Schuhe neben seinen Schreibtisch auf den Boden. Er schaute zu ihnen hinab und dann hinauf zu Mathews. Er warf einen Blick auf die Zeichnung und sah dann Truelove an. «Das ist alles? Das ist unser verschissenes Beweismaterial?»

«Hey, Joe», sagte Truelove. «Nicht den Überbringer der Nachricht umlegen.»

«Was sagt die Vermisstenstelle?», fragte Cullen.

Truelove deutete mit dem Daumen über die Schulter. «Zoe.»

Zoe Zell hörte ihren Namen und kam, in ihrem Notizblock blätternd, herüber. «Du weißt ja, wie's mit denen so ist.»

Cullen wartete. «Mit wem?»

Truelove prustete und legte eine Hand über den Mund. «Wem», äffte sie ihn flüsternd nach.

«Der Vermisstenstelle», sagte Zell. Das war ihre einzige Erklärung.

Cullen überlegte, ihr mit Außendienst in Gesellschaft von Nall und Dent zu drohen. Sie könnten als die *Einsilbigen* auftreten. «Nein, Zoe, ich weiß nicht, wie es mit der Vermisstenstelle so ist.»

Sie zuckte die Achseln. «Die setzen keinen auf die Liste, der nicht mindestens vierundzwanzig Stunden verschwunden ist. Zu viele Beziehungskrisen und solche Sachen. Jemand streitet sich mit seiner Freundin, verlässt die Wohnung, dreht eine Runde um den Block, beschließt, bei einer alten Freundin unterzukommen, Freundin Nummer eins wünscht sich, sie hätte ihn nicht rausgeschmissen, sie ruft die Vermisstenstelle an, sagt, bitte bitte, findet ihn, alles ist vergeben und vergessen. Wir können nicht all diese Drecksäcke suchen.»

Cullen sah Truelove an, fragte sie mit einem Blick, ob Zell immer so war oder ob es nur an ihm lag. An etwas erinnert, das sie Cullen hatte fragen wollen, schnippte Truelove mit den Fingern. «Joe, du kennst dich doch mit Popmusik aus. Da ist dieser Song, und es wird nicht leicht sein, ihn zu bringen, ein Teil meines Publikums ist ziemlich straight, die stehen nur auf den geradlinigen Blues. Eigentlich ist es eine Punknummer, von einer Sängerin, der Text ist immer und immer wieder dasselbe: Er hat Scheiße gebaut, sie hat ihn rausgeschmissen, er hat die Sache wieder in Ordnung gebracht, sie nimmt ihn wieder auf, er hat Scheiße gebaut, sie hat ihn rausgeschmissen, er hat die Sache wieder in Ordnung gebracht, sie nimmt ihn wieder auf. Und so weiter und so weiter. Ich hab's nur mal im Radio gehört. Von wem das Stück ist, hab ich nicht mitgekriegt. Kennst du's?»

Das ist meine Lebensgeschichte, dachte Cullen und antwortete: «Ich hab's auch schon mal gehört. Im Radio. Ich habe auch nicht mitgekriegt, von wem das Stück ist oder von wann.» Cullen sah auf seine Uhr. «Hat irgendwer was von Jane Blankenstein gehört?»

«Null», sagte Mathews.

«Ich werde sie anrufen, Sarge», sagte Zoe Zell.

«Er wird sie auch anrufen, Zoe», sagte Truelove.

«Also, eigentlich, Jan, wenn's dir nichts ausmacht, sie anzurufen ...»

«Er wird sie anrufen», sagte Truelove und verließ den Raum. Nach einem Augenblick steckte sie den Kopf wieder durch die Tür und winkte Zell und Mathews mit dem Finger zu sich. «Gebt dem Mann ein bisschen Raum zum Atmen.»

Zell und Mathews gingen, stießen sich gegenseitig in die Seite und kicherten.

Cullen wählte. Das Telefon klingelte. Jane Blankenstein meldete sich. Manchmal war alles so einfach.

«Joe Cullen hier.»

«Ich hatte Recht. Sie ist tot.»

«Und?»

«Sie hatte ein Aneurysma.»

«Ein Aneurysma», wiederholte Cullen.

«Jap.»

Cullen wartete. Wollte sie sich auch den Einsilbigen anschließen? Konnte sie nicht. Sie hatte zu viele – es sei denn, sie benutzte nur ihren Vornamen. «Ein Aneurysma ist ...»

«Im Grunde ein Blutgerinnsel, in ihrem Fall im Gehirn.

Die Arterie schwillt an, sie platzt, man stirbt. Falls man steht, kann man voll aufs Gesicht oder den Arsch fliegen, und wenn man dabei mit dem Kopf auf etwas Hartes schlägt, kann es aussehen, als hätte man einen brutalen Schlag auf den Kopf bekommen.»

«Und das ist alles? Das ist ihr zugestoßen?»

«Jap.»

«Sie ist nicht ermordet worden.»

«Nein.»

«Aber es sieht genauso aus.»

Es war keine Frage, also musste sie auch nicht antworten.

«Todeszeit?», fragte Cullen.

«Wie immer schwer zu sagen», erwiderte Blankenstein. «Nur im Fernsehen lässt sich das exakt feststellen. Irgendwann gestern, vielleicht irgendwann zwischen drei Uhr nachmittags und neun Uhr abends. Sie hat sich den Kopf an etwas Glattem geschlagen, etwas, das beinahe genau wie ein Baseballschläger aussehen könnte, obwohl ich nicht glaube, dass es ein Baseballschläger war, Baseballschläger haben eine Struktur, und wenn ich glatt sage, dann meine ich, dass dieser Gegenstand wirklich sehr glatt war, demnach ist das einzige Szenario, das ich mir vorstellen kann, dass sie sich den Kopf an der Kante eines Waschbeckens aufgeschlagen hat, was auch die Sache mit dem Diaphragma erklären könnte.»

Jane Blankenstein legte der größeren Wirkung halber eine Kunstpause ein, allerdings auch wieder nicht so lange, dass Cullen fragen musste, welches Diaphragma, dann fuhr sie fort. «Sie hat ein Diaphragma getragen, sie hat ein Killergel benutzt, aber ich hatte Recht, sie hatte keinen Sex. Was ich nun davon halte, und danach wirst du mich fragen, sobald ich aufhöre zu reden, ist, meiner Meinung nach hatte sie vor, mit jemandem ins Bett zu hüpfen, mit dem sie das nicht tun sollte, sie ging ins Bad, führte das Diaphragma ein und starb. Muss für ihn ein ziemlicher Schock gewesen sein, wie er da im Bett lag und darauf wartete, dass sie endlich aus dem Bad kam. Sie brauchte länger als gewöhnlich, weiß der Himmel, Frauen brauchen ohnehin schon lange genug, wie er sie rief, zur Tür ging, anklopfte, tja, du kannst es dir selbst vorstellen. Wo immer sie waren, er konnte sie nicht einfach dort liegen lassen, also hat er sie runter an die Piers geschafft und dort liegen lassen. Zumindest sehe ich das so.»

«Diaphragmen», sagte Cullen. «Müssen die nicht, äh, verschrieben werden?»

«Ja.» Selbst am Telefon war ihm klar, dass sie jetzt lächelte. «Man braucht ein Rezept wegen der Größe. Der Größe des Gebärmutterhalses, nicht der Scheidenöffnung.»

«Genau», sagte Cullen und schrieb *Gebärmutterhals* auf seinen Block.

«Es ist ein Koro-Mex», sagte Jane Blankenstein. «H-16.»

«H-16», sagte Cullen und schrieb *H-16* auf seinen Block, dann *Koromix*.

«Das ist eine Seriennummer», sagte Jane Blankenstein.

Cullen schrieb *SN* über *H-16*. «Genau.»

«Ich wünsche dir viel Glück, damit irgendwas rauszufinden», sagte Jane Blankenstein. «Mehr Glück wirst du haben, was nicht heißen soll, dass du überhaupt Glück haben wirst, wenn du versuchst, sie über das Medikament zu finden, das sie gegen die Zystitis genommen hat.»

«Sie hatte Zystitis?», fragte Cullen.

«Sie ist eine Frau», sagte Blankenstein.

«Genau.» Cullen notierte sich *Zysitis*. Er strich das Wort durch und schrieb *Zytitis*. Er strich das Wort durch und schrieb *Zystitis*. «War's das?»

«Das Killergel, was immer dir das weiterhilft, ist XYZ.»

«XYZ», sagte Cullen, notierte es und schrieb *Spermizid* dahinter.

«Mehr hab ich nicht zu bieten», sagte Jane Blankenstein. «Wie sieht's bei euch aus? Schon irgendwelche Spuren?»

«Wir haben die Beschreibung des Fahrzeuges, das sie möglicherweise auf den Chelsea Piers abgeladen hat, wir haben einen Schuhabdruck, der möglicherweise von dem Schuh desjenigen stammt, der sie dort abgeladen hat, und das war's auch schon so ungefähr.»

«Ich vermute, es ist noch zu früh, dass sie von irgendwem als vermisst gemeldet werden konnte.»

«Es ist noch zu früh.»

«Bedeutet das jetzt, dass du Überstunden machen wirst oder dass du keine Überstunden machen wirst?», fragte Jane Blankenstein.

«Äh, ich hab noch nicht, also, ich hab noch nicht darüber nachgedacht.»

«Okay, schön, ich werde es ganz offen sagen, so offen und direkt, wie ich sein kann, wie wär's mit einem Abendessen um acht, im Lady Jane's, an der Bank Street, ein Stück westlich der West Fourth? Es ist mein Lieblingsrestaurant. Für den Namen kann ich nichts.» Und ehe er etwas sagen konnte, fuhr Jane Blankenstein fort. «Du erinnerst dich noch an dieses eine Mal, als ich dich in meine Wohnung zum Brunch mit ein paar Freunden eingeladen habe und ich sagte, falls du eine Beziehung hast, bring sie einfach mit, oder ihn, und du hast gesagt, dein Sohn hätte ein Hockeyspiel, und die ganze Zeit hast du gedacht, ich würde denken, du wärst schwul, oder würde diese Möglichkeit doch zumindest in Erwägung ziehen. Dabei habe ich nichts anderes getan, als dir zu sagen, dass es schön wäre, wenn du da wärst. Also entschuldige ich mich für was immer es nun war, das mich dazu gebracht hat zu sagen, was ich gesagt habe, und ich hoffe einfach nur, ach, Scheiße, also, vergiss es. Vergiss es einfach. Es ist wahrscheinlich besser so, vergiss es. Scheiße, ich meine, ich ziehe nach Nashville. Was rede ich eigentlich? Wir sehen uns. Ich rufe euch an, sollte sich irgendwas ergeben. Ich werde Truelove anrufen. Mach's gut.»

Und Cullen saß da mit dem Rauschen der toten Leitung aus dem Hörer in der Hand, starrte die Notizen an, die er sich auf seinem Block gemacht hatte, direkt unter Gebärmutterhals und *12mm* und *Zysitis, Zytitis, Zystitis – Jane B Lady Jane's 8* –, die Notiz, die er geschrieben und um die er aus irgendeinem Grund ein Herzchen gemalt hatte, wie ein dummer Schuljunge.

Truelove schaute aus dem Korridor in den Raum, und als sie sah, dass er nicht mehr telefonierte, kam sie herein und setzte sich an ihren Schreibtisch gegenüber seinem. «Und?»

«Sie hatte ein Aneurysma, eine geplatzte Ader im Gehirn. Sie ist gestürzt und hat sich den Kopf aufgeschlagen, wahrscheinlich am Waschbecken. Es ist eine Wunde wie nach einem Schlag auf den Kopf, aber das hat sie nicht umgebracht. Sie ist nicht ermordet worden.»

Truelove grunzte das Grunzen von jemandem, der etwas hörte, das sie noch nie zuvor gehört hatte. «Was ich eigentlich meinte, ist, was ist mit dir und Jane?»

Cullen legte ein leeres Blatt auf seinen Block. «Lass uns diesen Transporter durch die Zulassungsstelle überprüfen.»

«Vor morgen werden wir von denen kein Ergebnis erhalten. Wir bekommen auch die Auswertungen aus Jersey und Connecticut. Das werden dicke fette Ausdrucke, Joe.»

«Tja, dann haben wir ja an unserem Sonntag was zu tun, oder?»

Truelove schürzte die Lippen. Sie ging zu ihrem Schreibtisch und holte ihre Umhängetasche. Sie ging zur Tür und legte eine Hand auf den Knauf. «Ich habe auch keine Verabredung, Joe, aber ich reiß deshalb keinem den Arsch auf.»

10

«Ich bin Schriftstellerin», sagte Nora. «Eine waschechte, veröffentlichte, Geld verdienende Schriftstellerin. Kriminalromane. Elf Kriminalromane. Nora McLelland. Und an dieser Stelle sagen die Leute: ‹Habe ich schon mal was von Ihnen gelesen?›, und ich sage: ‹Ich weiß es nicht. Was haben Sie denn gelesen?›, und sie starren mich an, als wäre ich nicht normal.»

«Ich lese kaum Belletristik», sagte Forbes. Ich mag Raymond Chandler und Ross Macdonald und John D. McDonald.»

«Die harten, aber einfühlsamen Typen.» Nora zuckte die Achseln. «Ich auch. Ich lese auch nur selten Romane. Meistens lese ich Biographien. Ich mag das Leben pur und unverdünnt. Allerdings bin ich *in* einer Sylvia-Plath-Biographie von Janet Malcolm auf folgende Stelle gestoßen ...» Sie nahm einen Zettel mit ein paar maschinengeschriebenen Zeilen von der Pinnwand in ihrer Küche und las vor: «In einer Biographie erfahren wir praktisch nie die Wahrheit darüber, was wirklich passiert ist. Das Ideal der direkten, ungeschönten Berichterstattung wird allein in der Belletristik erreicht, wenn der Schriftsteller aufrichtig berichtet, was in seiner Phantasie vor sich geht. In der erzählenden Literatur werden wir nicht von alternativen Szenarios eingeengt – es gibt keine. Es *ist* nun einmal, wie es ist. Nur in einer Biographie bleibt die Frage offen, was geschah und was Menschen gedacht und gefühlt haben.» Sie heftete den Zettel wieder ans Brett und legte die Hände um ihren Kaffebecher. «Demnach kann ich über dich erfinden, was immer ich will, und werde trotzdem richtig liegen.»

Forbes sah aus dem Fenster auf ihren sonnenbeschienenen Hof. Er sah Nora an. «Ich habe jemanden umgebracht. Nein, falsch. Sie ist gestorben. In meinem Bad, im Bad meines Hotelzimmers. Sie ... es sah aus, als ob ... sie hat sich, hat sich den Kopf am Waschbecken oder der Badewanne aufgeschlagen. Sie war ... ihr Schädel war zertrümmert. Als ob ... als ob ich sie erschlagen hätte.»

Nora entfaltete ihre Hände von dem Kaffeebecher. Sie legte eine Hand über eine seiner Hände. «Du hast sie nicht erschlagen.»

«Nein.»

«Das war keine Frage. Ich weiß, dass du sie nicht erschlagen hast. Also gibt es nichts, worüber du dir Sorgen machen musst.»

«Sie war nackt. Sie hatte ... sie hatte sich ausgezogen. Sie wollte, sie wollte ... sie wollte mit mir schlafen.»

«Es ist kein Verbrechen, begehrenswert zu sein.»

«Denken Sie mal richtig nach. Denken Sie mal darüber nach, was Sie eben erst selbst vorgelesen haben.» Er nahm den Zettel von der Pinnwand und las: *«Nur in einer Biographie bleibt die Frage offen, was geschah und was Menschen gedacht und gefühlt haben.* Das hier ist kein Roman.»

«Völlig richtig», sagte Nora.

«Meinen Sie, ich hätte einfach die Cops anrufen sollen?»

«Du hast die Cops *nicht* verständigt? Was hast du dann gemacht? Liegt sie immer noch dort? Wann ist das alles passiert?»

«Sie *finden* also, ich hätte die Cops rufen müssen.»

«Ich habe überhaupt keine Meinung. Tut mir Leid. Es tut mir Leid, dass sie gestorben ist, es tut mir Leid, dass du Angst bekommen hast.»

«Ich hab Panik gekriegt, wollen Sie doch wohl sagen. Es tut Ihnen Leid, dass ich Panik gekriegt habe.»

«Jemand ist *gestorben*, um Himmels willen. Wer würde da schon wissen, was man tun muss? Was hast du gemacht? Ist sie immer noch dort? Wann ist sie gestorben?»

«Vergessen Sie's. Es tut mir Leid. Ich hätte es Ihnen nicht

erzählen sollen. Es spielt keine Rolle. Ich werde mich darum kümmern. Genau genommen habe ich mich bereits darum gekümmert.»

«War sie eine Prostituierte?»

Er lachte.

«Ich weiß. Es ist verrückt. Was hätte ich denn denken können? Ein Mann ist geschäftlich in einer anderen Stadt, lässt sich ein Callgirl aufs Zimmer kommen. Bin ich bekloppt, oder was? Wie kann ich mich Romanschriftstellerin nennen, wenn mir nichts Besseres als das einfällt?»

«Sie war jemand, den ich einmal sehr verletzt habe», sagte Forbes. «Ich bin hergekommen, um das wieder gutzumachen. Sie hat mich falsch verstanden. Sie ist nicht im Programm. Sie war nie im Programm. Sie dachte, ich wollte sie nur provozieren, wollte wieder etwas von ihr. Sie hat, sie hatte Probleme in ihrer Ehe. Sie ist ins Bad gegangen. Ich vermute, sie wollte versuchen, mich zu verführen. Sie ist gestorben, sie ist gestürzt, sie hat sich den Kopf aufgeschlagen. Ich ... ich bin in Panik geraten. Was sollte ich denn tun? Da war überall Blut. Es sah aus, als wäre sie erschlagen, totgeschlagen worden. Ich konnte die Polizei nicht anrufen. Die konnten sie auch nicht mehr retten. Sie war tot. Ich musste mich selbst retten. Mein Leben, meine Ehe. Ich bin verheiratet. Ich habe eine Karriere. Es hätte doch ausgesehen ... Tja, ich weiß genau, wie es ausgesehen hätte. Also habe ich jemanden engagiert.»

«Du hast jemanden engagiert.»

«Jemanden, der sich darum kümmert, die Leiche ... wegzuschaffen.»

«Zu beseitigen.»

«Ja, zu beseitigen. Ich weiß, es klingt schrecklich. Aber, ja.»

«Im Fluss oder in einer Seitenstraße oder wo genau?»

«Die haben gesagt, sie bringen sie rauf in den Norden. An eine Stelle, wo kein Mensch sie findet. Da oben gibt's nur Wald. Meilenweit nur Wald.»

«Und du vertraust ihnen?»
«Ich ... ich kenne sie ja nicht mal.»
«Wo hast du sie gefunden? In den Gelben Seiten? Tut mir Leid. Das war überflüssig.»
«In einer Bar.»
«Eine Bar, die du kennst? Eine deiner alten Stammkneipen?»
«Eine Bar, die ich gefunden habe.»
«Oh, gut. Das fördert Vertrauen.»
«Was sollte ich denn tun?»
«In welcher Branche arbeitest du?»
«Werbung. Marketing.»
«*Wer*bung. Dann hast du also tagtäglich mit Image zu tun.»
«Hören Sie ... Es ist schrecklich. Ich weiß, dass es schrecklich ist. Aber ich wusste nicht, was ich tun sollte. Ich konnte die Cops nicht verständigen.»
«Warum erzählst du mir das alles?»
«Ich musste es jemandem erzählen.»
«Hast du keine Freunde?»
«Die würden das nicht verstehen.»
«Tolle Freunde.»
«Es liegt an mir. Es ist allein meine Schuld. So wie ich damals war ... immer wenn ich auf Reisen ging, auf Geschäftsreisen, habe ich, habe ich durch alle Betten gevögelt. Ich habe nie groß drüber nachgedacht. Dafür war ich bekannt. Ich habe das jetzt seit Jahren nicht mehr gemacht, nicht mehr, seit ich trocken bin. Aber es würde keinen überraschen.»
«Was ist mit ihrem Mann? Wie wird er sich fühlen, wenn in sechs Monaten irgendein Jagdhund ihre Leiche findet, verwest und voller Maden? Er wird sie identifizieren müssen.»
«Macht's irgendeinen Unterschied, ob sie im Wald oder im Algonquin Hotel gefunden wird?»
«Für dich nicht. Für ihn wird es die reinste Tortur, nicht zu wissen, wo sie ist. Und was macht dich überhaupt so sicher,

dass sie nicht irgendwo aufgeschrieben hat, dass sie sich mit dir treffen wollte?»

«Sie hat es aufgeschrieben, in ihrem Terminkalender. Der steckte in ihrer Handtasche. Beides liegt in meinem Zimmer.»

«Du hast das Hotelzimmer noch nicht geräumt?»

«Nein. Geplant war, dass ich noch bis Montag hier bleibe. Ich habe noch verschiedene Verabredungen.»

«Gott stehe *ihnen* bei.»

«Ich habe sie nicht umgebracht.»

«Was hast du mit der Tasche vor?»

«Ich bringe sie zum Flughafen und deponiere sie dort irgendwo. Ihre Brieftasche und ihren Terminkalender werde ich mit nach Hause nehmen und verschwinden lassen.»

«Wo ist dein Zuhause?»

«Das müssen Sie nicht wissen.»

«Wie hieß sie?»

«Das auch nicht.»

«Was macht dich so sicher, dass sie es nicht auch bei sich zu Hause aufgeschrieben hat? Auf einem Tischkalender oder vielleicht auf einem Zettel am Kühlschrank?»

«Sie wollte nicht, dass ihr Mann was davon erfährt.»

«Was ist mit Anrufen? In diesem Punkt bauen die Leute immer Scheiße. Sie telefonieren.»

«Sie hat nicht im Hotel angerufen, sie ist einfach vorbeigekommen. Wir hatten uns schon Wochen zuvor verabredet. Ich habe sie immer angerufen.»

«Aber sicher sein kannst du nicht. Du kannst nicht sicher sein, dass sie im Hotel nicht doch angerufen hat, nur um sich bestätigen zu lassen, wann du ankommst oder dass du bereits dort bist.»

Er sagte nichts. Er war sich nicht sicher.

«Vielleicht hat sie auch ein Tagebuch geführt, ein Journal.»

Er nickte. «Das hat sie früher gemacht, ja. Ich bin ziemlich sicher, dass sie es immer noch führt.»

«Man wird es finden, wenn sie nicht mehr auftaucht.»

Er nickte. «Ich muss es besorgen.»

«Besorgen? Du willst zu ihr nach Hause gehen?»

Er nickte.

«Hast du einen Schlüsel?»

Sein Blazer hing über der Rückenlehne des Küchenstuhls, auf dem er saß. Er griff in die rechte Tasche und nahm einen Schlüssel an einem Ring mit Lederband. Er legte es auf den Tisch.

Sie nahm den Schlüsselbund und las die eingeprägten Buchstaben. *«‹El faro al fin del mundo.›* Das Dingsbums am Ende der Welt.»

«Leuchtturm», sagte er. «Es stammt aus Ishuaia in Argentinien, der südlichsten Stadt der Welt. Wir waren vor zehn Jahren zusammen dort. Di war ein absoluter Patagonien-Fan.»

«Di?»

Er ließ die Schultern hängen. «Ich habe Ihnen ihren Namen verraten.»

«Nicht direkt.»

Er starrte ein Stück über ihren Kopf weg in die Vergangenheit. «Niemand hat sie Di genannt. Das war der Spitzname, den sie sich selbst gab, für das Jersey-Girl in ihr.»

«Ich komme auch aus Jersey. Aus Teaneck.»

«Sie stammte aus dem Norden von New York State. Sie liebte Bruce Springsteen. Sie wäre gern ein Mädchen in einem seiner Songs gewesen.»

«Kann ich gut verstehen. ‹The screen door slammed. Mary's dresses waved.› Dieses Mädchen?»

«Sie hat immer gesagt ... Wenn sie müde wurde, dann hat sie ihren Kopf auf meine Schulter gelegt und gesagt: ‹Gib Di Foxx 'nen Gutenachtkuss.›»

«Ishuaia», sagte Nora und betastete die geprägten Buchstaben auf dem Lederanhänger. Sie legte den Schlüssel zurück auf den Tisch.

Er nahm den Schlüsselring und steckte ihn wieder in die Tasche seines Blazers. «Ich muss jetzt los.»

«Wohin?»

«Ich treffe mich mit einem Freund.»

«Ach?»

«Ich habe mich mit einigen Leuten verabredet. Ich muss diese Verabredungen einhalten. Andernfalls ...» Er sagte nicht, was andernfalls passierte, und sie fragte auch nicht nach, was andernfalls passierte.

Er stand auf. «Kann ich bitte Ihre Toilette benutzen.»

«Den Flur runter auf der linken Seite.»

Er ging den Flur hinunter zu der Tür auf der linken Seite. Er ging hinein und schloss hinter sich die Tür.

Nora fischte den Schlüssel aus der Tasche seines Blazers. In derselben Tasche befand sich ein Streichholzheftchen aus einer Bar namens La Club Hot. Die Streichhölzer und den Schlüssel steckte sie in die Tasche ihrer Jeans.

Sie stand auf, als er aus dem Bad kam.

Er zog seinen Blazer an.

Sie zupfte einen Fussel von seinem Revers. «Dann werden wir also nicht miteinander schlafen.»

«Es ist besser so.»

«Viel Glück.»

«Danke für den Kaffee.»

Sie nickte.

Er drehte sich um, ging den Flur hinunter und durch die Wohnungstür.

Nora ging ins Wohnzimmer und holte ein Telefonbuch unter dem Beistelltisch hervor, auf dem das Telefon stand. Sie setzte sich auf die Couch und schlug es auf. «Di Foxx. Di*ane* Foxx.»

11

Sonntag.

Cullen kam um sieben zur Arbeit. Truelove war bereits da. Sie trug ein kurzes schwarzes Kleid.

«Was ist?», sagte Truelove.

«Nichts.»

«Na los, sag's schon. Ich sehe cool aus.»

«Du siehst cool aus.»

«Apropos, sieh dir das hier mal an. Ein dicker fetter Ausdruck. Und das ist nur New York.»

Cullen blätterte den Ausdruck flüchtig durch. «Das sind alles Econoline Vans?»

«Vans? Nein. Das sind alles Frauen, mit denen du was hattest beziehungsweise haben wolltest.»

Cullen blätterte wieder. «Wie unterscheiden wir die einen von den anderen?»

«Wir gehen die Liste einfach von vorne bis hinten durch. Ich lese einen Namen vor, du sagst: ‹Hatte ich› oder ‹Wollte ich›, und dann mache ich ein Häkchen neben ihren Namen.»

«Das muss sich doch auch einfacher machen lassen. Hast du Lust auf Frühstück?»

«Du bezahlst?»

«Ich bezahle.»

Sie gingen ins Doug's. Sie setzten sich an die Theke. Doug brachte Kaffee und Wasser.

«Er bezahlt», sagte Truelove.

«Da werden sie in der Hölle Hockey spielen, schätze ich», meinte Doug trocken.

Truelove lachte.

«Wollt ihr das Tagesgericht?», fragte Doug.

«Was ist das Tagesgericht?»

«Mohrhuhneier au gratin. Geräucherter Lachs. Muffins.»

«Apropos Hockey in der Hölle», sagte Cullen.

«Was soll ich sagen? Es heißt Steigerung oder sterben.»

«Zwei Mohrhuhneier für mich», sagte Cullen. «Gebrüht.»

Truelove hob einen Daumen. «Ich bin dabei.»

Doug verschwand nach hinten.

«Hast du gestern Abend gesungen?», fragte Cullen.

«Wie ein Vögelchen.»

«Und trotzdem bist du morgens um sieben im Büro?»

«Halb sieben. Nach einem Gig kann ich nie schlafen. Ich bin dann immer total aufgedreht. Außerdem wollte ich, dass du es als Erster erfährst. Ich habe einen Plattenvertrag unterschrieben. Motown.»

«Du machst Witze!»

«Würde ich über so was Witze machen?»

«Und das ist gestern Abend gelaufen?»

«Berry war im Publikum. Berry Gordy.»

«Ich weiß, wer Berry Gordy ist. Berry Gordy hat dich unter Vertrag genommen und du sitzt seelenruhig hier?»

«Ich bin hin- und hergerissen. Der Job wird mir fehlen.»

«Eine Woche, max.»

«Was kann's Besseres geben, als seinem Nächsten zu helfen?»

«Tun wir das?»

Doug kam mit ihrem Frühstück, nur, dass es nicht Doug war, sondern Jane Blankenstein in einem weißen Arztkittel mit nichts darunter. «Wollt ihr Marmelade für euren Toast?»

«Ich will das ...», sagte Truelove, legte eine Hand auf Cullens Hinterkopf, drehte sein Gesicht zu sich und schob ihre Zunge in seinen Mund.

Jane Blankenstein schmierte sich Marmelade auf die Brüste, und Cullen und Truelove leckten sie ab, sie links, er rechts.

Etwas klingelte, und Doug sagte: «Bestellung fertig.»

Etwas klingelte, und Doug sagte: «Bestellung fertig.»

Etwas klingelte, und Cullen stieß sein Glas Wasser bei dem

Versuch um, das Ding mit einem Schlag zum Schweigen zu bringen.

Etwas klingelte, und er setzte sich viel zu schnell auf, und es wurde ihm schwindelig. Sein Penis war steif und beulte die Boxershorts aus, in denen er schlief.

Etwas klingelte, und er zog sein T-Shirt aus und wischte das verschüttete Wasser um die Bücher und Illustrierten und unter dem Anrufbeantworter auf. So was war früher auch schon passiert, und da hatte das Wasser den Anrufbeantworter kurzgeschlossen, und er mußte einen neuen kaufen.

Etwas klingelte, und Cullen nahm den Hörer vom Telefon. «Cullen.»

«Wir haben einen», sagte Truelove.

«Du hast den Van gefunden?», fragte Cullen.

«Wir haben eine als vermisst gemeldete Blondine.»

«Ich bin Detective Cullen und das hier ist Detective Truelove.»

Der Mann wusste nicht, ob er aufstehen sollte, und endete irgendwo unbeholfen dazwischen, streckte einen Arm aus, um ihnen die Hand zu schütteln, hielt sein Sakko vorne zusammen, damit es nicht den Pappbecher mit Kaffee auf dem Tisch vor ihm umstieß. «Phil Bloom.»

Truelove und Cullen nahmen Bloom gegenüber Platz. Detective Evans Kefauver von der Vermisstenabteilung stand wie ein Schiedsrichter an der Längsseite des Tisches und hatte die Fingerspitzen auf die Tischplatte gelegt. «Blooms Gattin ist seit Donnerstag verschwunden ...»

«Seit Donnerstagmorgen», ergänzte Bloom. «Und heute ist Sonntag. Also, rechnen Sie selbst nach.»

«Er hat es nicht früher gemeldet, weil sie eine kranke Schwester hat, die sie immer besucht. Manchmal bleibt sie über Nacht bei ihr ...»

«*Je*den Tag. MS ... meine Schwägerin hat MS. Audrey besucht sie jeden Tag. Manchmal schläft sie auch dort, sie ruft nicht mal mehr an, um mir Bescheid zu sagen, sie denkt, ich mag ihre Schwester nicht. Tu ich aber. Ich mag sie. Ich meine, wir kommen miteinander klar. Es ist nur ...»

«Wir haben einen Streifenwagen zu der Schwester geschickt», sagte Kefauver. «Blooms Frau war Donnerstagmorgen von sieben Uhr bis gegen Mittag dort ...»

«Fünf Stunden. Sie bleibt normalerweise morgens fünf Stunden dort, dann geht sie abends nochmal für vier oder fünf Stunden hin. Sofern sie nicht bei ihr schläft, in welchem Fall ... Nun, rechnen Sie selbst nach.»

«Die Schwester hat Freitagnachmittag angerufen», fuhr Kefauver fort. «Hat uns angerufen, meine ich, um Blooms Frau als vermisst zu melden ...»

«Ab sechs Uhr morgens hat sie mich angerufen», sagte Bloom. «Ich hab ihr gesagt, hey, Menschen führen ein eigenes Leben, weißt du. Sie können nicht immer gleich springen, wenn du spring sagst.»

«War Ihre Frau zu diesem Zeitpunkt bei Ihnen?», fragte Truelove. «Freitagmorgen um sechs?»

Bloom beugte sich vor. «Ich *hab's* Ihnen doch schon gesagt, ich habe sie seit Donnerstag nicht mehr gesehen.»

«Er hat seiner Schwester gesagt, es sei noch zu früh, eine Vermisstenanzeige aufzugeben, sie könnte ja vielleicht auch einfach woanders hingegangen sein», schaltete sich Kefauver ein.

«*Schwägerin*», korrigierte Bloom. «Andrey ist meine *Schwägerin.*»

«Haben Sie ein Foto Ihrer Frau dabei?», fragte Cullen.

«Das hat der da.» Er deutete mit dem Daumen auf Kefauver.

«Er sagt, es ist vier Jahre alt», sagte Kefauver. «Er sagt, sie machen nicht so viele Fotos.»

Bloom beugte sich zu Kefauver. «Wissen Sie, es gefällt mir

nicht, wenn in meiner Anwesenheit über mich geredet wird, als wäre ich gar nicht da.»

«Können wir das Foto mal sehen?», fragte Cullen.

Bloom lehnte sich abrupt zurück. «Sie ist tot, stimmt's? Eine Frau wurde ermordet, und Sie sind jetzt hier, weil Sie wissen wollen, ob's meine Nancy ist.» Er vergrub sein Gesicht in den Händen. «Sie ist tot, sie ist tot.» Er wiegte sich vor und zurück. «O mein Gott, o mein Gott, sie ist tot!»

Truelove sah Cullen an und verdrehte die Augen.

«Können wir das Foto mal sehen?», wiederholte Cullen.

Kefauver verließ den Raum.

Bloom nahm die Hände vom Gesicht und beugte sich zu Truelove. «Ich hab sie nicht umgebracht.»

Truelove lachte. «O doch, ich glaube, das haben Sie. Ich glaube, Sie haben soeben eine echt kranke Möglichkeit gefunden, es uns zu sagen.»

Bloom lehnte sich zurück. Er reckte den Hals. Er zog die Augenbrauen hoch. «Sie glauben, ich hätte sie umgebracht und mir dann die Geschichte ausgedacht, dass sie spurlos verschwunden ist?»

«Es spielt keine Rolle, was ich denke oder glaube», sagte Truelove. «Warum erzählen Sie uns nicht, was wirklich passiert ist?»

Kefauver kehrte mit dem Foto zurück, ein mittelgroßer Schnappschuss. Er legte es vor Cullen auf den Tisch. Es war eine korpulente Frau in einem geblümten Badeanzug. Cullen drehte das Foto um und schob es Truelove zu.

«Hat Ihre Frau abgenommen, seit dieses Foto gemacht wurde?», fragte Truelove.

Bloom prustete vor Lachen. «Ich bitte Sie. An unserem Hochzeitstag haben wir uns beide gewogen, einfach nur so aus Jux, damit wir verfolgen konnten, wie wir uns veränderten. Ich wog damals achtundsechzig Kilo, sie vierundfünfzig. Ich wiege immer noch achtundsechzig. Sie hat seit fünfzehn

Jahren jedes Jahr zwei Kilo zugenommen. Rechnen Sie selbst nach.»

Truelove stand auf.

Cullen ebenfalls.

«Wo wollt ihr Leute hin?», fragte Bloom.

«Sie können uns begleiten», sagte Cullen.

«Wo gehen wir denn hin?»

«Kommen Sie. Sie werden schon sehen.»

Kefauver hüpfte konsterniert auf der Stelle. «Wohin geht's?»

«Sie können auch mitkommen», sagte Truelove. «Dann sehen Sie mal, wie so was gemacht wird.»

Im Wagen fragte Cullen: «Wo wohnen Sie, Bloom?»

«In Queens. Forest Hills.»

«Ach, ja? Ich wohne in Kew Gardens.»

«Wo Kitty Genovese ermordet wurde.»

«Genau in der Gegend. Damit haben Sie sich ein Alter gegeben, Bloom. Meine Partnerin hier war ungefähr fünf, als Kitty Genovese ermordet wurde.»

Nach einer ganzen Weile sagte Bloom: «Fahren wir da jetzt hin – zu mir nach Hause?»

«Fahren wir dort hin?»

«Und das war's dann? Mehr werdet ihr Leute nicht unternehmen?»

«Wir werden die Sache vor Ort klären.»

Kefauver beugte sich aus dem Rücksitz vor. «Was dagegen, mir zu verraten, was hier abgeht?»

Truelove legte eine Hand auf seine Schulter. «Genießen Sie die Fahrt. Schauen Sie zu, wie man so was macht.»

Auf der Grand Central sagte Bloom: «Dieser Wagen hat schon eine Menge Meilen auf dem Buckel.»

«Eine Menge Meilen», bestätigte Cullen.

«Keine Klimaanlage?»

«Das Kühlmittel ist alle.»

«Was denn – können Sie's nicht nachfüllen?»

«Belastet die Umwelt.»

«Und – was? ... Sie sterben lieber, bevor Sie die Umwelt verschmutzen?» Bloom lachte. Es klang ein wenig hysterisch.

Auf dem Rücksitz erzählte Kefauver Truelove von seinen Leistungen beim Golf. Truelove hatte ihre Sonnenbrille aufgesetzt und döste wahrscheinlich.

«Nancy?», sagte Cullen zu Bloom.

«Was?», antwortete Bloom.

«Ihre Frau heißt Nancy?»

«Ja. Nancy.»

«Wie lange sind Sie verheiratet?»

«Achtzehn Jahre. Nächsten Monat werden's neunzehn. Am achten.»

«Sie erinnern sich noch an Ihren Hochzeitstag. Nett.»

«Achtzehn Jahre. Neunzehn, nächsten Monat.»

«Fahre ich hier runter oder erst die nächste Ausfahrt?»

«Hier. Hier ist gut.»

«Sagen Sie, wo ist eigentlich Ihr Wagen? Haben Sie ihn bei der Vermisstenstelle stehen lassen?»

«Häh? Nein. Ich bin nicht ... ich bin nicht mit dem Auto gefahren. Ich bin mit der Bahn gekommen.»

«Sie haben die U-Bahn genommen, um Ihre Frau als vermisst zu melden.»

«Ja.»

«Nein, ich weiß. Das war keine Frage. Ich wollte nur wissen, wie es sich anhört, wenn ich es laut ausspreche.»

«Wissen, wie sich was anhört?»

«Ich wollte wissen, wie es sich anhört, wenn ich sage, Sie haben die U-Bahn genommen, um Ihre Frau als vermisst zu melden. Manchmal klingen Dinge einfach nicht richtig, aber manchmal weiß man das erst, wenn man es laut ausgesprochen hat.»

Bloom drehte sich zur Seite und schaute aus dem Fenster.

«Sie müssen mir schon sagen, wie ich fahren muss, Bloom. Ich weiß nicht, wo Sie wohnen.»

Bloom drehte den Kopf. «Hinter uns ...»

«Da ging's ab, und Sie haben es mir nicht gesagt?»

Bloom zuckte die Achseln.

«Da ging's ab, und Sie haben es mir nicht gesagt.»

Bloom riss den Kopf herum. «Sie sagen immer noch Sachen, nur weil Sie wissen wollen, ob sie vielleicht falsch klingen.»

Cullen zuckte die Achseln. «Das *war* die Abzweigung, und Sie haben es mir nicht gesagt.»

«Und, was sagen Sie dazu? Häh? Was sagen Sie dazu?»

«Oh, das ist einfach. Sie wollen nicht nach Hause.»

«Ach, ja? Und warum wohl nicht?»

«Weil Ihre Frau dort ist. Links oder rechts?»

«Links. Was meinen Sie damit, sie ist dort?»

«Ich meine, sie ist dort.»

«Sie ist dort? Woher wollen Sie denn wissen, dass sie dort ist?» Er drehte sich zu Kefauver, der sich gerade über die richtigen Golfschläger bei sandigem Boden erging. «Was denn? Haben Sie einen Anruf erhalten oder irgendwas, dass sie dort ist?»

«Wer?», fragte Kefauver verwirrt.

«Welches Haus?», fragte Cullen.

«Das hier. Aber hier können Sie nicht parken. Äh, ihr Leute seid ja Cops, also schätze ich mal, ihr könnt hier parken.»

«Wird nicht lange dauern», versprach Cullen. «Zeigen Sie uns einfach, wo Nancy ist.»

«Was meinen Sie damit, ich soll Ihnen zeigen, wo Nancy ist? Nancy ist verschwunden.»

Cullen stieg aus, ging um den Wagen herum zur Beifahrertür und öffnete sie. «Zeigen Sie uns, wo Nancy ist.»

Bloom stieg aus. «Ich weiß überhaupt nicht, wovon Sie reden.»

«Zeigen Sie's uns.»

«Was denn? Glauben Sie vielleicht, ich würde sie als vermisst melden, wenn ich weiß, wo sie ist?» Bloom lachte wieder hysterisch.

«Zeigen Sie's uns. Das ist Ihre absolut letzte Chance, etwas zu Ihrer Entlastung tun zu können. Wenn wir sie finden – und wir werden sie finden, denn Sie sind nicht besonders smart, Sie sind überhaupt nicht smart –, wenn wir sie finden, können Sie sich schon mal darauf einstellen, den Rest Ihres Lebens hinter Gittern zu verbringen. Wenn Sie es uns zeigen, tja, dann besteht jederzeit die Möglichkeit, dass Sie mit weniger davonkommen.»

«Rechnen Sie selbst nach», sagte Truelove. Sie saß immer noch auf dem Rücksitz und hatte immer noch ihre Brille auf. Sie kurbelte das Fenster herunter.

Cullen lachte. «Genau. Rechnen Sie selbst nach.»

Statt jedoch nachzurechnen, rannte Bloom – es war ein Mitleid erregendes, hysterisches, watschelndes Laufen – den Block hinunter und in eine Gasse, die zu den Garagen hinter den Reihenhäusern führte.

Cullen starrte ihm einfach nur nach. Dann deutete er mit dem Daumen auf Kefauver. «Sie nehmen die Verfolgung auf.»

Kefauver warf einen verzweifelten Blick auf seinen Bierbauch, auf seine schicken italienischen Halbschuhe. Er berührte seine durchgestylte Frisur. Aber er wusste, dass er gar keine Alternative hatte. Dann rannte er ebenfalls los.

Als Kefauver die Ecke in die Gasse genommen hatte, beugte sich Cullen zu Truelove hinunter. «Sollen wir ihn einfach hier lassen?»

Sie lachte. «Du könntest einsteigen und wir könnten knutschen.»

Er richtete sich wieder auf. «Okay, Janet, ich will wissen, was hier abgeht. Ich dachte, du wärst … ich dachte, du wärst lesbisch, aber ich spüre da so eine Schwingung, ich spüre diese Message. Es ist nicht mal eine Schwingung. Du sagst zum Beispiel: ‹Wir könnten knutschen.› Du sagst, wir könnten was miteinander haben. In Ordnung, du hast mich gefragt, ob *ich* was von dir will, ob ich deshalb gesagt habe, ich mag Mary Lou Williams. Aber wie auch immer, das Thema kam auf. Ich bin sechsundfünfzig Jahre alt. Du bist – wie viel? – fünfunddreißig –»

«Sieben –»

«Genau. Ich bin sechsundfünfzig, du bist siebenunddreißig. Rechne selbst nach.»

Sie lachte und wurde dann wieder ernst. «Ich schulde dir eine Entschuldigung. Du bist rattenscharf. *Guapo*, wie Mabel sagt. *Muy, muy guapo*. Ich flirte gern mit dir, weil es ungefährlich ist. Nicht nur, weil du älter bist, sondern vor allem, weil du ein Gentleman bist. Wenn ich mit Taormina flirten würde, der würde doch auf der Stelle aus der Hose springen, glauben, er sei gestorben und im Himmel gelandet.»

Cullen lachte.

«Tut mir Leid, echt», sagte Truelove.

Cullen zog den Kopf ein. «Ist schon okay. Es ist ... schön zu wissen, dass du mich attraktiv findest. Manchmal sehe ich junge Frauen auf der Straße und komme mir unsichtbar vor.»

«Für Jane Blankenstein bist du nicht unsichtbar.»

«Wäre aber kein Unterschied, wenn ich's wäre. Sie zieht nach Nashville um.»

«Was gibt's in Nashville außer Landeiermusik?»

«Tropenmedizin. An der Vanderbilt.»

«Ich bin vor meinem Coming-out mal mit einem Typen gegangen, der war auch auf der Vanderbilt. Er hat seine Uni immer Vandy genannt. Sieh mal an.»

Sie meinte, sieh mal den Block runter, wo Kefauver gerade durchgeschwitzt und zerzaust aus der Gasse auftauchte und Bloom mit Handschellen gefesselt hinter sich her zog.

«Ich habe von Mabel ein gutes Wort gelernt», sagte Truelove. «Das Wort für Handschellen. *Esposas*.»

«Ehefrauen?», sagte Cullen.

«Treffer», sagte Truelove.

Kefauver stieß Bloom gegen den Kotflügel und drückte seinen Kopf mit einer Hand im Genick auf die Motorhaube. «Sie ist in einem Lagerraum im Keller seines eigenen verschissenen Hauses. In einem alten Verbrennungsofen. Mit einer Strumpfhose erdrosselt. Haltet ihn fest, ja, während ich das Präsidium anrufe.» Er ließ Bloom los, kramte sein Mobiltelefon heraus und wählte. Während es am anderen Ende klingelte, entfernte er sich einige Schritte.

Bloom, das Gesicht auf der Kühlerhaube, sich mit irrem Blick umschauend, schimpfte: «Es war ein Unfall. Ich wollte sie nicht umbringen. Ich wollte nur, dass sie endlich den Mund hält. Das Gerede, dieses ständige Gebrabbel. Von der Minute, wenn ich abends nach Hause kam, bis zu der Minute, wenn sie endlich einschlief. Pausenlos. An den Wochenenden – den ganzen Tag. Ständig. Nie eine Pause. Nonstop. Erbarmungslos. Endlos. Endloses Geplapper. Fünfzehn Jahre jeden Abend, fünfzehn Jahre jedes Wochenende. Rechnen Sie's nach.»

Cullen legte eine Hand auf Blooms Schultern und half ihm auf. Er führte ihn zum Treppenaufgang eines Hauses und war ihm behilflich, sich zu setzen. Er ging zur Fahrerseite des Subaru und stieg ein. Er ließ den Motor an.

Kefauver beendete hurtig sein Gespräch und kam herübergehastet.

«Du hast unsere Zeit verplempert», sagte Cullen. «Wir hatten unsere Tote exakt beschrieben.»

Kefauver wollte etwas sagen, doch Cullen schob den Wahlhebel der Automatik auf D und fuhr an.

Vom Rücksitz sagte Truelove: «Es ist nett hier hinten.»

«Genieß es.»

«Kennst du den über 'ne Nummer schieben? Ist ein echter Klassiker.»

«Lass uns Folgendes in Umlauf bringen: Wer weiß etwas über einen Amateur, der Hilfe bei der Beseitigung einer Toten brauchte? Und lass uns bei der Pressestelle vorbeischauen. Ist nicht viel los und schließlich müssen ja auch die Montagszeitungen gefüllt werden.»

«Dieser Bursche hat seine erste Verabredung mit diesem Mädchen, okay, er geht mit ihr auf ein Volksfest. Sie machen eine Fahrt mit der Achterbahn, er sagt: ‹Willstn jetzt machen?› Sie sagt: ‹'ne Nummer chiebn.› Er versteht das so, dass sie zu der Losbude will, wo's auf Losnummer sieben den Hauptgewinn gibt. Also gehen sie hin, er kauft ihr ein paar Lose, sie gewinnen irgendwas, sie gehen aufs Riesenrad, und der Bursche fragt wieder: ‹Willstn jetzt machen?› Das Mädchen antwortet: ‹'ne Nummer chiebn.› ‹Was? Schon wieder? Okay.› Also zurück zur Losbude und danach wieder auf ein Karussell, und der Bursche sagt: ‹Willstn jetzt machen?› Das Mädchen sagt: ‹'ne Nummer chiebn.› Also dieselbe Kiste *nochmal*. Irgendwann bringt er sie schließlich nach Hause, sie stehen vor ihrer Haustür, und er fragt: ‹Hat's Spaß gemacht?› Sie antwortet: ‹Es war cheiße.›»

«Ich hab letzte Nacht geträumt, du hättest bei Motown einen Vertrag unterschrieben», sagte Cullen.

«Warum erzählst du mir so was?»

«Weil das einer der ältesten Witze der Welt ist.»

«Ich hab doch gesagt, dass es ein alter Witz ist. Das hab ich doch gleich zugegeben. Ich schätze, du hast allein geschlafen.»

«Hast du Lust auf ein Frühstück?»

«Du bezahlst?»

«Im Doug's.»

«Du *bezahlst*.»

Sie setzten sich an die Theke. Doug brachte Kaffee und Wasser.

«Für mich zwei Mohrhuhneier», sagte Cullen. «Gebrüht.»
Truelove lachte. «Ich bin dabei.»
«Es gab mal eine Zeit», sagte Doug, «da sind die Typen vom Dezernat zum Frühstücken rübergekommen, haben sich ein New York Steak bestellt und ein Wasserglas voll mit Bourbon pur.»
«Hab ich von gelesen», meinte Cullen. «Auf ihren Grabsteinen.»

12

Diane Foxx wohnte in einem Brownstone an der Perry Street, nur einen Block entfernt vom Perry Street Meeting, eines der neunzig Meetings, zu denen Nora im Verlauf ihrer ersten neunzig Tage gegangen war.
Auf der Klingel stand ein weiterer Name: T. Bassett.
Nora klingelte und wartete.
Sie klingelte noch einmal.
Im ersten Stock wurde eine Tür geöffnet. Die Haustür hatte eine Milchglasscheibe und Nora konnte die Treppe nicht hinaufsehen. Sie klingelte wieder und hörte jemanden herunterkommen. Ein Mann, schlank und groß.
Er öffnete die Haustür. Er legte den Kopf fragend auf die Seite. Er wartete. Barfuß, in Jeans und T-Shirt, Anderthalbtagebart – ein Mann, der seinen Sonntagmorgen mit Kaffee und einem Croissant genossen hatte, die *Times* übers ganze Wohnzimmer verstreut, Stan Getz aus der Stereoanlage, die Katze auf der Fensterbank leckte sich in der Sonne die Pfoten.
Nora verstand seine Körpersprache. Diese Haltung hatte sie selbst auch schon eingenommen. Er ging davon aus, dass sie versuchen würde, ihm irgendwas anzudrehen.
«Tut mir Leid. Ich habe die falsche Tür erwischt.»

Er versuchte den Wahrheitsgehalt dieser Aussage abzuschätzen. Unzulänglich, lautete die Entscheidung. «Diane schickt Sie.»

Sie versuchte, eine verblüffte Miene aufzusetzen. «Entschuldigen Sie?»

Er schob die Hände in die Gesäßtaschen. Peter Fonda – er sah Peter Fonda ähnlich. Nicht dem Peter Fonda aus *Easy Rider*, aber auch nicht der Peter Fonda aus *Ulee's Gold*. Der Peter Fonda aus den Was-ist-nur-aus-Peter Fonda-geworden-Jahren.

«Um ihren *Kram* zu holen», sagte der Peter-Fonda-Doppelgänger. «Sie hat Sie geschickt, um ihren *Kram* zu holen. *Nicht* jedoch», unterbrach er sich selbst, zog seine rechte Hand aus der rechten Gesäßtasche und hakte in der Luft einen Punkt ab, einen Punkt für ihn, «*nicht* ihr Diaphragma, das hat sie selbstverständlich schon mitgenommen. Nicht das Etui, nur das Diaphragma. Sie hat diese Wohnung verlassen und ihr Scheißdiaphragma ge*tragen*. Sonst hat sie nichts mitgenommen, weder Zahnbürste noch Schlafanzug, aber sie hat gottverdammt darauf geachtet, ihr Diaphragma einzuführen. Wer ist der Kerl? Wen vögelt sie, gottverdammt?» Er beugte sich aus seiner erhabenen Höhe etwas herunter und zwang sie zurückzuweichen, sofern sie ihn nicht unmittelbar vor ihrem Gesicht haben wollte.

Nora zog sich einen Schritt zurück, konfrontierte ihn mit mehr Leere, als er erwartet hatte. Er musste sich wieder aufrichten, andernfalls wäre er einfach umgekippt.

«Ich kenne keine Details», sagte Nora. «Ich wollte sie nicht wissen. Sie hat mich gebeten, ihr ein paar Dinge zu holen. Sie hat nicht damit gerechnet, dass Sie hier sein würden. Sie hat mir einen Schlüssel mitgegeben.» Nora nahm ihn aus der Tasche und hielt ihn in die Luft wie ein Zauberkünstler.

Er musterte sie von oben bis unten. Offensichtlich gefiel ihm, was er sah. Er sah … Möglichkeiten. Er trat zur Seite und hielt ihr die Tür auf. «Die Treppe hinauf und dann links.»

Am Kopfende der Treppe links gab es weder eine Katze noch Croissants, Tageszeitung oder Jazz. Das Wohnzimmer wurde von einem sehr großen Computer beherrscht, auf dessen Bildschirm die Homepage von Altavista prangte. In Reichweite des Computers stand keine Kaffeetasse, sondern eine Wasserflasche (mit einem Microsoft-Logo) und zwei Müsli-Power-Riegel. Der Typ hing am Netz und war bereit, ein paar Powerstunden zu schieben.

«Ich heiße Ted.» Er lehnte in der Tür, die Hände in den Gesäßtaschen, davon überzeugt, dass er gut aussah – und er sah tatsächlich gut aus. «Und Sie sind ...?»

Nein. Keine Namen. Es fängt immer mit Namen an. «Das Zeug, das Diane haben will, befindet sich im Schlafzimmer. Oh, und ein bisschen was auch im Office.»

Ein fragender Blick trat in seine Augen. «‹Office›?»

«Wie auch immer sie's genannt hat. Im Arbeitszimmer.»

«Wir nennen's einfach das Büro. Das ist ein Stück Flur mit einem Schreibtisch drin. Wir sind hier in New York.»

«Genau. Also, äh, könnten Sie mir bitte den Weg zeigen?»

Er warf einen Blick auf seine Armbanduhr, ein schwarzes Monstrum, das nicht einfach nur die Zeit maß, sondern sie unterteilte und unterwarf. «Ich hoffe, Sie lassen sich nicht zu viel Zeit, ja? Ich muss hier raus.»

Sie fühlte sich sofort zu Hause, wie im Haus ihres Vaters. Alles, was sie dort je getan hatte, schien für ihn immer eine *Ewigkeit* zu dauern.

Nora folgte ihm den schmalen Flur hinunter, der durch überquellende Bücherregale noch schmaler wirkte. Es waren keine Bücher zum Schmökern, sondern Computerbücher, Fachliteratur über Steroide, dicke massige Bände über Dinge, die eigentlich nur Akronyme waren.

Eingekeilt zwischen zwei Bücherregalen stand ein alter Schreibtisch, den Ted und Di ihr «Büro» genannt hatten. Dahinter, am Ende des Flures, befand sich das Schlafzimmer.

Ted lehnte sich an die Ecke eines Bücherregals. «Bedienen Sie sich.»

«Sie wollen mir doch nicht zusehen, oder?», sagte Nora. Sie bedauerte sofort, das gesagt zu haben, denn diese Frage steckte voller Andeutungen, und er würde bestimmt einen Kommentar dazu abgeben.

«Sie mögen's nicht, wenn man Ihnen zusieht?», sagte Ted.

Sie seufzte. «Geben Sie mir eine Chance. Geben Sie *uns* eine Chance, okay?»

«Uns?»

Sie zog die obere linke Schublade auf, wohin Nora ein Tagebuch gelegt hätte, falls sie eines führte, falls sie hier wohnte, falls dies ihr Schreibtisch wäre. «Frauen.»

«Ich weiß, dass Sie Frauen meinten.»

«Gut. Gut zu wissen. Macht's Ihnen dann was aus ...?»

Da waren noch mehr Wortspiele, die gespielt werden konnten, und er dachte darüber nach, sie zu spielen, entschied sich jedoch, sie allein zu lassen. Er legte eine kleine Pantomime hin. Er streckte seine linke Hand, die sie hinter dem Türrahmen nicht sehen konnte, hinter dem eigenen Kopf hoch und zog sich selbst aus dem Türrahmen. Es war komisch und gut gespielt. Sie wollte lachen. Sie mochte ihn.

Sie fand kein Tagebuch, sondern einen alten Terminkalender, in einer Seitentasche einer schwarzen Patagonia-Aktenmappe, die im Knieausschnitt des Schreibtischs auf dem Boden stand. Knieausschnitt. Ein Wort, von dem sie glaubte, dass es wahrscheinlich mindestens einmal in jedem Buch vorkam, das sie geschrieben hatte, denn, ganz einfach, sie sagte es gern – oder, genau genommen, schrieb es gern.

Der aktuelle Monat war mit einer Büroklammer gekennzeichnet, und der letzte Arbeitstag, Freitag, war mit einem roten Klebepunkt markiert. Es war ein voller Freitag gewesen:

7^{30} Kasarda anrufen

8 Rierson

10 Palmer
Mittagessen mit Hannah
3 Mitarbeiterbesprechung
Rede ausarbeiten
Susan anrufen
Roz anrufen
Trisha anrufen
7 Ben, Algonquin!

Sie klappte den Kalender zu und steckte ihn in ihre Umhängetasche.

Ted war im Wohnzimmer und tat, als lese er die Sonntagszeitung, dachte aber tatsächlich über sein weiteres Vorgehen nach. Das linke Bein hatte er über das rechte Knie gelegt. Er trug Halbschuhe ohne Socken. Er hatte wohlgeformte Knöchel.

«Gefunden, was Sie gesucht haben?», fragte er.

«Danke. Bemühen Sie sich nicht, ich finde schon selbst hinaus.»

Er stand trotzdem auf. Er war größer geworden. Nett und groß. «Sie sind Roz, stimmt's?»

«Nett, Sie kennenzulernen.»

Als sie die Treppe vor dem Haus hinunterging, spürte sie, dass er sie aus einem Fenster zur Straße beobachtete. Sie schaute nicht zurück. Es fing immer mit einem Blick an.

An der nächsten Ecke hatte ein Starbuck auf. Nora ging hinein und bestellte sich einen großen koffeinfreien Americano. Sie trug ihn zu einem Tisch am Fenster. Auf dem CD-Wechsler lief ein Sampler – sie hörte jeweils ein Stück von Shawn Colvin, Bonnie Raitt und Lucinda Williams, bevor sie Ted Richtung Seventh Avenue eilen sah. Er suchte ein Taxi.

Scheiße, ein Taxi. Irgendwie hatte sie ihn als U-Bahn-Typ eingeschätzt. Sie schnappte sich einen Deckel für ihren Kaffeebecher und drückte ihn auf, während sie rückwärts durch die Tür hinausging. Sie schlich sich zur Straßenecke, wo ein

Lieferwagen stand, den sie als Deckung benutzen konnte, und hoffte, dass er sich nicht umdrehte.

Durch die Seitenscheiben des Lieferwagens sah sie, dass er inzwischen ein Taxi erwischt hatte und nun einstieg.

Ein zweites Taxi setzte einen Fahrgast vor St. Vincent's ab, und sie zwang es durch Willenskraft, bis zu ihr zu kommen. Sie schob ihren Kopf und einen Arm durch das lächerliche Fenster in der kugelsicheren Trennscheibe und zeigte nach vorn. «Da vorne, an der Ampel, genau da, folgen Sie *diesem* Taxi.»

«Sind Sie ein Cop?», fragte der Fahrer.

«Könnten Sie sich bitte beeilen.» Nora ließ sich ins Polster sacken.

Der Fahrer sah sie im Innenspiegel an. «Privatdetektiv?»

«Sie haben zu viele Filme gesehen.»

«Ich bin Schriftsteller. Kriminalromane.»

«Hab ich schon mal was von Ihnen gelesen?»

«Portweinflecken, Endschnitt, Großstadtdschungel, Marias Farm, Der Heilige, Heimatlos, Kälteeinbruch, Das Totenbuch, Harter Sex, Korrupte Bullen, Wenn es dunkel wird, Wahre Liebe.»

«Touché», sagte Nora. Sie las sein Namensschild. *Lester, Jerome*. «Ich habe mich schon manchmal gefragt, was aus Ihnen geworden ist. Ich bin Nora McLelland.»

Er drehte sich zu ihr um. Er nickte und schaute wieder nach vorn. «Ich hab den gelesen, der in Asbury Park spielt. Hat mir gefallen. Ich lese nur selten Krimis. Sind mir zu gewalttätig.»

Sie lachte. «Ich habe drei oder vier von Ihnen gelesen. Sie haben gut reden.»

«Und? Was hat dieser Kerl gemacht? *Ist* es ein Kerl?»

«Seine Freundin ist verschwunden, aber es ist ihm ziemlich gleichgültig. Ich glaube, er wird zu einer Frau fahren.»

«Und das wollen Sie in einen Roman einbauen oder ...?»

«Weiß noch nicht genau. Er fährt rechts ran.»

«Ich seh's. Er geht ins Sultan's.»

«Das Restaurant dort?»

«Da verkehren viele Supermodels.»

«Meine Lieblingsmenschen.»

«Wollen Sie aussteigen?»

«Scheiße, was habe ich mir wohl vorgestellt? Dass er auf offener Straße einer Frau in die Arme rennen würde, sie schiebt ihm dann ihre Zunge in den Mund, und ich weiß Bescheid?»

«Können Sie nicht einfach in das Restaurant gehen?»

«Er wird mich sehen.»

«Tja, dann warten Sie eben, bis er wieder rauskommt. So würden Sie's zumindest in einem Ihrer Bücher machen.»

«Können *Sie* nicht reingehen?»

«Ich?»

«Sie haben doch gesehen, wie er aussieht.»

«Flüchtig.»

«Sie können die Uhr laufen lassen.»

Er sah Nora nur im Rückspiegel an.

«Tut mir Leid», sagte Nora. «Das war unverschämt ... Schreiben Sie noch?»

«Meine letzten Bücher wurden in Deutschland veröffentlicht. Nur in Deutschland.»

«Ach, wirklich?»

«Ich fahre ungefähr alle anderthalb Jahre zu einer Lesung rüber. Die Kritiken sind gar nicht übel. Ich werde *ständig gelobt und gepriesen.*»

«Sind Sie drüben berühmt?»

Er schaltete das Taxameter aus und löste den Sicherheitsgurt. «Bin sofort zurück.» Er öffnete die Tür und stieg aus.

Nora holte Diane Foxx' Terminkalender aus der Tasche und blätterte. Diane Foxx war der Inbegriff einer modernen, leistungsorientierten Frau. Sie arbeitete mehr als acht Stunden am Tag (Präsentation Becker, 7 Uhr), traf sich mit Freunden (Abendessen Martha, Mittagessen Leah, Drinks mit Susan, Kaffee m. Brad), sie tat was für ihren Body (*Fitnessstudio nicht vergessen*), sie vergaß weder Geburtstage noch Jahrestage (G-Tag Colin, Bill & Betsy 10 J), sie reiste gern und viel (Martha's Vineyard, Montreal, Savannah), sie hatte Arzttermine, der Kaffee ging ihr nie aus, und sie besuchte Kinos und Theater und die Met und das Whitney und markierte mit Ausrufungszeichen Elvis' Geburtstag und die Rückkehr des Frühlings und die Wiedereröffnung des Wollman Rink. Sie war genau wie Nora, genau wie jeder von Noras Freunden, und jetzt war sie tot, und Nora hielt ihren Terminkalender in der Hand, weil ... und wartete vor einem Restaurant, in das ihr Mann gegangen war, weil ...

«Leeza Benson», sagte Lester, der sich zum hinteren Seitenfenster herabbeugte.

«Mein Gott, jetzt haben Sie mir aber einen Schrecken eingejagt», sagte Nora.

«Sorry. Ihr Freund ist mit Leeza Benson zusammen.» Er richtete sich auf und ging zur Fahrerseite und stieg ein.

«Leeza Benson, das Supermodel?», fragte Nora.

Lester nickte. «Die haben miteinander gevögelt.»

«Woher wollen Sie das wissen? Tut mir Leid – das war eine dumme Frage. Man sieht's einfach ... Hmh.»

Lester sah sie im Spiegel an. Sie erwiderte seinen Blick.

«Sind Sie verheiratet, Jer?», erkundigte sich Nora.

«Ja. Und Sie?»

«Nein. Ich warte, bis die Typen *geheiratet* haben, dann erst fang ich die Affären an. Schlechte Angewohnheit von mir.»

«Ich bin glücklich verheiratet», sagte Lester. «Ich bin glücklich, dass ich verheiratet bin.»

«Ich hab verstanden.»

«Wissen Sie, was Raymond Chandler über rote Haare sagte?»

«Er hat's nicht *über* rote Haare gesagt. Er sagte es über etwas anderes – Unglück, glaube ich. Er sagte, Unglück passiert einfach, genau wie rote Haare.»

«Sie ist tot, stimmt's? Die Frau von diesem Kerl.»

«Es ist einfach passiert.»

«Wer hat sie umgebracht?»

«Es war ein Unfall. Aber sie befand sich zu diesem Zeitpunkt im Hotelzimmer eines alten Jugendfreundes. Also hat er ein paar Leute engagiert, ob Sie's glauben oder nicht – natürlich glauben Sie's, schließlich schreiben Sie ja solche Sachen –, um sich die Leiche vom Hals zu schaffen.»

«Die Leiche drüben am West Side Highway? Auf den Chelsea Piers?»

Nora beugte sich vor. «Mo-ment. Jetzt mal langsam. Man hat sie *gefunden*?»

«Man hat *jemanden* gefunden. Eine Frau, Anfang Mitte dreißig, blond. Unbekleidet, keine Papiere. Es steht in der *Daily News*.» Er kramte in einem Rucksack auf dem Beifahrersitz. «Ich dachte, ich hätte die Zeitung hier, aber wahrscheinlich habe ich sie jemandem in der Zentrale gegeben. Ich fahre eine Doppelschicht.»

«Steht was von der Todesursache drin?»

«Ich glaube, dass die Todesursache noch genau ermittelt werden muss, aber mir war sofort klar, dass es ein gewaltsamer Tod gewesen ist.»

«Es war ein Unfall», sagte Nora.

«Und wie sind Sie darin verwickelt? Ist der alte Jugendfreund einer Ihrer verheirateten Affären?»

«*Touché!* Ich kenne den Burschen nicht mal, und ich ... Na ja, sehen Sie mich an.»

«Verarbeiten Sie das alles in einem Buch?», fragte Lester.

«Und wieder touché.»

«Heh, ich kreuze mit Ihnen nicht die Klingen. Seien Sie nicht so defensiv.»

«Ja, schön, das ist einer meiner Fimmel, sozusagen eine Charakterschwäche. Ich steige jetzt hier aus. Behalten Sie das Rückgeld. Hat mich gefreut, Sie kennen zu lernen. Viel Glück bei Ihrer Arbeit.»

Nora stieg aus dem Taxi, bevor Lester sagen konnte, dass sie ihm viel zu viel Trinkgeld gegeben hatte. Sie lief zur nächsten Ecke und verschwand dahinter, bevor sie stehen blieb und sich umsah. Sie wußte gar nicht so genau, wo sie jetzt war. In solchen Augenblicken war es stets vernünftig, zu einem Meeting zu gehen. Sie nahm ihr Meeting-Buch aus der Handtasche und sah, dass in zwanzig Minuten in einer Kirche in Little Italy ein Meeting beginnen würde. Sie konnte zu Fuß dorthin gehen und dabei vielleicht etwas von ihrer Paranoia abschütteln.

13

«Schon mal hier gewesen?», fragte Cullen.

«War nie nötig», antwortete Truelove.

Hier war das Leichenschauhaus in einem tiefen, tiefen Keller des Bellevue, in das man mit uralten Fahrstühlen und über schummerige grüne Korridore gelangte. Hier gab es keine Patienten, keine Ärzte, kein Personal, keine Geräte. Nur leere Räume und Echos und Schatten.

Und Jane Blankenstein – Bluejeans und schwarzes T-Shirt, hohe schwarze Leinenturnschuhe, die Haare unter eine coole, schirmlose afrikanische Mütze hochgesteckt – stand an einen Türpfosten gelehnt da, hielt die Tür mit einem Fuß auf und sah, nun ja, einladend aus. «Hey, Leute.»

«Jane.»

«Na Süße.»

«Eure Tote hat eine Tätowierung», sagte Jane Blankenstein, während sie die zwei den Korridor auf der anderen Seite der Tür hinunter und tiefer in das tiefste Bellevue führte. «Die hab ich zuerst übersehen. Sie befindet sich exakt in der Mitte ihres Kreuzes, und nur zur Erklärung, nicht als Entschuldigung: sie ist winzig, so winzig, dass ich sie zuerst für einen Leberfleck gehalten habe.»

«Dann hast du sie also nicht übersehen», sagte Cullen.

«Ich hab sie übersehen. Etwas zu sehen und für etwas anderes zu halten heißt, es zu übersehen.»

Eine Perfektionistin. Noch ein weiterer Grund, sich von ihr fern zu halten. Noch ein weiterer Grund, froh zu sein, dass sie nach Nashville ziehen würde.

Die Tote lag auf einer Bahre: mit dem Gesicht nach unten, bedeckt von weißen Laken bis auf eine Stelle oberhalb ihres Poansatzes. Jane Blankenstein reichte Cullen eine Lupe und trat zur Seite.

Cullen schaute hin, wurde aber zunächst von ihrer Haut abgelenkt – bis zur Unkenntlichkeit vergrößert, die Silhouette eines goldenen Getreidefeldes.

«Okay, Joe, lass mich mal. Du fährst doch wohl nicht drauf ab, oder?», stichelte Truelove.

Jane Blankenstein stieß ein leises, jähes Lachen aus. «Das war mal eine verdammt gut aussehende Frau. Wenn sich die Pfleger länger als gewöhnlich um eine Leiche herumdrücken, dann weiß ich das.»

«Gibt's hier viel, äh, du weißt schon?», fragte Truelove. «Hier, meine ich.»

«Ich hoffe nicht», sagte Jane Blankenstein.

Die Tätowierung war nicht, was Cullen erwartet hatte. Er hatte ein Herz oder eine Rose oder einen Namen erwartet. Das Tattoo war eine elegant geschwungene schwarze Linie, wie das Profil einer Welle oder ein Herzschlag, und unter dem Scheitel dieser Kurve befand sich ein Punkt, ein dunkelroter Punkt.

Cullen richtete sich auf und gab Truelove die Lupe. «Ich bin nicht überrascht, dass du das übersehen hast», sagte Cullen zu Jane Blankenstein. «Eher überrascht es mich, dass du dir die Leiche nochmal angesehen und es dann entdeckt.»

«Ich vermute, im Unterbewusstsein wusste ich, das es da war», sagte Jane Blankenstein. «Ich hab selbst eine.»

Truelove richtete sich auf, und sie und Cullen sahen zuerst sich und dann Jane Blankenstein an.

«Auf meinem Schulterblatt», sagte Jane Blankenstein, zeigte kurz mit dem Daumen über eine Schulter. «Nicht das gleiche Motiv, aber sehr ähnlich. Ich mache jede Wette, dass es ein Cope ist.»

«Ein Cope?», sagten Cullen und Truelove wie aus einem Mund.

«Ja, Tom Cope. Er hat ein Studio in SoHo. Hunderteinundzwanzig Wooster. Seine Kundschaft besteht zum größten Teil aus – wie soll ich sagen? – Yuppiefrauen. Frauen, die sich normalerweise nicht tätowieren lassen. Seine Motive sind extrem klein, kunstvoll und einzigartig.»

Cullen sah Truelove an, die wiederum ihn ansah. Sie zwinkerte ihm fast unmerklich zu. Er sah Jane Blankenstein an, die sich gerade vorbeugte, um ihre Tote wieder zuzudecken. Sie richtete sich auf und sah Cullen an. «Was ist?»

«Oh, nichts. Nichts.»

«Du willst sie nicht sehen, oder?»

«Was? Deine? Nein.»

«Aber wir brauchen ein Foto von ihrer», sagte Truelove. «Um es dem Künstler zeigen zu können.»

Jane Blankenstein zog ein Polaroid aus der Tasche ihres Kittels und gab es Truelove. «Tom erwartet euch schon. Er wird den ganzen Tag im Studio sein. Die Nummer steht hinten drauf.»

«Danke», sagte Truelove.

«Danke, Jane», sagte Cullen.

«Tut mir Leid, dass ich's zuerst übersehen habe», sagte Jane Blankenstein.

«Du hast es gefunden», sagte Cullen.

«Wir sehen uns», sagte Jane Blankenstein.

«Genau.»

«Bye, Jane», sagte Truelove.

«Bye, Janet.»

Auf der Straße, nach Luft schnappend und voll auf den Sonnenschein abfahrend, sagte Truelove: «Was zum Henker?»

«Ich hab's dir doch gesagt – sie hat mich mal zu sich eingeladen, zu einem Brunch. Ich konnte nicht hingehen. Mein Sohn hatte ein Hockeyspiel. Seitdem ist es so ... ich weiß auch nicht, wie.»

«Magst du sie?»

«Ja, ich mag sie.»

«Findest du sie attraktiv?»

«Sehr attraktiv.»

«Sie glaubt, du weißt es.»

«Was soll ich wissen?»

«Ich dachte, jeder wüsste es.»

«Was soll jeder wissen?»

«Zumindest jeder auf der Arbeit.»

«Wüsste. Was?»

«Jane ist eine Transe.»

«Jane ist eine Transe.»

«Du hast die Botschaft verstanden.»

«Ein Transsexueller.»

«Echt.»

«Jane Blankenstein?»

«Geboren als John oder Jim oder so ähnlich ... Jacob. Jacob. Das ist es. Jane Blankenstein.» Truelove lachte, hielt sich dann den Mund zu. «Ich sollte nicht lachen. Es ist überhaupt nicht komisch.»

«Es ist *nicht* komisch», sagte Cullen.

«Sag ich doch», sagte Truelove. «Es ist *nicht* komisch.»

«Was sie ... Hatte sie ... Als sie ...»

«Ja», sagte Truelove.

«Ja, was?»

«Ja, sie arbeitete auch als Mann schon als SGM. In der Bronx.» Truelove setzte sich in Bewegung.

Cullen blieb einfach stehen.

Truelove kehrte zurück. «Was ist denn?»

«Nichts. Gar nichts.»

«Du brauchst dich nicht beschissen zu fühlen, Süßer. Du hast sie doch nicht gevögelt, oder? Und selbst wenn, ist sie, wer sie ist, und das ist, was sie sein wollte – etwas Vögelbares. Hey, es gibt so 'ne und so 'ne. Wir sind hier in New York, Honey – nicht Kansas. In Kansas wäre's völlig okay, wenn du jetzt ausflippst, aber hier – du musst einfach mit der Zeit gehen.»

«Ich bin nicht ausgeflippt.»

«Wäre absolut nachvollziehbar – in Kansas. Aber wir sind hier nicht in Kansas.»

14

Michael Ransom war richtig in Fahrt. «Ich hatte ein Fulbright-Stipendium. Für Dänemark. An der Universität Kopenhagen. Zwölf Wochen, Spesen, eine Wohnung direkt gegenüber vom Tivoli. Kurz vor meiner Abreise wollte ich die Leute briefen. Paulson saß ganz hinten. Er machte, was er immer machte – unterbrach mich ständig, ging ein halbes Dutzend Mal raus, um Anrufe anzunehmen oder selbst anzurufen, unterbrach dann jedesmal, wenn er zurückkam, weil er wissen wollte, was er verpasst hatte. Schließlich warf er einen Blick auf die Anweisungen, die ich verteilt hatte, und sagte: ‹Michael, wenn diese Leute das alles hier erledigen, während du fort bist, dann kann dein Arsch gleich drüben in Finnland bleiben.›»

Ransom lachte.

Bennett Forbes sagte nichts.

Ransom wiederholte: «‹Dann kann dein Arsch gleich drüben in Finnland bleiben.›»

Ransom lachte.

Bennett Forbes spielte mit dem Saum seiner Serviette.

«Meine Ex hat das auch immer gemacht», sagte Ransom. «Sie nahm den Saum von dem, was sie gerade trug, und fummelte mit den Fingern daran herum, sie faltete es immer und immer wieder. Sie sagte, es erinnerte sie an eine Decke, die sie als kleines Kind gehabt hätte. Das Ding hatte diese Bordüre, und damit spielte sie, um besser einschlafen zu können. Sie nannte sie ‹Die Große›. Die Große Was? Einfach ‹Die Große›.»

Ransom lachte.

Forbes trank einen Schluck Wasser.

«Was anderes trinkst du nicht?», fragte Ransom. Er machte dem Barkeeper ein Zeichen und deutete auf sein Glas.

Der Barkeeper stützte sich mit gespreizten Händen auf die Theke.

«Einen Stoli Martini», sagte Forbes, «pur. Ein Limonenschnitz, keine Schale.»

Ransom schlug Forbes auf den Rücken. «Das ist der Ben Forbes, wie wir ihn kennen und lieben.» Er stieß mit der Schuhspitze gegen eine Plastikeinkaufstüte unter Forbes' Barhocker. «Ich dachte, du hättest keine Kinder.»

«Kinder? Nein. Keine Kinder.»

«Du hast bei Herman's eingekauft, also dachte ich, du musst Kinder haben. Man kommt nicht den weiten Weg nach New York, um Zeug bei Herman's zu kaufen. Es muss doch auch Geschäfte dort geben, wo du wohnst, wo du das gleiche Zeug kriegst wie hier bei Herman's.»

«Ja, ja, gibt es auch. Einer meiner, einer meiner Kollegen ist ein Giants Fan, die Football-Giants, er wollte eine Mütze. Die gibt's in North Carolina nicht, da gibt's nur Panthers-Mützen. Also hab ich ihm eine Giants-Mütze besorgt.»

«Und wie läuft's beruflich? Was machen die Geschäfte?»

«Gut. Okay.»

Der Barkeeper brachte einen weiteren Tanqueray mit Tonic für Ransom und den Stoli Martini für Forbes.

«Salud, mon amigo», sagte Ransom.

Forbes stieß mit Ransom an.

Sie tranken.

Ransom zappelte auf seinem Hocker. «Also, was zum Teufel ist los? Du kommst mir vor wie ein Toter.»

Forbes trank wieder. «Ich weiß nicht, was du meinst.»

«‹Salud, mon amigo› – du erinnerst dich nicht mehr daran?»

«Woran soll ich mich erinnern?»

«Siehst du? Du erinnerst dich nicht. Das vorletzte Jahr, Frühjahrssemester, Beta-Haus, uneingeladen auf 'ner Party, lauter dunkeläugige Latinaschönheiten. Juanita. *Nein. Carm*elita. Du warst scharf auf sie, aber sie war mit so einem blonden Sport-Ass da. Moment. Ich erinnere mich noch an seinen Namen. Federspiel. Bob Federspiel. Du unverzagt. Dein Entschluss ...»

Aber genau in diesem Augenblick stand Forbes auf, blieb kurz stehen, um seinen Stoli Martini auszutrinken, legte einen Zwanziger auf die Theke, bückte sich, um die Einkaufstüte von Herman's Sporting Goods aufzuheben, und verließ die Bar.

Ransom, wild entschlossen, sich blendend zu amüsieren, rief ihm nach: *«Adiós, mein ami.»*

Er ging eine ganze Weile, bis er sich darauf konzentrieren

konnte, wo er war – auf der Lexington Avenue – und dass er sich weiter von seinem Hotel entfernt hatte, als ihm lieb war. Er rief sich ein Taxi und ließ sich zum Algonquin bringen.

Er betrat die Lobby und nickte dem Mann an der Rezeption zu, der ihn mit «Guten Abend, Sir» begrüßte. Er stieg in den Fahrstuhl, fuhr auf die sechste Etage und ging den Korridor hinunter zu sechs-zwölf. Vor dem Zimmer stand der Wagen des Zimmermädchens, und die Tür war offen, obwohl am Türknauf das «Bitte nicht stören»-Schild hing.

Das Zimmermädchen befand sich im Bad, das Wasser lief.

Das Bett war gemacht. Natürlich war es das. Er hatte nicht darin geschlafen.

Mitten auf dem Bett lag verloren, weil es dafür keinen Ort, kein Zuhause, keinen Platz in der Symmetrie des Raumes gab, eine Handtasche, eine schmale, lederne Umhängetasche.

Wegen dieser Tasche war er gekommen, aber sie befand sich nicht an ihrem Platz. Er hatte sie vom Knauf der Badezimmertür genommen und auf einen Regalboden im Kleiderschrank gelegt, nachdem er zuvor eine Bestandsaufnahme ihres Inhalts gemacht hatte: eine lederne Brieftasche mit verschiedenen Kreditkarten – American Express, Working Assets Visa, eine Bankkarte der Citibank, ein New-York-State-Führerschein, eine Gristedes-Scheckkarte, eine Mitgliedskarte der New York Public Library, Visitenkarten (*Diane Foxx Fundraising and Development Solutions*), Rezepte (Hühnchen mit zwanzig Knoblauchzehen, Tabouleh-Salat, eine Suppe für nach dem Sport), eine Liste von Dingen, die sie noch lesen (Azarrad, *Come as You Are*; DeBotton, *Wie Proust Ihr Leben verändern kann – Eine Anleitung*; Didion, *The Last Thing He Wanted*; McNeill, *Please Kill Me*; Powers, *Galatea 2.2*; Wiesel, *Alle Flüsse fließen ins Meer*) und sehen (*Liebe auf dem Prüfstand, Ich habe Recht und du bist schuld, Ruf nach Vergeltung, Hotel Terminus – Zeit und Leben des Klaus Barbie, Flirt, Geboren in Queens*) und hören (Ray Barreto, Beck, *Music for San*

Rocco, Peggy Lee *Mirrors*, Nusrat Fateh Ali Khan *Night Song*, Lou Reed, *Set the Twilight Reeling*, Vaughn Williams, *Suite for viola and orchestra*) wollte, achtundfünfzig Dollar in bar – ein Zwanziger, zwei Zehner, zwei Fünfer, acht Einer, ihr Terminkalender, mit seinem Namen darin, doppelt unterstrichen, Bennett 7 Algonquin, ihr Telefonbuch mit seinem Namen und seiner Nummer im Büro, ganz oben bei den Hs an den Rand geschrieben, weil bei den Fs kein Platz mehr war.

Er hatte seine Meinung geändert, was die Tasche und die Brieftasche und den Terminkalender und das Telefonbuch betraf, er hatte beschlossen, das alles nicht mit nach Hause zu nehmen und dort zu entsorgen. Es war vernünftiger, alles in einer Stadt wegzuschmeißen, die übersät war mit Müll und Schutt und Strandgut.

Genau aus diesem Grund, weil er nicht an der Rezeption fragen wollte, weil er nicht eines der Zimmermädchen um eine Plastikmülltüte bitten wollte, war er zu Herman's gegangen, um eine Tüte zu bekommen, in die er ihren Kram packen konnte.

Er machte einen Schritt aufs Bett zu und erschreckte sich, denn sein Spiegelbild trat in den Spiegel auf der Rückseite der Badezimmertür. Er holte tief Luft und machte einen weiteren Schritt. Im Bad lief immer noch das Wasser.

Er machte einen weiteren Schritt.

Das Wasser wurde abgestellt.

Er blieb bewegungslos stehen.

Die Toilette wurde gespült.

Er ging einen weiteren Schritt, nahm die Tasche, ließ sie in die Einkaufstüte von Herman's fallen und machte sich auf den Rückweg zur Tür.

Er schaffte es bis zur Tür.

Er trat durch die Tür.

«Señor.»

Er ging den Korridor hinunter.

«¿Señor?»

Er beeilte sich.

«¡Señor!»

Er drückte eine Ausgangstür auf, aber es war keine Ausgangstür, es war die Tür zu einem Lagerraum. Er kehrte auf den Korridor zurück, ging weiter und blieb stehen, weil eine Tür geöffnet wurde und eine Frau gefolgt von einem Mann aus einem Zimmer trat.

Er drehte sich um und kehrte den gleichen Weg zurück, den er gekommen war.

Das Zimmermädchen machte ihm Platz und drückte sich gegen die Wand. Ihre Augen waren weit aufgerissen, ihre Lippen bewegten sich in einem stummen Gebet.

Er ging an seinem Zimmer vorbei und um die Ecke, erspähte einen Ausgang, brach förmlich durch diese Tür und trampelte mit viel Getöse die Treppe hinunter. Seine Schritte dröhnten auf den Metallstufen.

Sechs Stockwerke.

Eine Tür mit einer nur von innen zu öffnenden Sicherheitsverriegelung und einem Schild, das zu lesen er keine Zeit hatte, wahrscheinlich stand dort, dass ein Alarm ausgelöst würde, sobald er die Tür öffnete.

Er öffnete die Tür.

Eine Alarmglocke schrillte los.

Er verlangsamte sein Tempo.

Er ging um eine Ecke.

Er stürmte aus dem schmalen, beengenden Flur in einen hohen, weiten und hellen Speiseraum, in dem um diese Uhrzeit nicht viel los war. Kellner und Bedienungshilfen lümmelten untätig in den Kulissen herum. Ihre Blicke und die Blicke vieler Hotelgäste waren plötzlich auf ihn gerichtet, er mit seiner Herman's-Tüte, mit seiner schweißglänzenden Stirn, mit seinem Gestank nach mehreren Tagen ohne Dusche und den Ketten des schlechten Gewissens, die beim Gehen klirrten.

Geh, sagte er sich. Geh einfach. Geh aufrecht, geh normal. Schleich nicht. Wenn du schleichst, fällst du auf. Wenn du einfach gehst, sehen sie kurz hin, dann schauen sie wieder fort, denn es gibt nichts Bemerkenswertes an jemandem, der einfach nur ganz normal irgendwo entlanggeht, nicht mal an jemandem mit einer Herman's-Tüte, einer schweißglänzenden Stirn und klirrenden Ketten.

Geh durch das Restaurant. Geh am Pult des *Maître d'* vorbei, dem *Maître d'*, der dort steht und dich mit deiner Tüte und deiner schweißnassen Stirn und deinen klirrenden Ketten anstarrt. Weich seinem Blick nicht aus, sieh ihn direkt an, als wüsstest du genau, was du tust, wohin du gehst, denn du bist nicht auf der Flucht, du bist unterwegs nach irgendwo.

Jetzt aus dem Speiseraum hinaus, in die Lobby, prächtig überladen mit ihren Winkeln und verspiegelten Säulen und Sesseln und Sofas und kleinen Tischen, an denen Glöckchen befestigt sind, Glöckchen, um die Kellner zu rufen, die Cocktailbestellungen entgegennehmen.

Jeder Sessel und jedes Sofa war belegt, jeder einzelne kleine Tisch stand voller Gläser und Schalen mit Erdnüssen und Crackern, jedes einzelne Glöckchen erklang, jeder einzelne Kellner rauschte mit einem auf den Fingerspitzen balancierten Tablett an ihm vorbei.

Dann blieb jeder einzelne Kellner stehen und wirbelte herum, um ihn anzusehen, und jedes einzelne Gesicht auf jedem einzelnen Sessel und Sofa drehte sich zu ihm herum und schaute zu ihm auf, er mit seiner Herman's-Tüte und seiner schweißglänzenden Stirn und seinen klirrenden Ketten.

Er hatte geplant, soweit er überhaupt einen Plan hatte, an der rechten Wand der Lobby entlang bis zu dem großen Fenster zur Straße zu gehen, dann weiter links die Wand entlang zu der Eingangsdrehtür, dann durch diese Tür hinaus auf die Straße. Aber diesen Weg konnte er jetzt unmöglich nehmen. Es war einfach viel zu voll, überall Menschen, die ihn anstarrten.

Also hielt er sich links, schlenderte um die niedrige Trennwand mit den geriffelten Glasscheiben obendrauf, die Lobby von Rezeption trennte, vorbei an der Rezeption, durch die Drehtür und hinaus auf die Straße, wo er in ein Taxi stieg, das gerade eben erst jemanden abgesetzt hatte, und sich zum Kennedy Airport bringen ließ, wo er in eine Maschine mit Ziel Karibik steigen und dort für den Rest seines Lebens auf einer Insel leben würde.

Das sah er vor seinem geistigen Auge. In der Wirklichkeit ging er nach links, um die niedrige Trennwand mit den geriffelten Glasscheiben, und lief direkt in die Pranken eines großen schwarzen Mannes mit einem kleinen, aber geschmackvollen Messingschildchen auf dem Revers, auf dem stand: *Sicherheitsdienst.*

«Einen Augenblick, bitte, Sir.»

15

Tom Cope Tattoos befand sich in einem Loft über einem Bekleidungsgeschäft im Erdgeschoss, das lediglich zwei verschiedene Arten von Kleidungsstücken anbot, weite Baumwollblusen und weite Hosen jeweils entweder in Schwarz oder in Weiß.

Die Boutique besaß weder einen Namen, noch stand sie, laut Truelove, die irgendwo etwas über den Laden gelesen hatte, im Telefonbuch. Der Laden machte keine Werbung, und auf der Tür standen keine Öffnungszeiten, dennoch war er immer, sagte Truelove, wie auch jetzt wieder, gerammelt voll mit Leuten, die zum Teil bereits entweder die eine oder die andere Variante der Kluft trugen.

«Die kosten ungefähr fünfhundert pro», erklärte Truelove. «Pro Teil, meine ich. Nicht pro Ensemble.»

«Das Oberteil kommt fünfhundert Dollar und die Hose kommt nochmal fünfhundert Dollar?», fragte Cullen.

«Du hast's erfasst.»

«Ich glaube, alle meine Hosen kosten zusammen keine fünfhundert Dollar», sagte Cullen. «Und dabei rechne ich schon die Hose mit, für die ich ungefähr achtzig Mäuse hingeblättert habe, denn die war runtergesetzt von hundertfünfundzwanzig. Dafür ist sie aber auch aus Wolle.»

Truelove drückte den Knopf des Fahrstuhls in der Eingangshalle des Hauses. «Hast du als Jugendlicher Basketball gespielt?», fragte Truelove.

«Jeden Tag.»

«In einem Park oder auf einem Spielplatz oder Schulhof, stimmt's?»

«Ja, überall, je nach Jahreszeit, je nach Wochentag.»

«Warst du in letzter Zeit mal auf einem Schulhof – egal an welchem Tag und zu welcher Jahreszeit?»

«Leer.»

«Erstaunlich, was? Wo sind die alle hin, die Kids? Ich habe mit den Jungs gespielt, aber ich war nicht das einzige Mädchen, und es waren auch immer andere Mädchen da, die einfach so rumhingen, die haben zugesehen, geflirtet, wie immer du's nennen willst. Das hat damals einfach dazugehört.»

Der Fahrstuhl kam, die Tür glitt auf, und Robert de Niro trat heraus.

«Wie geht's, Leute?», fragte de Niro.

«Hi», sagte Cullen.

«Was steht an?», fragte Truelove.

De Niro ging durch die Haustür, und sie traten in die Fahrstuhlkabine.

Truelove drückte auf die 1. «Bist du ein Fan?»

«Mir hat er am besten in dem Film mit Charles Grodin gefallen, der über die Kopfgeldjäger.»

«Midnight Run – Fünf Tage bis Mitternacht.»

«Midnight Run. Die Psychorollen gefallen mir nicht so – *Kap der Angst* und der über den Baseballspieler, den ich nie gesehen habe.»

«*The Fan,* glaube ich.»

«So was in der Richtung.»

Der Fahrstuhl hielt und sie stiegen aus. Ein barfüßiger Mann in einem weich fließenden schwarzen Hemd und einer weich fließenden schwarzen Hose – nicht aus dem Laden unten, aber aus einem sehr ähnlichen Laden – kam ihnen mit ausgestreckter Hand entgegen. Sein Schädel war rasiert, und im linken Ohr trug er einen Onyxstecker. Er war mindestens einsachtundneunzig oder sogar noch größer. Er steuerte schnurstracks auf Truelove zu.

«Sie sind es», sagte er.

«Ich glaub's nicht», sagte sie.

«Tom Cope.»

«Janet Truelove.»

Sie schüttelten sich die Hand.

«Joe Cullen», sagte Cullen und streckte seine Hand aus.

«Ich kann's nicht fassen», sagte Cope, hielt weiter Trueloves Hand und beugte sich herab, um ihr in die Augen zu sehen.

«Ich habe das Gefühl, dass ich Sie kenne», sagte Truelove.

«*Ich* kenne Sie, mein *Gott.*»

Cullen schob seine Hand in die Tasche.

«Wie lange ist es schon her?», fragte Cope.

«Acht Jahre», sagte Truelove.

«*Acht* Jahre.»

«Sie haben kaum einen Montag verpasst.»

«Manchmal hab ich gedacht, ich sollte besser anrufen», sagte Cope. «Damit Sie sich keine Sorgen machen.»

Sie lachten.
«Sie haben sich nie vorgestellt. Sie sind nie in die Garderobe gekommen.»
«Ich bin ein Feigling», sagte Cope. «Ich wollte immer, hatte aber gleichzeitig schreckliche Angst.»
«Jetzt werden Sie aber kommen, okay?»
«Jede Woche. Es wird Ihnen noch Leid tun, dass Sie mich gefragt haben.»
«Seien Sie nicht albern.»
Ihre rechten Hände hielten sich immer noch umschlossen, ihre Blicke waren immer noch ineinander verkeilt. Schließlich ließen sie sich los, senkten die Blicke.
«Ä-hmh», räusperte sich Cullen.
Sie sahen ihn an, ängstlich beinahe, als hätte er sich angeschlichen.
«Ihr zwei, äh, kennt euch», sagte Cullen.
Es war keine Frage, also gaben sie auch keine Antwort, sondern starrten ihn einfach nur an.
Schließlich erinnerte sich Truelove, wer er war und was er hier machte. «Oh, äh ... Tom Cope, Joe Cullen.»
Cope streckte seinen langen rechten Arm aus wie eine Spinne, die ihre Beute betasten wollte. «Tom Cope.»
«Joe Cullen.»
«Tom ist ein Fan», sagte Truelove.
«Ein großer Fan», korrigierte Cope.
«Ein *großer*, großer Fan», wortspielte Truelove.
«Ein Fan von ...?», fragte Cullen laut.
Truelove warf ihm einen dreckigen Blick zu. «Joe.» Sie machte zwei Silben daraus: *Joe-oh*.
«Oh», sagte Cullen. «Ein Fan von dir.»
«Ein großer Fan», sagte Cope. «Nicht jeden, aber viele, viele Montage der letzten acht Jahre hab ich sie gehört. Ich *liebe* es, wie diese Lady den Blues singt. Billie, Ella, Aretha, man kann über jede von ihnen sagen, was man will, jede Ein-

zelne ist auf ihre Art vollkommen. Und mit Erykah Badu will ich gar nicht erst anfangen ... aber hören Sie, deswegen sind Sie nicht hier. Kommen Sie mit nach hinten, dann zeige ich Ihnen meine Akten. Ich habe Akten über jede einzelne Tätowierung, die ich gemacht habe. Über einen Zeitraum von vierzehn Jahren. Die letzten fünf Jahre sind im Computer.»

«He, ist ja toll.» Truelove deutete nach hinten. «Gehen Sie schon mal vor, Tom. Wir kommen sofort nach.»

Cope runzelte die Stirn und fragte sich, was los war, zog sich aber dennoch einige Schritte zurück. Dann drehte er sich um und verschwand in dem Hinterzimmer.

«Was zum Henker?», sagte Truelove.

«Tut mir Leid. Ich kann's nicht erklären. Eifersucht.»

«Moment mal. Auf ihn? Wegen mir? Also erstens ...»

«Ich weiß. Ich weiß, ich weiß, ich weiß. Ich schätze, ich bin wahrscheinlich eifersüchtig, weil du ... ein Leben außerhalb der Arbeit hast.»

Truelove wollte darauf etwas erwidern, tat es dann aber nicht, sie machte den Mund zu und verschränkte die Arme vor der Brust, um ihre Gefühle nicht herauszulassen. Sie seufzte, dann sagte sie: «Ich weiß, dass ich mit meiner Singerei großes Glück habe. Das hält mich im Gleichgewicht, gibt mir einen anderen Blickwinkel. Manchmal denke ich, warum mache ich eigentlich nicht nur noch das? Warum suche ich mir für die anderen Abende keine Gigs in anderen Clubs – könnte ich machen, ich bin ziemlich bekannt, ich bekomme Angebote – und vergesse meinen eigentlichen Job? Aber dann hätte ich nur noch das Singen, und ich wäre besessen davon, ich würde mein inneres Gleichgewicht verlieren ... diese Fernsehfrau, mit der du zusammen warst, wie heißt sie noch schnell?»

«... Ann Jones.»

«Sie *war* doch beim Fernsehen, richtig?»

«Ja, sie war beim Fernsehen. Hör zu, Jay, ich habe im Moment eigentlich keine Lust, über mein Liebesleben zu reden.»

«Nur eines noch, okay?»

«Eines noch.»

«Jane Blankenstein hat ein gutes Herz. Sie ist damit auf die Welt gekommen.»

«Ich höre dich. Lass uns jetzt mit deinem Freund reden.»

«Schon unterwegs.»

Sie zeigten Cope das Foto der Tätowierung des Opfers. Cope hämmerte auf die Tastatur seines Computers ein. Die Tätowierung von dem Foto tauchte auf dem Bildschirm auf, mehrfach vergrößert, so stark vergrößert, dass das, was wie ein dunkelroter Punkt ausgesehen hatte, jetzt als kleines, kursives *d* zu erkennen war. Es dauerte nur wenige Sekunden.

«Sie heißt Düne», sagte Cope.

«Düne», wiederholte Cullen.

«Es ist das Profil einer Sanddüne. Der Ruhewinkel. Der maximale Neigungswinkel einer Anhäufung bestehend aus lockeren Festkörpern, ohne ins Rutschen zu geraten.»

«Und das hier?», fragte Cullen und zeigte mit seinem kleinen Finger auf den Buchstaben *d*. «Steht das für Düne?»

Cope verdrehte die Augen. «Bitte. Ich bin ein Künstler. Das ist ihre Initiale.» Cope bearbeitete erneut die Tastatur, dann las er die daraufhin erscheinenden Daten. «Diane Foxx.»

Cullen und Truelove stießen fast mit den Köpfen zusammen, als sie sich vorbeugten, um auf den Bildschirm zu sehen. Diane Foxx, 22 Perry Street, 555-4647, 27. Mai 1998. Ihre Führerscheinnummer, da sie mit Scheck bezahlt hatte.

«Das ist das Datum, an dem sie die Tätowierung erhalten hat?», fragte Truelove. «Am siebenundzwanzigsten Mai achtundneunzig?»

«Genau», sagte Cope.

«Fällt Ihnen noch irgendetwas zu ihr ein?», fragte Truelove.

«Ich fürchte nicht, nein. Es ist schon eine Weile her, ich habe viele Kunden. Das ist nicht unfreundlich gemeint, aber so ist es einfach, besonders bei diesen Mikros – den kleinen Tattoos.»

«Was ist das?», sagte Cullen und richtete seinen Zeigefinger auf die Zahl 300.

«Das ist mein Honorar», sagte Cope.

Cullen sah Truelove an, die ihre Augenbrauen hob.

Sie warteten einen angemessenen Zeitraum, damit Cope die Höhe seines Honorars erklären konnte, was er jedoch nicht tat, also gab es nichts mehr zu sagen.

«Danke», sagte Cullen.

Cope rieb sich nervös die Hände. «Sie sagen, sie ist tot. Ich kannte sie nicht, ich erinnere mich nicht an sie, aber das ist schrecklich.»

«Es *ist* schrecklich», stimmte Cullen zu.

«Vielen Dank für Ihre Hilfe», sagte Truelove. «Können Sie uns davon einen Ausdruck machen?»

«Schon passiert. Der Drucker steht hinten. Ich geh's holen.»

«Es könnte erforderlich werden», sagte Cullen, «dass Sie bezeugen müssen, dass dies Ihre Arbeit ist.»

Cope nickte. «Ich verstehe ... Ich hole den Ausdruck.»

Auf dem Rückweg zum Wagen sagte Cullen: «Wie hoch wird deiner Meinung nach sein Honorar sein, nachdem er ausgesagt hat?»

«Es wird so hoch sein, wie's der Markt hergibt», sagte Truelove. «Niemand hat ihr eine Kanone an den Kopf gehalten und sie gezwungen, sich tätowieren zu lassen, niemand wird dem nächsten Kunden eine Kanone an den Kopf halten.»

«Vielleicht sollten wir uns eine machen lassen, bevor der Preis in Schwindel erregende Höhen schießt.»

«Wie kommst du darauf, dass ich nicht schon ein Tattoo habe?», meinte Truelove.

«Und wie kommst du darauf, dass ich keines habe?»

«Dein Buttondown-Hemd.»

«Das ist ein europäisches Buttondown-Hemd.»

«Trotzdem ist es ein Buttondown.»

«Aber die Knöpfe sind von unten angenäht. Sorgen dafür, dass der Kragen schön glatt bleibt. Man sieht sie nicht.»

«Ich sehe sie, Schätzchen.»

«Solltest du aber nicht ... was für ein Tattoo hast du?»

«Ich habe nicht gesagt, ich hätte ein Tattoo. Ich habe nur gefragt, wie du drauf kommst, dass ich keines habe.»

«Was für eines ist es?»

«Schätzchen, das hier ist keine Unterhaltung, die zwei Arbeitskollegen miteinander führen sollten.»

«Wo ist es?»

«Jetzt gehst du entschieden zu weit.»

«Erzählst du's mir, wenn wir freihaben?»

«Vielleicht.»

«Beim Mittagessen?»

«Klar. Warum nicht?»

«Das sagst du jetzt doch nur, weil du genau weißt, dass wir heute nicht zum Mittagessen kommen.»

«Ich hab gut gefrühstückt», sagte Truelove.

Wenn man eine Adresse aufsucht, wo ein Mord geschehen war oder geschehen sein könnte, holt man sich normalerweise Verstärkung; statt also direkt zur Perry Street zu fahren, machten sie den Umweg zum Midtown West, um Mathews und Lehman abzuholen. Sie trafen gerade rechtzeitig ein, um noch zu sehen, wie ein paar Kleinkriminelle in einen Bus stiegen, der sie ins Präsidium bringen würde.

«Bleib sitzen», sagte Cullen und streckte eine Hand aus, um Truelove im Wagen zu halten.

«Was ist denn?», fragte Truelove.

«Ich kenne einen von den Typen da.»

«Einen von diesen Eierdieben?»

«Bin sofort zurück. Er ist jemand aus dem Programm.»

«He, ich gehe nirgendwohin. Diane Foxx auch nicht.»

Cullen zeigte seine Marke einem uniformierten Sergeant mit einem Klemmbrett, der die Verladung in den Transporter beaufsichtigte. «Ich muss einen Ihrer Häftlinge sprechen.»

«Bitte sehr. Ich muss sowieso noch auf einen Kerl warten, der drinnen noch mit Kotzen beschäftigt ist.»

Cullen legte seine Hand auf die Schulter eines Mannes in einem braunen Anzug. Der Mann hatte vom Schweiß verfilzte Haare. Sein Hemd war durchgeschwitzt.

«Ben, richtig?», sagte Cullen.

16

«Hi, Nora.»

Ted Bassett setzte sich neben Nora auf einen der Hocker an der Fenstertheke. Er nahm einen großen Frappuccino.

Sie fühlte sich in diesem Starbuck's fast schon als Stammgast, weil sie heute bereits zum zweiten Mal hier war und dieses Mal lange genug für zwei große eisgekühlte Americanos, davon der zweite mit Koffein.

«Woher ich Ihren Namen kenne?», sagte Bassett und stellte damit die Frage, die ihr auf der Zunge lag. «Ich kenne Ihren Namen, ich kenne Ihre Schwäche.»

Sie schnaubte verächtlich. «Meine Schwäche ist Salziges. Kartoffelchips, Pizza mit Sardellen.»

Er lächelte und trank einen Schluck von seinem Kaffee. Mit einer Serviette wischte er sich den Mund ab. «Hi, ich heiße Nora. Ich bin ein rothaariger Salzjunkie.»

Sie schnappte nach Luft, schnappte tatsächlich nach Luft, etwas, das sie eine ihrer Figuren in einem Buch nie tun lassen würde, es war viel zu … melodramatisch und viel zu leicht. «Sie sind mir gefolgt.»

Er zuckte die Achseln. «Ich habe gesehen, wie Sie mir gefolgt sind, also bin ich Ihnen gefolgt. Wie du mir, so ich dir.» Während er das sagte, starrte er auf ihre Brüste, lächelte und trank wieder einen Schluck Kaffee.

«Sie sind mir zu einem AA-Meeting gefolgt.»

«Dahin sind Sie gegangen. Wären Sie in eine Bar gegangen, wäre ich Ihnen auch dorthin gefolgt. Mir ist alles recht.»

«Sie Dreckskerl. Man geht dorthin, weil man Unterstützung sucht, und bestimmt nicht, um sich von irgendeinem Arschloch bespitzeln zu lassen.»

«Ich habe nicht mitbekommen, wer sonst noch dort war. Ich hatte nur Augen für Sie. Allerdings muss ich zugeben, es waren durchaus ein paar recht flotte Mäuschen da. Muss ein guter Ort sein, um, Sie wissen schon, neue Bekanntschaften zu schließen.»

«Die kannst du dir sonst wo hinstecken», fauchte Nora.

Er lachte. «Also, äh, was haben Sie heute denn noch so vor? Da Sie ja offensichtlich nicht mehr beabsichtigen, Di ihren Kram vorbeizubringen.» Bassett blickte in ihre Tasche, die offen auf dem Boden neben ihrem Hocker stand, der Kalender obendrauf, jeder konnte ihn sehen, er konnte ihn sehen.

«Was ist aus Leeza geworden?», fragte Nora. «Zu viel Schulaufgaben?»

Bassett lachte. «Sie hat ein Shooting. Das ist harte Arbeit. Es ist harte Arbeit wie jede andere auch.»

«Ja, klar, der Lippenstift, das Mascara. Die – was essen die noch gleich? – die kleinen Bällchen Toilettenpapier. Muss ziemlich billig sein, mit ihr auszugehen.»

«Und? Was haben Sie noch vor, Nora?»

«Ich bin Trinkerin.»

«*Casablanca*, stimmt's?»

Sie starrte ihn an. War er ihr schon gefolgt, bevor sie ihm begegnete?

Bassett lächelte. «Aha. Wir haben was gemeinsam. Gehen wir in meine Wohnung. Es sei denn, du wohnst hier in der Nähe. Di wird nicht mehr zurückkommen. Oder doch?»

«Wird sie nicht?»

«Wird sie?»

«... nein.»

Er zuckte die Achseln. «Also, wo liegt das Problem?»

Sie ging mit. Sie machte Dinge, die sie noch nie zuvor getan hatte, warum also nicht auch das?

Er stand in der Mitte des Wohnzimmers und deutete lässig auf die Couch. «Setz dich doch.»

Sie setzte sich auf einen harten Holzstuhl.

Er lächelte. «Scotch, Gin, Wodka, Wein, Bier, Bourbon, Brandy?»

«Tonic. Einfach nur ein Tonic.»

«Nur Tonic?»

«Nur Tonic.»

Er verschwand in der Küche.

Sie stand auf und sah sich die Bücher in einem Regal an. Es waren ihre Bücher, nicht seine. Bücher, die man lesen konnte, mit Menschen darin, mit Lachen, Tränen, Leidenschaft. Einige davon hatte Nora auch gelesen: *Schnee, der auf Zedern fällt, Poison, The Liars Club, The Architect of Desire*. Da waren Bücher, die sie interessierten (*Stones from the River, Love, Again, Songs in Ordinary Time, Little Altars Everywhere, Der Gott der kleinen Dinge*), und Bücher, von denen sie noch nie gehört hatte. Eines davon nahm sie heraus: *The Long Night of White Chickens*.

«Das hat sie zweimal gelesen», sagte Bassett, trat mit einem Glas in jeder Hand hinter Nora, Zwillingsgläser, Eis und klare Flüssigkeit, feine Fäden winziger Bläschen, Limonenschnitze. «Angeblich eines der besten Bücher, die sie je gelesen hat.» Er reichte ihr das Glas in seiner rechten Hand.

«Das ist nur Tonic, richtig?»

«Nur Tonic.» Er deutete wieder mit dem Kinn auf das Buch. «Di war zu einer Hochzeit in Guatemala eingeladen. Eine Arbeitskollegin hatte einen Latino geheiratet. Das Buch spielt in Guatemala, also hat Di es gelesen.» Er hob sein Glas. «Cheers.»

«Hat es zweimal gelesen», korrigierte Nora.

Bassett nippte an seinem Drink. «Guatemala und Boston.»

«Entschuldigung?»

«Das Buch spielt in Guatemala und in Boston. Noch ein Grund, warum es ihr gefiel. Sie hat früher in Boston gewohnt.»

«Von wo kommt sie? Diane, meine ich?» Nora trank einen Schluck.

Er legte den Kopf schief. «Das hat sie dir nie erzählt?»

Nora zuckte die Achseln. «Schon möglich, aber ich hab's vergessen.»

«Ihr Akzent verrät doch alles.»

Nora sah ihn einfach an und trank weiter.

«Oder nicht?»

Nora trank weiter.

«Du kennst Di überhaupt nicht, stimmt's?»

Nora trank weiter.

Inzwischen stand er näher. Er stellte sein Glas auf einen Beistelltisch. «Also, was wird hier gespielt?»

Nora trank weiter, hielt das Glas abwehrend vor sich hoch, um ihn in Schach zu halten.

Er nahm ihr das Glas ab und stellte es neben seines. «Dann ist es ja in Ordnung, wenn du keine Freundin von ihr bist.»

«Was ist dann in Ordnung?»

Bassett legte seine rechte Hand auf ihre linke Brust. «Das.» Er legte seine linke Hand auf ihre rechte Brust.

Nora schaute um seine Schulter auf ihr Glas. «Da ist Wodka drin, stimmt's?»

Er küsste ihren Mundwinkel. «Willst du mehr?»

«Stimmt's?»

Er küsste sie auf die Lippen und schob seine Zunge tief in ihren Mund. Er zog sich zurück. «Ja?»

«Ja.» Sie küsste ihn, schob ihre Zunge tief in seinen Mund.

17

Bennett Forbes nahm den Kaffee, den Cullen ihm von einem Imbisswagen geholt hatte, der vor dem Midtown West parkte und sowohl das Revier als auch das Postamt auf der anderen Straßenseite versorgte. Er trank vorsichtig einen Schluck. «Musste noch nie mit Handschellen an den Armen trinken.»

«Wollen Sie drüber reden?», fragte Cullen.

Forbes starrte in seinen Kaffee und sah dann Cullen an. «Dann sind Sie also ein Cop. Haben Sie mir das erzählt? Neulich bei dem Meeting?»

«Ich dachte, Sie hätten es gemerkt, als wir uns umarmten. Ich hatte eine Kanone unterm Jackett.»

Forbes schüttelte den Kopf. Er trank einen Schluck Kaffee, sah Cullen an, schaute dann aus dem Fenster, das mit Maschendraht überzogen war, in einen Lichtschacht. «Es ist nur ein Missverständnis. Ich ging in mein Hotelzimmer, um ein paar Sachen zu holen. Das Zimmermädchen machte das Bad sauber und hat mich nicht hereinkommen hören. Ich habe die Sachen geholt und wollte gehen. Sie kam aus dem Bad, als ich gerade ging, und dachte, ich sei ein Dieb. Wahrscheinlich habe ich sie in diesem Irrtum noch bestärkt, als ich die Treppe genommen habe, aber das ist eine alte Angewohnheit von mir, ich mag keine Fahrstühle, es gefällt mir nicht, auf sie warten zu müssen, und ich fahre auch nicht gern mit ihnen. Als ich unten in der Lobby ankam, hatte das Zimmermädchen bereits den Sicherheitsdienst verständigt. Und hier bin ich nun. Ein gewisser Detective Gavazov versucht, aus der Tatsache, dass die Dinge, die ich geholt habe, einer Frau gehören, mehr zu machen, als in Wahrheit dran ist. Es war eine Handtasche und eine Brieftasche.»

Forbes richtete sich auf. Er stellte den Kaffee auf den Tisch vor sich. Urplötzlich schien er unter Strom zu stehen, wirkte revitalisiert. «Hören Sie, Sie verstehen das doch, oder nicht? Ich bin in der Stadt, weil ich ein paar Freunde besuchen will – um alte Schulden zu begleichen oder es doch zumindest zu versuchen. Das habe ich schon auf dem Meeting erklärt. Einer dieser Freunde ist eine Frau, eine alte Freundin. Sie hat meinen Wiedergutmachungsversuch falsch verstanden, sie dachte, ich wollte wieder etwas mit ihr anfangen. Als es nicht passierte, ist sie überstürzt gegangen. Sie hat ihre Tasche vergessen, ihre Handtasche. Ich habe sie mehrmals angerufen, konnte sie aber nicht erreichen. Heute habe ich sie dann schließlich erwischt, und sie hat gesagt, ich soll die Handtasche in ihr Büro bringen, das ist in der East 50s, und sie an der Rezeption in der Eingangshalle abgeben. Und genau das hatte ich vor. Die Ironie ...» Doch er bremste sich, machte damit nicht weiter. «Das verstehen Sie doch, oder?»

«Die Ironie ... was?», sagte Cullen.

Forbes schüttelte den Kopf. «Es wird nur noch mehr Fragen aufwerfen als beantworten.»

«Was?»

«Also ...»

«Sagen Sie's einfach, Ben. Sie können mir vertrauen. Ich bin nicht Ihr Anwalt, aber in diesem Fall bin ich auch kein Cop. Vielleicht kann ich Ihnen helfen.»

«In der Brieftasche befand sich Geld. Ich weiß das, weil ich reingeschaut habe, als ich entdeckte, dass sie sie vergessen hatte. Laut Gavazov ist da jetzt kein Geld mehr. Das bedeutet, das Zimmermädchen hat es genommen. Oder ein anderes Zimmermädchen.»

Cullen schüttelte den Kopf. «Sie werden keinen finden, der die Geschichte schluckt.»

«Ich weiß.»

«Ich würde meine Energie nicht darauf verschwenden, diese Geschichte zu erzählen.»

«Werde ich nicht.»

«Da ist etwas, das ich Sie fragen muss», sagte Cullen. «Sie können sagen, es geht mich nichts an, aber ich werde trotzdem fragen.»

Forbes hob eine Hand. «Ihren Namen kann ich Ihnen nicht sagen. Ich kann einfach nicht. Das verstehen Sie doch, oder?»

«Ich will ihren Namen nicht wissen», sagte Cullen. «Ich will wissen, warum Sie, als ich Sie neulich Abend bei dem Meeting gesehen habe, einen Blutfleck auf der Manschette Ihres Hemdes hatten.»

Forbes lachte. Er zog die Manschetten seines Sakkos hoch wie ein Zauberer, der zeigte, dass er nichts im Ärmel versteckt hatte. Er trug jetzt ein kurzärmeliges Polohemd. Deshalb war die Geste sinnlos, und er musste lachen. «Jesus, Sie sind ein guter Cop, was?» Er streckte die linke Hand aus und deutete auf die Nagelhaut des Ringfingers. «Man kann es jetzt nicht mehr sehen, aber ich hatte einen Schnitt – nein, keinen Schnitt, sondern einen Riss – genau hier am Rand der Nagelhaut. Es hat stark geblutet, aber ich hab's nicht mal mitbekommen. Ich war im Hotel, habe auf meine Freundin gewartet, habe so da gesessen» – er verschränkte die Hände auf dem Schoß, die rechte über der linken Hand –, «und die Manschette hat das Blut einfach aufgesaugt wie ein Blatt Löschpapier. Meine Freundin dachte, ich hätte mir die Pulsader aufgeschnitten oder so. Sie ist deswegen fast in Panik geraten.» Er machte eine wegwerfende Handbewegung. «Das war's. Ich weiß, es klingt nicht besonders glaubwürdig, aber so war's nun mal.»

Cullen ging zum Fenster. Er konnte Truelove sehen, die sich auf der anderen Straßenseite an ihren Wagen lehnte, auf ihn wartete und mit einem uniformierten Cop von der Nachtschicht tratschte. Sie hörte einfach nur zu, sagte selbst nichts. Cullen wusste, das machte sie, weil sie nervös war und sich fragte, wo zum Teufel er steckte, wo sie doch einen Fall hatten, der kurz vor seiner Aufklärung stand. Er drehte sich wieder zu Forbes um. «Lassen Sie mich mit Gavazov reden. Er schuldet mir zwar keinen Gefallen, aber ich werd's einfach mal versuchen.»

«Sehr nett von Ihnen», sagte Forbes.

Während Gavazov Cullen zuhörte, verriet sein Mienenspiel, dass er schon so ziemlich alles gehört hatte, nur dies noch nicht, zumindest nicht in der Art. Als Cullen fertig war, seufzte Gavazov tief, sackte in seinen Stuhl zurück, strich sich mit beiden Händen durch sein dünnes Haar, ließ die Fingerknöchel knacken, wuchtete sich aus seiner schlaffen Haltung wieder hoch, erhob sich von seinem Stuhl, schob die Hände in die Taschen und blieb hinter seinem Schreibtisch stehen. «Man hat gesehen, wie ich ihn reingebracht habe, ich will nicht, dass man jetzt sieht, wie du ihn wieder rausbringst, wird doch sofort jeder wissen, dass wir beide irgendeine Abmachung getroffen haben, es ist immer besser, wenn so was keiner mitkriegt, zumindest meiner Erfahrung nach. Ich setz ihn an der nächsten Ecke ab, bei Ray's. Das Zeug, das er aus dem Zimmer mitgenommen hat, und die Tüte, in der er es getragen hat, befindet sich in der rechten Schublade dieses Schreibtischs hier. Nimm's raus, nachdem ich gegangen bin, und komm damit zu Ray's.»

«Danke, Jerry.»

«Ja.»

«Ich schulde dir was.»

«Ja, schön, so was kommt vor. Keine Angst, ich bin nicht anspruchsvoll. Ein Stück Pizza, eine Tasse Kaffee, eine Saisonkarte für die Knicks – das ist auch schon so ungefähr alles, was ich mir wünschen könnte.»

Cullen lächelte und schüttelte Gavazov die Hand. «Käm ich an die Karten ran, würdest du jetzt alle Spiele sehen. Danke, Jer.»

«Warte fünf Minuten», sagte Gavazov, «dann komm runter zu Ray's.»

Cullen wartete fünf Minuten, blätterte die *Post* durch, las die Bildunterschriften. Er holte die Herman's-Tüte aus der Schublade von Gavazovs Schreibtisch, ging runter und überquerte die Straße zu Trueloves Wagen. Ihre Miene sagte unmissverständlich: Was immer er ihr sagen wollte, er war gut beraten, wenn es verdammt einleuchtend klang.

«Ein Freund hat in der Klemme gesteckt. Dachte mir, ich hol ihn einfach da wieder raus.»

Sie deutete mit dem Kinn auf die Herman's-Tüte. «Ein Ladendieb?»

«Ich erzähl's dir im Auto. Vorher muss ich aber noch kurz um die Ecke zu Ray's. Hol mich da ab. Du musst sowieso einmal um den Block fahren. Du stehst in der falschen Richtung.»

«Nie würde ich verbotenerweise wenden», meinte Truelove. «Nicht mit all den vielen Cops in der Nähe.»

Established 1957 stand in Goldlettern auf Ray's Schaufenster. Seit damals war das Fenster nicht mehr geputzt worden, und Cullen musste hineingehen, um zu erkennen, dass Forbes nicht dort war. Er ging auf die Herrentoilette in dem Wissen, dass er Forbes dort auch nicht finden würde, und so war es auch.

Er stellte die Herman's-Tüte auf einen Hocker an der Theke und nahm eine Damenhandtasche heraus.

«Du bist doch wohl keiner von diesen, äh ... oder?», sagte Ray.

Cullen holte eine Brieftasche aus der Handtasche, öffnete sie und studierte den Führerschein der Besitzerin. «Zwei Kaffee zum Mitnehmen», sagte Cullen. «Einer schwarz, einer normal.»

«He, danke», sagte Truelove, als Cullen die Kaffees aufs Armaturenbrett stellte. «Womit hab ich das verdient?»

«Wenn ich dir erzähle, was gerade eben abgelaufen ist», sagte Cullen, «willst du ihn vielleicht gar nicht mehr trinken, dann kippst du ihn mir möglicherweise sofort ins Gesicht.»

«Schieß los.»

«Es war kein Freund, der in der Klemme steckt, es war jemand, den ich neulich abends bei einem Meeting kennen gelernt habe, Freitagabend, ums genau zu sagen. Bennett Forbes, 218 Ridge Road, Chapel Hill, North Carolina, 27516, 919 555-7847.»

«So viel zur Anonymität», kommentierte Truelove trocken.

«Das hab ich von Gavazov. Gavazov erwischte den Einsatz, als Forbes im Algonquin mit einer Damenhandtasche geschnappt wurde, die er aus einem Zimmer mitgenommen hatte. Genau genommen war's sein eigenes Zimmer. Er sagte, eine Freundin hätte ihn dort besucht und ihre Handtasche vergessen.»

«Fertig machen zum Auffangen!», sagte Truelove.

«Die Handtasche gehört Diane Foxx.»

Truelove blies über ihren Kaffee. «Auffangen!»

18

«Noch ein Drink?», fragte Bassett. Er war gerade aus dem Bad gekommen und stand in der Tür auf dem Flur: splitternackt, selbstverliebt, sich seines guten Aussehens absolut bewusst, schlank und muskulös.

«Ja», sagte Nora.

«Jesus, du kannst wirklich was wegstecken. Du *bist* Alkoholikerin.»

«Oh, vielen Dank.»

«Ihr seid auch noch stolz drauf, stimmt's? Du und deine Alki-Freunde. Ihr seid selbstgefällig und überheblich. ‹Als ich noch getrunken habe.› ‹Als ich noch aktiv war.› ‹Als ich› – was hat mal jemand gesagt –, ‹als ich noch ordentlich einen durchgezogen habe.›» Bassett schnaubte verächtlich.

Nora rollte sich unter den Laken heraus und auf die Füße. Sie legte eine Hand auf Bassetts unbehaarte Brust und schob ihn aus dem Weg. «Ich hol ihn mir selbst.»

Sie ging in die Küche, öffnete den Kühlschrank und schaufelte eine Hand voll Eiswürfel in ihr Glas. Das Glas füllte sie fast bis zum Anschlag mit Wodka und gab noch einen Spritzer Tonic dazu. Sie lehnte sich auf die Arbeitsplatte vor dem Fenster und schaute zur Straße hinunter.

«Sagenhafter Arsch», sagte Bassett aus der Tür hinter ihr.

Sie drehte sich nicht zu ihm um, wackelte nur einmal mit dem Hintern und trank einen Schluck.

Er stellte sich dicht hinter sie und drückte seinen Penis in ihre Arschspalte. Er war schlaff, wurde aber sofort härter. «Was *genau* machst du mit so einem erstklassigen Arsch?»

«Ich bin Schriftstellerin. Schreibe Romane.»

«Wirklich? Hab ich schon mal was von dir gelesen?»

Sie lachte.

«Was ist da so komisch? He, ich lese.»

Sie richtete sich auf und drehte sich zu ihm um. Sie tätschelte seine Wangen. «Süßer, du hast einen erstklassigen Schwanz, der immer wieder schön hart wird. Du musst keine Bücherratte sein.»

Er warf einen verstohlenen Blick auf seinen Schwanz. «Welche Note würdest du mir geben – auf einer Skala von eins bis zehn?»

Wieder tätschelte sie seine Wangen. «Du warst okay.» Sie drehte sich wieder zum Fenster und trank einen Schluck.

Er schmiegte sich an sie. «Was denn – es war keiner der besten Ficks, die du je hattest? Beide Male nicht?»

«Du warst okay.»

«‹Okay›? Scheiße, was soll das denn heißen … ‹okay›? Du bist doch Schriftstellerin, da müsste dir doch was Besseres einfallen als ‹okay›.»

«Ich bin Kriminalromanschriftstellerin. Mein Vokabular ist eher bescheiden. ‹Sie vögelte ihn. Es war okay.›»

«Krimiautorin, aha. Was denn für Krimis? Was weißt du von Mord?»

«Ich habe eine lebhafte Phantasie.»

«Ach, ja? Zum Beispiel? Lass doch mal was Lebhaftes darüber hören, was für ein Fick ich war.»

«Da kann ich dir leider auch nicht weiterhelfen, Süßer. Du warst okay. Punkt. Okay. Aber eines kann ich dir sagen – du steckst in Schwierigkeiten.»

Er wich einen Schritt von ihr zurück, als hätte sie eine ansteckende Krankheit. «Was für Schwierigkeiten meinst du?»

«Siehst du das Pärchen da unten – die schwarze Frau und der Typ neben ihr?»

«Ja? Und?»

«Das sind Cops.»

Er lachte – ein nervöser Schluckauf. «Du siehst zu viel fern.»

«Glaube mir! Das sind Cops.»

«Das kannst du nicht wissen. Woher zum Teufel willst du das wissen?»

«Ich weiß es einfach. Das bedeutet, sie haben sie gefunden, sie haben Diane gefunden.»

«Was meinst du mit ‹gefunden›? Sie ist nicht verloren gegangen. Niemand hat sie als vermisst gemeldet.»

«Diane ist tot, Süßer. Und sie werden glauben, du wärst dafür verantwortlich.»

«Was, was, was zum Henker?»

Unten hatten die Cops inzwischen die Straße überquert und waren aus dem Blickfeld verschwunden. «Mach nicht auf», sagte Nora.

«Was soll ich nicht aufmachen?»

Es klingelte.

«Mach nicht auf. Du hast noch ein bisschen Zeit. Gibt's hier einen Hausmeister oder Vermieter?»

«Nein. Das hier sind Eigentumswohnungen.»

«Niemand hat einen Schlüssel?»

«Julian, und ein paar Freunde.»

«Wer ist Julian?»

«Der Kerl, der hier sauber macht.»

«Es gibt keine Hausverwaltung?»

«Doch. Es ist Dianes Wohnung. Ich meine, es war ihre Wohnung, bevor wir geheiratet haben, also ist es immer noch ihre Wohnung.»

Es klingelte wieder. Immer wieder.

«Dann werden sie sich einen Hausdurchsuchungsbefehl besorgen müssen. Und einen Schlosser. Könnte eine Weile dauern, wo ja heute Sonntag ist.»

Es klingelte.

«Verschwinde, Joe», raunte Nora.

«Moment mal.» Bassett packte ihren Arm. «Du kennst diesen Kerl?»

«Ich sagte doch schon, ich kenne ihn.»

«Nein, hast du nicht. Du hast gesagt, du wüsstest, dass sie Cops sind, du hast nicht gesagt, dass du ihn *kennst*.»

«Was macht das schon für einen Unterschied? Du tust mir weh.»

«Oh, der Unterschied besteht darin, dass ich glaube, du hast ihm gesagt, wo er mich findet.»

«Das ist doch lächerlich. Du wohnst hier. Die haben nur herausgefunden, wo sie wohnt. Du tust mir weh.»

Er ließ sie los und stieß sie fort. «Was geht hier überhaupt verdammt nochmal ab?»

Sie massierte ihren Arm. «Sie gehen.»

Er schaute über ihre Schulter hinunter auf die Straße. «Was für Cops sind das? Können die keine Türen eintreten?»

«Die holen sich jetzt einen Durchsuchungsbefehl. Die kommen wieder.»

«Was für einen Durchsuchungsbefehl? Was faselst du da?»

«Diane ist tot, mein Süßer.»

«Ja, sagtest du bereits. Aber das heißt nicht, dass du auch weißt, wovon zum Geier du da redest.» Er umklammerte ihre Oberarme.

«Sie verdächtigen immer als Erstes die Ehemänner. Immer. Die Tatsache, dass du ein Verhältnis beziehungsweise Verhältnisse hast, ist auch nicht direkt hilfreich. Du tust mir weh.»

«He, bild dir bloß nichts ein, ja? Wir haben gevögelt, okay? Aber wir haben kein Verhältnis.»

«Keine Angst, Süßer. Ich gehe, und ich werde nicht zurückkommen.»

«Was meinst du damit wieder?»

«Du tust mir weh, verdammt.»

«Was meinst du damit, du kommst nicht zurück? Ich dachte, du hättest deinen Spaß gehabt.»

«Du tust mir weh.»

«Ich dachte, du hättest deinen Spaß gehabt.»

«Ich hab's doch schon gesagt, du warst okay.»

«‹Okay›? Ich hab dich schreien hören: ‹O Gott, ja, ja, ja.› Das ist mehr als nur okay.»

Sie bekam einen Arm frei und schlug auf seine Brust. «Tu mir nicht weh.»

«Vielleicht ist es das, häh? Vielleicht willst du einen kleinen Kampf. Diane fand das manchmal ganz gut, ein kleiner Klaps hier, ein kleiner Klaps da.»

«Jede Wette.»

«So zum Beispiel», sagte er und verpasste ihr eine Ohrfeige.

Sie rammte ihm den Handballen genau auf die Nasenspitze.

«He, Scheiße. Gott. Verdammt.» Er ließ sie los und umklammerte sein Gesicht. Er krümmte sich und zitterte am ganzen Leib. «Gottverdammte Scheiße.»

«Ich habe dich gebeten, mich loszulassen.»

«Du hast mir die Nase gebrochen.»

«Du hättest mich loslassen sollen.»

Er kam aus seiner vornübergebeugten Stellung hoch und schlug ihr den Handrücken quer übers Gesicht.

«Schlampe.»

«Wichser.» Sie zielte mit dem Fuß auf seine Eier. Er riss schützend die Hände hoch, und ihre Ferse erwischte seinen Oberschenkel.

Er kam hinter sie, legte seine Arme um ihre Taille, hob sie vom Boden und schleuderte sie gegen den Herd. Wieder und wieder schleuderte er sie gegen den Herd.

«Hör auf! Hör auf! Du tust mir weh!»

«Schlampe. Du beschissene Schlampe.»

Er schwang sie in die andere Richtung und ließ los, warf sie auf und über den Küchentisch. Sie rutschte über den Tisch, fiel auf der anderen Seite herunter und landete hart auf dem Rücken.

«O mein Gott!»

Mit der nackten Ferse trat er ihr in die Seite. «Fotze! Schlampe!»

Er zielte auf ihren Bauch, doch sie rollte sich gerade noch

rechtzeitig fort, sodass er nur die Hüfte erwischte. Er holte mit dem Fuß nach ihrem Kopf aus, verfehlte ihn und erwischte stattdessen mit den Zehen die Schranktür unter der Anrichte. Er stieß einen wortlosen Schrei aus und sackte zu Boden, umklammerte mit beiden Händen seinen Fuß.

Sie rappelte sich auf die Knie hoch, nahm seinen Kopf in beide Hände und knallte ihn gegen die Schranktür.

Er ließ den Fuß los und schnappte nach ihr, doch sie zog sich blitzschnell hoch und schob die Hände über den Rand der Spüle. Sie holte mit dem Fuß nach hinten aus und trat ihm vor die Brust. Sie stützte sich an der Spüle ab und ließ den Fuß auf seinen Unterleib zuschnellen. Er drehte sich im letzten Augenblick weg, sodass sie wieder nur seinen Oberschenkel erwischte. Er schnappte nach Luft, konzentrierte sich jedoch und umklammerte mit beiden Armen ihr Bein.

Sie hüpfte auf einem Fuß, um das Gleichgewicht nicht zu verlieren. «Lass mich sofort los.»

Er kam auf die Knie hoch, hielt immer noch ihr Bein fest und kroch nach hinten, versuchte, sie von der Spüle loszureißen. Sie packte den Wasserhahn und hielt sich fest.

Er kam auf die Beine und zog. Sie war der Länge nach ausgestreckt, ihre Hände am schlüpfrigen Wasserhahn, seine Hände um ihre nachgebenden Knöchel. Er würde dieses Tauziehen gewinnen. Sie würde den Halt verlieren und mit dem Gesicht zuerst auf die Kante der Spüle und dann auf den Boden schlagen.

Also ließ sie den Wasserhahn los und umklammerte mit beiden Händen die Kante des Spülbeckens, stieß sich dann schnell ab und fing mit beiden Händen den Sturz auf den Boden ab.

Er riss an ihr und schlug sie gegen den Küchentisch. Er griff in ihre Haare und riss sie auf die Beine hoch. Er zog ihren Kopf an den Haaren nach hinten zurück, packte ihr rechtes

Handgelenk und zog den Arm hinter ihrem Rücken scharf nach oben. Er stieß sie gegen die Spüle und warf sich auf sie, um sie dort festzunageln. Sein Schwanz war hart, als wäre das alles ein Riesenspaß. Er ließ ihr Handgelenk los, spreizte ihre Beine und versuchte, in sie einzudringen.

Auf der Unterseite des Schrankes über der Arbeitsfläche befand sich ein Magnetstreifen für Messer. Drei Messer hingen an diesem Streifen – ein Schälmesser, ein Filetiermesser mit zehn Zentimeter langer Klinge und ein Brotmesser. Sie nahm das Filetiermesser in die rechte Hand und rammte es ihm in den rechten Oberschenkel. Sie zog das Messer wieder heraus.

Er ließ sie los, krümmte sich vor Schmerz und umklammerte seinen Schenkel.

Sie drehte sich um, griff über seine Schulter und stach ihm ins Kreuz. Sie zog das Messer heraus.

Er richtete sich abrupt auf, wirbelte herum und versuchte, die zweite Wunde zu stillen.

Sie stieß ihm das Messer in den Bauch und zog es sofort wieder heraus, stieß es ihm in den Unterleib und zog es heraus, stieß es ihm in die Hoden und zog das Messer heraus.

Er richtete sich auf, hielt die Arme an den Seiten angelegt, hatte einen traurigen Ausdruck in den Augen, wünschte sich an einen Augenblick nur wenige Augenblicke zuvor zurück, denn wenn er nicht getan hätte, was er getan hatte, dann wäre alles anders verlaufen.

Sie stieß ihm das Messer oberhalb des Herzens in die Brust und zog es wieder heraus.

Er sackte gegen sie und versuchte, sich mit den Armen auf ihren Schultern aufrecht zu halten.

Sie trat einen Schritt zurück und ließ ihn auf den Boden fallen. Sie stellte einen Fuß auf sein Genick und verlagerte ihr ganzes Gewicht darauf. Sie rammte ihm das Messer in den Rücken und ließ es stecken.

Weil sie nackt war, gab es auch keine blutverschmierte Kleidung, um die sie sich kümmern musste. Sie ging einfach ins Bad, stellte sich unter die Dusche und spülte das Blut ab. Sie trug eine Duschhaube, um die Haare trocken zu behalten, Diane Foxx'Duschhaube. Sie trocknete sich ab und zog sich an.

Weil das Messer ihm gehörte, war es nicht nötig, es zu beseitigen. Sie zog es ihm einfach aus dem Rücken und wusch es in der Küchenspüle ab, die Klinge und den Griff, trocknete es ab und befestigte es wieder an dem Magnetstreifen, wobei sie die ganze Zeit Gummihandschuhe trug, Gummihandschuhe, die sie unter der Spüle gefunden hatte, Gummihandschuhe, die, eine Nummer zu klein, zweifellos Di Foxx' Gummihandschuhe waren.

19

Ein Mann in einer Wohnung im zweiten Stock von 22 Perry Street reagierte auf Cullens Klingeln und sagte ihm und Truelove, dass der Hausmeister in einem anderen Haus an der Perry Street wohnte, auf der anderen Seite der Seventh Avenue.

Sie fanden das Haus und klingelten bei dem Hausmeister, aber niemand rührte sich. Sie klingelten in der ersten und zweiten und dritten Etage, bis schließlich jemand auf der dritten reagierte und ihnen die Tür öffnete, als sie sagten, sie seien von der Polizei.

Sie fuhren mit dem Fahrstuhl hinauf. Auf dieser Etage befanden sich vier Wohnungen, doch alle Türen waren geschlossen und hinter jeder herrschte tiefe Stille.

«Ich *liebe* New York», sagte Truelove. «Warum sollte uns auch jemand aufmachen und … Ach, vergiss es.» Sie klingelte an einer und dann an noch einer Tür, während Cullen die beiden anderen übernahm.

Nach einem Augenblick fragte eine Frau hinter einer von Cullens Türen: «Wer ist da?»

«Polizei, Ma'am.»

«Was ist los?»

«Nichts, Ma'am. Machen Sie bitte auf.»

«Ich hab die Polizei nicht gerufen.»

«Ja, das weiß ich. Wir suchen den Hausmeister.»

«Den Hausmeister?»

«Könnten Sie jetzt bitte aufmachen, Ma'am?»

«Was hat er denn angestellt, der Hausmeister?»

Truelove kam herüber. «Ma'am, bitte, öffnen Sie die Tür.»

Die Frau orientierte sich um, als sie die neue Stimme hörte, die Stimme einer Frau. «Wer sind Sie?»

«Detective Truelove, Midtown West.»

«Und wer ist dann er? Wer ist der andere Bursche?»

«Jimmy Smits.»

«Wer?»

«Detective Sergeant Cullen», sagte Cullen. «Midtown West Squad. Wir suchen den Hausmeister. Er ist nicht in seiner Wohnung. Haben Sie vielleicht eine Idee, wo wir ihn finden könnten?»

Die Frau schnaubte verächtlich. «*Eine* Idee? Klar habe ich *eine* Idee. Ich hab sogar mehr als nur *eine* Idee. Ich habe eine *ausgezeichnete* Idee.»

Cullen schlug mit der flachen Hand gegen die Tür, was mehr Lärm verursachte, als er gedacht hätte. Musste an der Akustik des engen Flures liegen, vermutete er. Er spürte, wie sich die Frau hinter der Tür zurückzog. «Machen Sie auf. Sofort. Sie behindern eine polizeiliche Ermittlung.»

Eine Tür wurde geöffnet, aber nicht die Tür, vor der sie standen, sondern eine um die Ecke neben dem Fahrstuhl. Ein Mann kam um diese Ecke, ein kleiner Latino, der sich mit beiden Händen die Haare zurückstrich. «Sie suchen den Hausmeister?»

Hinter der Tür schrie die Frau: «Das ist er. Das ist der Hausmeister. Der Hausmeister*hengst*. Fragen Sie ihn doch, wo er war. Na los, fragen Sie ihn.»

Der Hausmeister hielt die Fahrstuhltür auf und forderte sie mit einer Kopfbewegung auf einzusteigen. Truelove ging hinein und Cullen folgte. Die Tür der Wohnung neben dem Fahrstuhl stand einen Spaltbreit offen, und als er die Fahrstuhlkabine betrat, sah Cullen flüchtig ein Fahrrad, das an der Wand der Eingangsdiele hing, und eine schlanke Blondine, die gerade ihren Morgenmantel zuband, unter dem sie nichts anhatte.

«Verlieren Sie kein Wort darüber, okay?», sagte der Hausmeister. «Meiner Frau gegenüber, meine ich.»

«Wir wollen in eine Wohnung in der 22», sagte Cullen. «Foxx.»

Der Hausmeister nickte. Ja, in die wollte er auch gern mal. «Was hat sie gemacht? Es ist wegen ihm, stimmt's? Er hat was gemacht. Dieser Penner.»

«Der andere Name auf der Klingel, ist das Diane Foxx' Freund?», fragte Cullen.

Der Hausmeister verdrehte die Augen. «Vielleicht ist er ihr fester Freund, vielleicht ist sie aber auch mit ihm verheiratet. So oder so, was immer er ist, das alles ist er nur, wenn er nicht gerade irgendwelche Models pimpert.»

Manchmal ist es das Beste, wenn man den Leuten Zeit lässt, ihre Beschuldigungen etwas zu präzisieren. Dies war eine dieser Gelegenheiten. Cullen ließ dem Hausmeister und Truelove den Vortritt aus dem Fahrstuhl. Sie durchquerten die Eingangshalle von Nummer 12 und traten hinaus auf die Perry Street. Sie überquerten die Seventh Avenue und gingen auf der Nordseite der Perry. Kurz vor Hausnummer 22 blieb der Hausmeister stehen.

«Linda Benson», sagte der Hausmeister.

«Ja?», soufflierte Cullen.

«Er pimpert sie. Bassett. Foxx' Freund oder Mann oder was weiß ich.»

«Wer ist Linda Benson?», fragte Cullen.

Der Hausmeister ruderte mit den Armen. «Linda Benson? Mann, ich bitte Sie, wo leben Sie? Linda *Ben*son. Die sieht man doch praktisch überall, Mann, auf jeder Anzeige. Sie wissen schon, diese Haut-Scheiße.»

«‹Haut-Scheiße›?», sagten Cullen und Truelove wie aus einem Mund.

«Ja, so Zeugs, das sie sich auf die Haut schmieren. Sie wissen schon – die Frauen. Und Wodka oder so was, oder Rum. Sie macht auch Werbung für Wodka oder Rum. Oder vielleicht ist es auch Gin. Ja, es ist Gin. Wir sollten nochmal zu ihr zurückgehen» – er deutete mit dem Daumen in Richtung der Blondine aus Nummer 12 –, «sie ist auch Model, die könnte Ihnen jede Werbung nennen, in der Linda Benson auftaucht.»

«*Leeza* Benson», korrigierte Truelove.

Der Hausmeister setzte sich wieder in Bewegung. «Sehen Sie? Hab doch gleich gesagt, Sie wissen, wer das ist.»

Der Hausmeister kramte seinen Schlüssel heraus, doch bevor er die Haustür öffnen konnte, ging die Haustür auf, und eine Frau kam die Stufen heruntergetanzt. Sie ging an ihnen vorbei, blieb dann stehen und drehte sich um. «Joe?»

Cullen brauchte einen Moment. «Nora.»

Nora machte eine Pistole mit Daumen und Zeigefinger. «Genau.»

«Wie geht's Ihnen?»

«Gut. Mir geht's gut. Und Ihnen?»

«Mir geht's gut. Saint Agnes, richtig?»

«Saint Agnes.»

«Hab Sie eine ganze Weile nicht mehr gesehen.»

«Dann sind Sie nicht da gewesen, wenn ich da war.»

Cullen zuckte die Achseln. «Sie haben Recht, ich bin schon eine ganze Weile nicht dort gewesen.»

Nora ging ein paar Schritte rückwärts, erschoss ihn wieder mit ihrer Luftpistole. «Also dann ... bis demnächst.»

«Bis demnächst. Wohnen Sie hier?»

Nora schnitt eine Grimasse, die sagte: *Hier?* «Hab eine Freundin besucht.» Sie deutete mit dem Daumen nach oben. «Oben.»

«Wenn Sie früher schon mal hier waren, haben Sie dann ...»

Sie winkte ab, unterbrach damit die Frage. «Ich bin zum ersten Mal hier. Ich habe meiner Freundin was zu lesen vorbeigebracht. Sie ist gerade aus dem Krankenhaus entlassen worden.» Sie sah auf ihre Uhr. «Ich muss jetzt wirklich los. Sind Sie beruflich hier?»

«Wir gehen einem Hinweis nach», sagte Cullen.

Nora lächelte. «Cops.»

Cullen zuckte die Achseln. «Ja, schön.»

«Wir sehen uns, Joe.»

«Wir sehen uns.»

Oben auf dem Flur probierte der Hausmeister seine Schlüssel einen nach dem anderen durch. «Ich mach das hier nur sehr ungern», sagte der Hausmeister.

«Wir bitten Sie auch nur sehr ungern darum», sagte Cullen.

«Süß», sagte Truelove.

«Nur eine Bekannte», sagte Cullen.

«Ich weiß, was das für eine Bekannte ist. Mabel läuft dauernd solchen Bekannten über den Weg. Es gibt todsicher eine Menge von euch.»

«Hmmmpf.»

Der Hausmeister war inzwischen beim achten oder neunten Schlüssel. Zwanzig warteten noch. Und das nur für das obere Schloss, danach würde er beim unteren von vorne anfangen müssen.

Cullen griff um ihn herum – «Entschuldigen Sie einen Moment» –, legte die Hand auf den Türknauf, drehte ihn und öffnete die Tür.

Der Hausmeister ließ die Schultern hängen. «O Mann, Scheiße. Die war *offen*? Die war die ganze Zeit *offen*, und Sie sind rübergekommen und …»

«Danke», sagte Cullen und ging um ihn herum in die Diele. «Warten Sie bitte hier draußen. Möglich, dass wir noch ein paar Fragen an Sie haben.»

Der Hausmeister hob beide Arme. «He, Mann. Ich weiß nichts von dem, was hier abgeht. Überhaupt nichts weiß ich davon. Diese Leute, Mann, das sind Leute, die zu viel Geld haben und nicht genug damit anzufangen wissen. Was die machen, Mann, davon weiß ich nichts.»

«Danke», sagte Truelove, trat an ihm vorbei und zog die Tür hinter sich zu. «Wir sehen uns unten.»

Cullen ging den Flur hinunter zum Schlafzimmer. Die Tür war nur angelehnt. Er griff mit einer Hand hinein und stieß die Tür ganz auf. Er trat durch die Tür und warf einen Blick dahinter, dann schaute er sich im Zimmer um. Das Bett war durchwühlt – allein oder zu zweien, das konnte er nicht sagen.

Er ging ins Bad. Das Übliche. Auf einem Bord über der Toilette lag ein Etui für ein Diaphragma. Er nahm einen Gummihandschuh aus der Tasche und streifte ihn über. Er öffnete das Etui. Leer. Er kehrte ins Schlafzimmer zurück. Truelove lehnte in der Tür. Sie legte den Kopf auf die Seite und deutete zur Küche. «Die Sache ist bedeutsamer geworden.»

«Ich hatte so ein Gefühl.»

«Wir kommen in die Abendnachrichten.»

20

«Na, schau mal einer an, was die Katze reingeschleppt hat.»

«Margarita, stimmt's?»

«Schätzchen, du hast aber ein kurzes Gedächtnis. Ich heiße nicht Margarita. Ich hoffe nur, dein Schwanz hat mehr Ausdauer als deine Erinnerung.»

«Du heißt Allegra. Du trinkst Margaritas.»

Sie legte den Kopf zurück und lachte. «Der geht auf mich. Du liegst hundertprozentig absolut richtig. Ich wette, du hast einen großen dicken Schwanz. Und du heißt ...?»

«Spielt keine Rolle.»

«Doch, tut es. Es spielt eine Rolle. Deshalb haben wir Namen. Wenn wir Nummern hätten, würden *die* keine Rolle spielen, aber Namen sehr wohl. Sie stehen für das, was du bist. Nimm zum Beispiel Allegra – weißt du, was das bedeutet?»

«Glücklich.»

«Genau. Glücklich. Gut für dich. Du musst Student der Namenswissenschaft sein.»

«Ich habe verschiedene Sprachen studiert.»

«Oh, schön. *Pardon moi. Excusez usted.* Und was führt dich nun aus dem Regen herein, Mister?»

Derselbe Barkeeper kam herüber und nahm die gleiche Haltung ein, vor wie vielen Abenden auch immer es gewesen sein mochte. «Wenn du mit ihnen reden willst, musst du mit ihnen trinken.»

«Zwei Margaritas», bestellte Forbes. «Nach ihrem Geschmack.»

«Oooh, wir sind erwachsen geworden, was?», sagte Allegra. «Als du das letzte Mal hier warst, hast du noch Prickelwasser getrunken, genau wie der Waschlappen in den Cowboyfilmen.»

«Mein großer Freund Shane», sagte Forbes.

«Genau. Wie der Schwächling in *Shane*.»

«Nur, dass er das Mineralwasser – es war Mineralwasser – nicht für sich bestellt hat, er hat's für den Jungen bestellt. Und er war auch kein Waschlappen, er war ein Profikiller.»

«Das bist du also, Mister Sir? Ein Killer? Hast *du* diese Frau umgebracht?»

«Ist schon mal jemand in Ihrem Beisein gestorben? Sie treffen jemanden und plötzlich ist die Person tot?»

«Eine Frage mit einer Frage beantworten – du müsstest Ronnie mal kennen lernen. Ronnie beantwortet Fragen auch immer mit Fragen. ‹Was denkst du, Ronnie?›, frage ich, und er sagt dann: ‹Was glaubst du denn, was ich verdammt nochmal denke?›»

«So was habe ich noch nie zuvor erlebt. Jemand trifft einen anderen und dann ist er auf einmal tot. Zwischen euch ist alles aus, es lässt sich nichts ungeschehen machen, was geschehen ist, nichts ungesagt machen, was gesagt wurde. Es ist aus und vorbei.»

«Ja, schön und gut, aber stell dir nur mal vor, wie's erst für *die* sein muss.»

«Im Leben gibt es immer eine Chance auf Tilgung, Revidierung, Korrektur …»

«All diese komplizierten Worte. Du müsstest dich mal reden hören, du klingst wie ein Dichter.»

«Der Tod ist unwiderruflich.»

«Amen. Deshalb heißt's ja auch Tod.»

«Das gilt für nichts anderes. Alles andere kann modifiziert werden.»

«Du redest ziemlich schrullig. Was hast du überhaupt hier zu suchen, Mister Sir, Mister Noname, Mister Shane?»

«Du wirst lachen.»

Genau in diesem Augenblick kam der Barkeeper mit ihren Getränken, Salz auf dem Rand der Gläser. Allegra hob ihr Glas. «Auf das Lachen.»

Forbes stieß mit ihr an. «Auf das Lachen … Ich bin hier, weil du der einzige Freund bist, den ich habe.»

Sie lachte nicht. Sie stellte ihr Glas ab und legte ihre Hand auf seine. «Das ist so schrecklich traurig.»

«Ihr gebt ein reizendes Pärchen ab», sagte eine Frau, die einen Schritt hinter ihnen stand. Es war Nora. Sie trug eine Sonnenbrille. Über ihrer Schulter hing eine Umhängetasche, unter dem Arm klemmte eine Zeitung. «Du steckst noch mehr in Schwierigkeiten», sagte sie zu Forbes.

«Wie haben Sie mich gefunden?», fragte Forbes.

Sie zeigte ihm das Streichholzheftchen des Club Hot. «Ich habe deine Taschen durchsucht. Bei mir.»

«Bei *ihr?*», fragte Allegra.

Nora reichte Allegra die Hand. «Nora McLelland.»

Allegra ergriff Noras Hand zögernd, dann packte sie unvermittelt fest zu und zog Nora zu sich. «Nora Mc*Lell*and?»

«Oh, mein Gott», sagte Nora. «Bitte, kein Fan!» Sie schaute zu der übergewichtigen Stripperin auf, die zu «Tiny Dancer» tanzte. «Nicht hier.»

«Ein *Fan*? Ich würde sagen, ja, ich bin ein Fan. Mein Gott. Ich habe *alles* gelesen. Ich und meine Schwester, wir beide. Sie hat sogar ihre *Tochter* nach Ihnen benannt. Nora Bonnie Williams.»

«Bonnie wie in Bonnie Parker?», fragte Nora.

«Nach unserer Tante Bonnie, der Schwester unseres Vaters.»

«Und was hält Daddy von der Branche, in der die kleine Allegra arbeitet?» Nora sah, wie Allegra die Kinnlade herunterfiel, und hob sofort entschuldigend eine Hand. «Tut mir Leid. Das war primitiv. Es ist ein ehrlicher Job.»

«Frag ihn, ob ich ihn gefickt habe.» Allegra deutete mit dem Daumen auf Forbes. «Frag ihn, ob ich ihm einen geblasen habe. Wir sind zur Unterhaltung unserer Gäste hier, das ist alles. Damit sie sich gut fühlen.»

«Ich sagte doch, es tut mir Leid», sagte Nora.

Forbes ergriff Noras Oberarm. «Was für Schwierigkeiten?»

«Diane hatte einen Mann.»

«Diane? Ja, weiß ich. Edward, glaube ich. Genannt Ted.»

«Ja, Ted. Er ist tot.»

Allegra legte eine Hand über ihren Mund. «Diane? Ist das die, die du umgebracht hast?»

«Woher wissen Sie das?», sagte Forbes zu Nora.

«Er behauptet, es war ein Unfall», sagte Allegra.

«Woher weiß die das alles?», fragte Nora Forbes. «In deinem Beisein stirbt jemand und du gehst in so einen Schuppen?» Dann erinnerte sie sich. «Ach ja, richtig. Hier hast du dafür also gesorgt, dass sich jemand darum kümmert.»

«Du hast ihr von *Leo* erzählt?», sagte Allegra. Sie legte die Fingerspitzen auf die Lippen. «Uuups.»

«Leo», sagte Nora. «Perfekt.»

«Jetzt machen Sie's schon wieder», sagte Allegra. «Unterstellen jedem Absichten.»

Nora lächelte nicht über Allegra. Sie nahm sich vor, sie einmal in einem Roman zu verarbeiten. «Es ist ein Charakterfehler.» Sie nahm Forbes' Glas und schnupperte daran. «Du bist in einigen gefährlichen Lokalen gewesen, vermute ich.» Sie stellte das Glas zur Seite und machte dem Barkeeper ein Zeichen. «Bringen Sie noch einen.»

Forbes stieß ihre Hand weg. «Ich kann meine Drinks allein bestellen.»

Nora gab ihm einen Klaps auf die Hand. «Der ist für mich, Arschloch. Hältst du dich für was Besonderes?»

«Wie lange kennt ihr zwei euch eigentlich?», fragte Allegra.

«Ted ist tot», sagte Nora. «In ihrer Wohnung an der Perry Street. Die Cops sind jetzt dort.»

«Woher wissen Sie das?», sagte Forbes.

«Sie schreibt Krimis», sagte Allegra vorwurfsvoll. «Sie recherchiert.»

«Ich an deiner Stelle», sagte Nora zu Forbes, «würde ein neues Leben anfangen.» Sie legte eine Zeitung auf die Theke, schlug sie auf und klopfte mit dem Knöchel ihres Mittelfingers auf einen Artikel. «Dis Tod ist denen gerade mal eine Kurzmeldung auf der Seite mit den Polizeiberichten wert. Wenn sie jedoch Teds Tod mit ihrem in Verbindung bringen, landet die Story garantiert auf der ersten Seite dieser und aller anderen Zeitungen der Stadt.»

Allegra nahm die Zeitung und las vor: «‹Am Samstag wurde die unbekleidete Leiche einer 42-jährigen Fundraising-Beraterin auf einem Pier der Manhattaner West Side gefunden, meldet die Polizei. Laut der stellvertretenden Gerichtsmedizinerin, Jane Blankenstein, starb Diane Foxx, Präsidentin der Diane Foxx Fundraising and Development Solutions, offenbar eines natürliches Todes› – genau was du auch gesagt hat. Eines natürlichen Todes – ‹Doctor Blankenstein sagte, Foxx habe offenbar ein Ananan ein Anan ein … Aneurysma› – Mann, versucht *das* mal schnell zu sagen –, ‹ein An Eur Ysma. Die schwere Kopfverletzung zog sich die Tote offenbar bei einem Sturz zu, der auf den tödlichen Anfall folgte, so Blankenstein.› Genau wie du gesagt hast. ‹Die Mordkommission des zuständigen Reviers Midtown West ermittelt derzeit, warum Foxx' Leichnam auf einem Parkplatz des Chelsea Piers abgeladen wurde. 'Wir wissen nicht, wo sie gestorben ist, aber wir wissen, dass es keinesfalls hier war', sagte einer der an der Ermittlung beteiligten Beamten. Nach Angaben der Polizei gibt es bislang keinen Verdächtigen. Man gehe dem Bericht eines Augenzeugen nach, der am frühen Samstagmorgen einen metallicblauen Ford Econoline Van in der Nähe beobachtet haben will.› Metallicblau. Oooh, da wird Leo aber begeistert sein.» Allegra hob eine Hand vor den Mund. «Das hätte ich jetzt aber nicht sagen sollen.»

«Wer ist dieser Leo?», hakte Nora sofort nach.

«Wirklich. War nur ein Versprecher.»

Nora packte Forbes am Arm. «Du musst sofort weg. Dir zerbröselt der Boden unter den Füßen. Solange du noch Kreditkarten benutzen, Tickets kaufen und Flugzeuge besteigen kannst, musst du verschwinden.»

«Aber ...»

«Frag nicht, geh einfach. Geh irgendwohin, wohin du schon immer mal wolltest. Und geh *jetzt.*»

Der Barkeeper brachte Noras Margarita.

«Du kannst bei mir bleiben», sagte Allegra.

«Bleib *nicht*, unter gar keinen Umständen, in ihrer Wohnung», sagte Nora.

Forbes musterte Nora eine ganze Weile. Er hob eine Hand und berührte ihre dunkle Sonnenbrille, versuchte aber nicht, sie abzunehmen. «Ist das Ihr erster Ausrutscher?»

Nora rückte die Brille zurecht. «Ich würd's nicht Ausrutscher nennen, ich würde es Interpretation nennen. Keine Angst, ich komme damit klar.» Sie trank einen Schluck.

«Sie waren bei ihm, stimmt's? Sie sind zu Dianes Mann gegangen? Sie haben in meinen Taschen herumgeschnüffelt, Sie haben auch woanders herumgeschnüffelt. Das hier ist nicht irgendein Roman, wissen Sie. Das hier ist das wirkliche Leben.»

Nora leerte ihr Glas. Sie rückte die Brille zurecht. «Ich habe eine Wohnung auf Long Island. In East Hampton. Es ist nur ein kleines Apartment, mitten in der Stadt, über einer Boutique für Modeklassiker. Time After Time. Du brauchst kein Auto, um dorthin zu kommen. Nimm den Zug oder den Jitney. Ich schließe nie ab, wenn ich also nicht da bin, geh einfach rein. Du gehst die Gasse direkt neben dem Laden hinunter und dann die Treppe rauf.» Sie nahm das Streichholzheftchen aus ihrer Tasche und schrieb eine Nummer darauf. Sie gab Forbes die Streichhölzer. «Du musst vorher nicht anrufen, aber falls du musst ...»

«Ich hab nie einen Kuli dabei», sagte Allegra. «Ich schätze,

Sie haben einen, weil Sie Schriftstellerin sind. Wahrscheinlich notieren Sie sich andauernd irgendwelche Einfälle und Ideen.»

«Ständig», sagte Nora und verließ die Bar.

21

Der SGM war wieder Jane Blankenstein. Nachdem sie sich Bassetts Leiche eine Weile angesehen hatte, entdeckte sie Cullen und Truelove im Wohnzimmer. «Ist so ähnlich wie in einem dieser billigen Filmproduktionen – immer dieselben Bullen und derselbe Leichenbeschauer, pausenlos im Einsatz.»

«Ich vermute, Sarsfield hast du noch nicht kennen gelernt», sagte Cullen.

«Sie hat Sarsfield ganz bestimmt noch nicht kennen gelernt», sagte Truelove.

«Wer ist Sarsfield?», fragte Jane Blankenstein.

«Ich bin Sarsfield», sagte ein unnatürlich gut aussehender Deputy Chief Inspector. «John Sarsfield. Ich glaube nicht, dass ich bereits das Vergnügen hatte.»

«Jane Blankenstein.»

Sie schüttelten sich die Hand. Sarsfield küsste ihr zwar nicht die Hand, hob sie aber eine Winzigkeit an und beugte seinen Kopf andeutungsweise darüber, als könnte er genau das tun.

«Jane zieht nach Nashville», sagte Cullen.

Truelove grunzte und wandte sich ab.

«Um Tropenmedizin zu studieren», fuhr Cullen hartnäckig fort.

«Nashvilles Freud», sagte Sarsfield, «ist unser Leid.»

«Doctor Blankenstein und ich sagten gerade, dass wir uns in letzter Zeit oft über den Weg laufen», sagte Cullen. «Wir haben den interessanten, aber bislang noch nicht aufgeklärten Fall einer Frau, die dem Augenschein nach an einem Schlag auf den Kopf gestorben sein könnte, doch Dr. Blankenstein glaubt, sie habe ein Aneurysma und hätte sich bei dem darauf folgenden Sturz den Kopf aufgeschlagen. Dieser Bursche hier hatte aber kein Aneurysma, Doctor, oder?»

Jane Blankenstein machte ein Gesicht, als wollte sie vorschlagen, er solle sich vielleicht einmal psychiatrisch beraten lassen, aber sie war ein Profi: «Sechs Stichwunden – in Brust, Bauch, Unterleib, Hodensack, Oberschenkel und Rücken. Mit Ausnahme des Stichs in den Oberschenkel hätte jeder einzelne tödlich sein können. Ich tippe auf den Stich in den Unterleib. Er ist verblutet. Er hat Abschürfungen auf den Fingerknöcheln, und unter den Nägeln haben wir Haut und Haare gefunden – er hat gekämpft.»

Sie schwieg einen Moment, war sich nicht sicher, wer hier das Sagen hatte, wen sie ansehen sollte.

«Gut. Wirklich gut», sagte Sarsfield. Er lächelte Jane Blankenstein an.

Sie erwiderte das Lächeln. Es gefiel ihr. Sie fuhr fort. «Das alles ist erst vor kurzem passiert, ich würde sagen, vor zwei oder drei Stunden. Dieser Bursche ist frisch wie nur was. Die Tatwaffe ist vermutlich eines der Messer in der Küche. Sie hat es abgespült und zurückgelegt. Ich bin noch nicht sicher, welches genau es war – die Zehn- oder die Fünfzehn-Zentimeter-Klinge.»

«Sie?», sagte Truelove. Sie war von ihrer kleinen Exkursion ins Nirgendwo zurückgekehrt.

Blankenstein hielt einen Beweismittelbeutel mit einem langen Haar darin hoch. «Das hier habe ich aus der Spüle in der Küche. Eure Diane Foxx war blond.»

Cullen nahm den Plastikbeutel und ging damit dicht vors Fenster. «Ist das hier rot?»

«Es sieht rot aus», meinte Truelove.

«Wer ist Diane Foxx?», fragte Sarsfield. Er sah Jane Blankenstein an, war aber offen für eine Antwort aus jeder Richtung.

«Sie hat hier gewohnt», sagte Cullen. «Der Tote war ihr Mann. Sie ist ebenfalls tot. Wir haben sie auf den Chelsea Piers gefunden, gestorben ist sie an einem Aneurysma.»

Sarsfield drehte sich langsam um, bis er Cullen direkt ansah. «Dann ist sie also die Tote, von der Sie mir vorhin erzählt haben. Warum haben Sie mir das nicht gesagt, Cullen?»

«Ich vermute, das ist jetzt Ihr Fall, Inspector. Ich bitte um Urlaub.»

«Urlaub?»

«Jawohl, Sir. Urlaub.»

«Ihr Lieutenant ist derjenige, der Sie beurlauben kann. Ich besitze nicht die Befugnis, Sie zu beurlauben.»

«Jawohl, Sir. Dann bitte ich um Erlaubnis, mich mit meinem Lieutenant bezüglich Gewährung von Urlaub in Verbindung setzen zu dürfen.»

Sarsfield sah Truelove an. «Ist der immer so?»

«Immer. Er beantragt immer mitten in einem Fall Urlaub.»

Sarsfield schenkte ihr ein strahlendes Lächeln. Er sah wieder Cullen an. «Gibt es vielleicht irgendetwas, das Sie mir verschweigen?»

«Detective Truelove kann Sie über Diane Foxx ins Bild setzen. Sie ist durch einen Unfall gestorben. Es besteht kein erkennbarer Zusammenhang mit diesem Todesfall, dem Todesfall ihres Ehemannes.»

«Sie wissen, wer ihren Mann umgebracht hat, Cullen?»

«Nein, Sir.»

«Sie verheimlichen mir doch nichts, oder? Sie ziehen doch hier nicht auf eigene Faust eine Ermittlung durch, oder?»

«Nein, Sir.»

Sarsfield sah Truelove an. Er hob nur fragend die Augenbrauen.

«Nein, Sir», sagte Truelove. «Er ist kein Einzelkämpfer.»

Sarsfield sah Jane Blankenstein an. Wie immer seine Entscheidung ausfiel, er wollte ihre Zustimmung. «Was meinen Sie, Doc?»

Sie hob abwehrend die Hände. «Geht mich nichts an.»

«Klar, nein, hey, ich weiß. Aber was *meinen* Sie? Ihre Meinung ist relevant.»

Sie nahm Cullen den Beweismittelbeutel ab. «Ich meine, hier geht's ausschließlich darum, wer mich vögelt, und ich meine, keiner von euch ist Manns genug, mich zu vögeln, genau das meine ich.» Sie verließ den Raum.

Sarsfield starrte Cullen an. «Raus hier, ja?» Er verließ den Raum in die andere Richtung.

Truelove zuckte die Achseln. «Schöne Scheiße.»

Cullen sah auf die Uhr. «In Saint Agnes läuft gerade ein Meeting. Wenn ich mich beeile, komme ich gerade noch rechtzeitig zum Schluss.»

«Okay, hey, Joe, ich verstehe ja, dass du ein Meeting brauchst. Aber muss es unbedingt *dieses* Meeting sein? *Jetzt?*»

«Die Frau auf der Treppe? Als wir hier angekommen sind? Die Rothaarige?»

«Sie ist doch nicht *diese* Rothaarige?»

«Das muss ich herausfinden. Sie geht immer zu Saint Agnes. Ich komme gerade noch rechtzeitig hin.»

«Tja, dann, geh. Geh.»

Bevor er gehen konnte, liefen sie noch Eudy von der Spurensicherung in die Arme.

«Eudy, Spurensicherung», sagte Eudy.

«Wir vergessen ein Gesicht niemals», sagte Cullen.

«Das hier ist ja wie in einem dieser Fernsehfilme», sagte Eudy. «Immer dieselben Bullen und dieselben Typen von der Spurensicherung, pausenlos im Einsatz, rund um die Uhr, an sieben Tagen der Woche.»

«Was gibt's Neues?», fragte Truelove.

«Mit den Chelsea Piers, meinst du?», sagte Eudy.

«Mit den Chelsea Piers.»

«Sehr wenig, da es ja nicht wirklich der Tatort eines Verbrechens war, es war vielmehr der Ort, an dem das Opfer entsorgt wurde.»

«Echt», sagte Truelove.

«Jedoch ...», fuhr Eudy fort. «Kaut einer von eurer Truppe Kautabak?»

«Negativ», sagte Truelove.

«Wir haben einen Raucher», meinte Cullen bewusst dümmlich und fügte noch dümmlicher hinzu: «Mathews. Aber keine Kautabakkauer.»

«Tja, dann haben wir vielleicht was. Da waren drei frische Expektorationen mit Tabakspuren darin, wahrscheinlich Kautabak, unmöglich zu sagen, welche Marke, aber möglicherweise von demjenigen, der das Opfer entsorgt hat.»

«Expektorationen», wiederholte Truelove, während sie das Wort in ihren Notizblock schrieb.

«Ja, ihr wisst schon, Auswurf», sagte Eudy.

«Fein, das ist ja schon mal was, oder?», sagte Truelove. «Sonst noch was?»

«Negativ», sagte Eudy. «Also, wir haben das Gegenstück zu dem Schuhabdruck in dem Ölflecken immer noch nicht gefunden. Es ist übrigens Penzoil, falls euch das interessiert, und der Schuh ist ein Reebok-Turnschuh der Größe sechzehn.»

«Sechzehn. Meine Güte.» Sie blinzelte Cullen zu.

Er funkelte wütend zurück.

«Was ist?», fragte Truelove.

«Du wolltest gerade eine blöde Bemerkung über seine Schwanzgröße machen.»

Sie hob die Augenbrauen und spreizte die Hände auf der Brust. *«Moi?»*

«Und das war's dann», sagte Eudy. «Von dem Ring und den Ohrringen fehlt jede Spur. Aber mal ehrlich, warum auch? So wie ich das sehe, hat wahrscheinlich derjenige den Schmuck mitgenommen, der die Mutter entsorgt hat, falls das nicht schon der Täter gemacht hat.»

«So sehen wir das auch», sagte Truelove.

«Tja, ich mach dann mal jetzt weiter», sagte Eudy. «Der Mord *du jour.*»

«Echt», sagte Truelove.

Als Eudy fort war, drückte Truelove Cullens Arm. «Geh. Geh.»

Das Meeting war bei dem Punkt «brennendes Verlangen» angelangt. Eine Frau namens Fran ließ die anderen daran teilhaben, dass sie eigentlich auf dem Weg zu ihrem Vater gewesen war, einem aktiven Trinker, als sie zum Meeting kam. Sie fühlte sich gut. Sie würde damit klarkommen.

Manche Leute kannten Frans Geschichte und einige begannen aufzubrechen.

Cullen unterbrach Fran. «Mein Name ist Joe, ich bin Alkoholiker. Es tut mir aufrichtig Leid, dass ich dich jetzt unterbrechen muss, Fran, aber es ist *wirklich* wichtig.»

«Ich war noch nicht fertig», sagte Fran scharf.

«Lass sie ausreden», sagte eine Frau.

«Es geht aber um … Leben und Tod», sagte Cullen.

«Oh, und was bin ich, kleingeschnittene Leber?», sagte Fran.

«Sie können sich nicht einfach so reindrängeln», sagte ein Mann. Er trug ein schwarzes T-Shirt mit der Aufschrift *Kehrtwende*. «Deshalb heißt es ja *teilhaben* lassen.»

«Ein paar Leute gehen schon», sagte Cullen. «Ich muss zu so vielen wie möglich von euch sprechen.»

«Ach, und ich vielleicht nicht, oder was?», schimpfte Fran.

«Es ist eine Polizeisache. Es geht um einen Mord.»

«He, Kumpel», sagte ein anderer Mann, «wir sind hier auf einem Meeting der AA. Wenn du über Mord reden willst, solltest du dir ‹Homicide› ansehen gehen.»

Leute lachten.

Der «Homicide»-Fan ging. Andere Leute gingen.

Cullen stand auf. «Ein Mann wurde ermordet. Heute Morgen. In seiner Wohnung. In Greenwich Village. Er wurde erstochen. Eine Frau, die normalerweise zu diesem Meeting kommt, befand sich etwa zur Tatzeit in seinem Gebäude. Ich würde gern mit ihr sprechen. Sie heißt ...»

«Moment! Jetzt mal ganz langsam, ja?» Kehrtwende stand ebenfalls auf. «Erstens, wer zum Teufel sind Sie überhaupt?»

«Er hat gesagt, er heißt Joe», sagte Fran.

«Er hat *gesagt*, er wäre Alkoholiker», sagte eine Frau in weißem T-Shirt, Arbeitshose und Rollerblades.

«Ich heiße Joe Cullen. Ich *bin* Alkoholiker. Ich bin Detective Sergeant beim New York City Police Department.» Er zückte seine goldene Dienstmarke und machte einen Schritt auf Kehrtwende zu, um ihn genau hinsehen lassen zu können.

Kehrtwende verschränkte die Arme vor dem Bauch. «Was? Hat noch nie einer einen Ausweis gefälscht?»

«Sie sind ein Alkoholiker, ich habe sie schon mal bei den Meetings gesehen», sagte Rollerblades.

Ein Mann in einem lachsfarbenen Sommeranzug sagte: «Ich habe ihn auch schon mal gesehen. Ich habe ihn beim Fast Break gesehen.»

Cullen drehte sich zu dem Mann um. «Ja, manchmal gehe ich zum Fast Break. Ich wohne in Queens. Kew Gardens. Ich gehe dort zu den Meetings.»

Eine junge Frau mit braunen Locken, die einen Miniaturpudel mit braunen Locken an sich presste, sagte: «Was ist hier eigentlich *los*? Das hier ist ein AA-Meeting.»

«Damit ich das jetzt richtig verstehe», sagte Kehrtwende.

«Irgendwer hat irgendwen aus einem Haus kommen sehen, in dem ein Mord passiert ist, und jetzt sind Sie hier, weil Sie eine Frau suchen, die normalerweise zu diesem Meeting kommt? Wo ist da der Zusammenhang?»

«Ich bin der Zusammenhang», sagte Cullen. «Ich habe einen Mann gesucht, ich bin zu seiner Wohnung gegangen, ich habe ihn ermordet vorgefunden. Auf dem Weg in das Haus bin ich Nora begegnet, die gerade herauskam. Sie sagte ...»

«Wer ist Nora?», fragte Kehrtwende.

«Du kennst Nora, Eddie», sagte die Pudelfrau. «Die Rothaarige.»

Kehrtwende ließ die Schultern hängen, verdrehte die Augen und seufzte, und die Pudelfrau erkannte sofort ihren Fehler. «Ich kenne keine Nora», sagte sie zu Cullen. «Sie heißt nicht Nora, nicht die Frau, die ich meinte.»

«Geh nach Hause, Janice», sagte Kehrtwende. «Das Meeting ist vorbei.»

«Das Meeting ist noch nicht vorbei», sagte eine Frau auf der anderen Seite des Raumes. «Ich habe ein brennendes Verlangen.» Sie trug ein rotes T-Shirt mit weißen, kursiv gedruckten Buchstaben, die das Wort *Engel* bildeten.

Mehr Leute verließen den Raum, einige von ihnen, dachte Cullen, wahrscheinlich wegen der Aussicht, an Engelchens Problemen teilhaben zu dürfen.

«Hören Sie, es tut mir wirklich Leid, dass ich Ihr Meeting unterbrochen habe», sagte Cullen. «Ich wusste nicht, wie ich es sonst machen sollte. Ich muss unbedingt Noras Nachnamen herausfinden.»

«Wie lange sind Sie schon im Programm?», fragte Kehrtwende.

«Mir ist klar, um was ich Sie hier bitte», sagte Cullen. «Ich bitte Sie, ihre Anonymität preiszugeben, aber ...»

«Sie bitten uns, ihre Anonymität preiszugeben», bestätigte die Pudelfrau.

«‹Anonymität ist die spirituelle Grundlage des Programms›», zitierte Lachsanzug.

«Jemand wurde ermordet», sagte Cullen. «Das ändert manches.»

«Wo steht das geschrieben?», fragte Kehrtwende. «Im *Big Book*. Den Zwölf und Zwölf? *Wie Bill es sieht?* Das hab ich bislang noch nirgendwo gelesen. Hat einer von euch das schon mal irgendwo gelesen?»

«‹Anonymität ist die spirituelle Grundlage des Programms›», wiederholte Rollerblades.

«Brennendes Verlangen hier drüben auf dieser Seite des Raumes», sagte Engelchen. Sie hatte ihren rechten Arm hoch über den Kopf gereckt.

«Denise ist schon weg», sagte die Pudelfrau. «Denise hat das Meeting geleitet.»

Kehrtwende drehte sich zu Pudelfrau. «Wissen Sie, Audrey, vielleicht sollten Sie etwas vorsichtiger sein, wenn Sie die Namen von Leuten benutzen. Dieser Bursche hier versucht, Sachen über uns herauszufinden, und Sie plappern einfach so die Namen der Leute aus.»

«Sie haben gerade *meinen* Namen benutzt», konterte Audrey. *«Bob.»*

Kehrtwende machte einen Schritt auf Audrey zu.

Audrey hielt ihm ihren Pudel entgegen. «Fass, Thelma.»

Kehrtwende knurrte Thelma an, die sich daraufhin zurück an Audreys Busen drängte.

Kehrtwende lachte und reckte die Brust.

«Ich bitte Sie ja nicht, etwas von dem preiszugeben, was in diesen Räumen passiert», sagte Cullen. «Ich bitte Sie nicht, die Anonymität von jemandem preiszugeben, weder Ihre eigene noch die von sonst irgendwem ...»

«Und wie nennen Sie das?», fragte Lachsanzug. «Wenn Sie uns bitten, Ihnen ihren Namen zu sagen? Für mich klingt das nach einem klassischen Fall von Preisgabe der Anonymität.

Sie ist anonym, Sie fragen uns nach ihrem Namen, Sie bitten uns, ihre Anonymität preiszugeben. So einfach ist das.»

«Brennendes Verlangen hier hinten in dieser Ecke», sagte Engelchen. Sie stützte den gereckten rechten Arm mit der linken Hand ab.

Kehrtwende wirbelte zu ihr herum. «Was ist? Mein Gott, was ist denn? Spuck's einfach aus, sag doch, was du zu sagen hast. Kein Mensch leitet dieses Meeting. Denise ist weg. Sag einfach endlich, was du zu sagen hast ...»

«Sie haben gerade Denises Namen ausgesprochen», singsangte Audrey. Sie hob Thelma höher.

Engelchen wartete, bis alle wieder etwas ruhiger wurden. Dann sagte sie: «Es gab mal eine Situation, Mister Cop, vor ein paar Jahren, ist jetzt vielleicht zehn Jahre her, es war in Pennsylvania, glaube ich ... Setzen Sie sich hin und halten Sie endlich den Mund, Bob, Sie waren dran, jetzt bin ich dran», sagte sie zu Kehrtwende, der die Augen verdreht und laut gestöhnt hatte. «Es gab mal eine Situation, wo ein Mann aus dem Programm jemanden umgebracht hat, ich erinnere mich nicht mehr an die genauen Umstände, aber es war ganz klar Mord. Er ist in das Haus von jemandem eingebrochen, von dem er dachte, dass er nicht in der Stadt wäre, nur, er war in der Stadt, und er wurde wach und sah den Kerl. Also hat ihn der Bursche einfach umgebracht, aber kein Mensch wusste, dass er es getan hatte, er wurde nie erwischt. Ein paar Jahre später erzählte er dann ein paar Leuten aus dem Programm von der Sache, es war nicht so, dass er bei einem Meeting die anderen hatte teilhaben lassen. Nach einem Meeting hat er es ein paar Leuten erzählt, ich glaube, es war nachher, kann aber auch vorher gewesen sein, ich weiß nicht mehr genau, aber der springende Punkt ist ...»

«Oh, gut, jetzt kommt der springende Punkt», sagte Kehrtwende.

«... der Punkt ist, Mister Cop, dass sich die Leute, denen er es erzählte, an die Prinzipien des Programms gebunden fühlten, es niemand anderem zu erzählen, niemandem im Programm und ganz besonders keinem Zivilisten. Sie sagen, Sie sind selbst im Programm, Mister Cop, also gehe ich mal davon aus, Sie wissen, dass wir so die Leute nennen, die nicht im Programm sind, es hat nichts zu tun mit Militär oder so –»

«Mein Gott, das *Mil*itär», sagte Kehrtwende. «Hat sie gerade *Mil*itär gesagt?»

«Jedenfalls wurde eine Grand Jury einberufen», fuhr Engelchen unbeirrt fort, «denn ich vermute, der Bezirksstaatsanwalt, oder wer immer Grand Jurys einberuft, musste wohl Wind davon bekommen haben. Vielleicht hatte der Bursche ja auch Leuten, die nicht im Programm waren, davon erzählt. Ganz offensichtlich ...»

«*Offen*sichtlich», brummte Kehrtwende.

«... und die Leute aus dem Programm wurden von der Grand Jury vorgeladen, und man sagte ihnen, es ist schon okay, wenn sie nicht ihre vollen Namen benutzten, sondern einfach Suzanne F. oder Phil M. sagten, aber dennoch wollten sie, dass sie vor der Grand Jury aussagten, was der Bursche ihnen über den Mord erzählt hatte. Man sagte, es gehe hier um ein Menschenleben und sie hätten eine moralische und staatsbürgerliche Verpflichtung, die über ihrer Verpflichtung gegenüber den Prinzipien des Programmes stünde. Und vielleicht stimmt das ja, vielleicht aber auch nicht, jedenfalls hinterließ es bei allen Beteiligten einen bitteren Nachgeschmack. Und wo zieht man da überhaupt die Grenze? Ich meine, was ist, wenn einem jemand aus dem Programm erzählt, er verkauft Drogen oder schlägt seine Frau oder hat etwas gestohlen, und dann kommt der Bezirksstaatsanwalt und will von euch wissen, was genau diese Person euch erzählt hat und dass es eure bürgerliche Pflicht sei, dass eure Verpflichtung gegenüber den Prinzipien des Programms vor dem Hintergrund des größeren Ganzen eigentlich nicht so wichtig ist?

Sie haben vorhin gesagt, Sie sind in ein Haus gegangen, in dem jemand ermordet wurde, und Sie haben eine Frau herauskommen sehen, die im Programm ist, und Sie haben sie nicht aufgehalten und gefragt, was sie dort zu suchen hatte, und jetzt wünschen Sie sich, Sie hätten das getan, also fragen Sie uns nach ihrem Namen, und meine Frage an Sie, Mister Cop, lautet: Warum haben Sie sie nicht einfach gefragt, was sie dort macht, als Sie die Gelegenheit dazu hatten?»

Eine gute Frage, vielleicht die beste Frage überhaupt, und alle waren sehr still und warteten auf Cullens Antwort. Cullen wartete ebenfalls, war sehr daran interessiert zu hören, was er darauf wohl antworten würde.

Schließlich, und obwohl er genau wusste, dass es ihm nicht gefallen würde, antwortete er: «Ich wusste zu diesem Zeitpunkt noch nicht, dass sich im Haus ein Mordopfer befand. Ich war auf dem Weg, um ... um mit dem Mann zu sprechen, der sich dann als das Opfer herausstellte. Wir wollten ihm sagen, dass seine Frau tot war ...»

«Moment mal, nur eine Sekunde», sagte Lachsanzug. «*Noch* ein Toter?»

Cullen fuhr fort. «Ich hielt es für reinen Zufall, Nora vor dem Haus zu begegnen.»

«Was es ja auch *war*, soweit Sie wissen.» Das kam von einem weißhaarigen Mann in einem schwarzen T-Shirt mit der Aufschrift *Strat*. Er war zu jung für weiße Haare und zu alt für dieses T-Shirt. Er lächelte Cullen an, als wollte er sagen, nicht nur diejenigen hörten aufmerksam zu, die sich bislang zu Wort gemeldet hatten. Er wiederholte: «Soweit Sie wissen.»

«Was ich hier heraushöre», sagte Kehrtwende, «ist doch, dass Sie Scheiße gebaut haben. Ihr Topverdächtiger ist direkt vor Ihrer Nase vorbeigelatscht und Sie haben es geschmissen.»

«Nora ist keine *Ver*dächtige», sagte Audrey und drückte Thelma dabei so fest, dass sie quiekste. «Er weiß nicht, ob sie eine *Ver*dächtige ist. Er weiß nur, dass sie jemanden in diesem Haus besucht hat. Seit wann ist es ein Verbrechen, jemanden zu besuchen?»

«Soweit Sie wissen», sagte Strat, «war sie nur zu Besuch dort.»

Lachsanzug sagte: «Sie haben es geschmissen.»

«Am Tatort fanden sich Indizien», warf Cullen ein, «die möglicherweise auf Nora deuten.»

Kehrtwende grunzte. «*In*dizien? Was für *In*dizien? Ein blutiger Handschuh, oder was?»

«‹Wenn der Handschuh nicht passt, wird ein Freispruch gefasst›», sagte Strat. Zur Bekräftigung spielte er einen Akkord auf einer Luftgitarre.

Audrey stellte die Füße weit auseinander, war bereit zum Kampf. «Moment mal, ihr Leute glaubt doch nicht immer noch, nach all dieser Zeit, dass O. J. *un*schuldig war?»

Kehrtwende verdrehte die Augen. «O. J. Lassen wir doch bitte O. J. aus dem Spiel.»

«Sie sind doch hier derjenige, der ihn *ins* Spiel gebracht hat, Bob», sagte Audrey. «Sie haben O. J. *ins* Spiel gebracht.»

«Hört mal, Leute, äh ...» Cullen streckte eine Hand aus, kapitulierend, nachgebend, was auch immer. «Ich werde meine Visitenkarte dort ans Schwarze Brett hängen. Falls irgendwer irgendwelche Informationen hat, kann er mich ja anrufen. Danke für eure kostbare Zeit. Tut mir Leid, dass ich euch unterbrochen habe.»

Cullen nahm eine Karte heraus, während er den Raum durchquerte.

«Da hängen ausschließlich Mitteilungen im Zusammenhang mit den AA», sagte Kehrtwende.

«Nehmen Sie keine von den Heftzwecken. Wir haben nie genug Heftzwecken.» Das kam von einer Frau, die bislang noch nichts gesagt hatte. Er schob die Visitenkarte zwischen Schwarzes Brett und Rahmen. Er ging.

Direkt gegenüber, auf der anderen Straßenseite, befand sich, wo es schon immer gewesen war, ein Blarney Rose. Am liebsten wäre er jetzt dort rein und hätte alles weggesoffen, *alles*, was sie auf der Karte hatten. Er ging nicht hinein. Er marschierte um die Ecke zu seinem Wagen.

22

Truelove ging zu dem Mann, der etwas abseits in der Wache stand und aufmerksam die Fahndungsplakate studierte.

«Ich bin Detective Truelove. Sie sagten, Sie möchten mit jemandem über Diane Foxx sprechen?»

Er drehte sich zu ihr um und griff nach ihrer ausgestreckten Hand, dann zog er im letzten Moment seine Hand zurück. «Moment. Eine Sekunde. *True*love? *Janet* Truelove?»

Sie musste lachen. «Und Sie sind …?»

«Levin. James Levin. Jim Levin. Nennen Sie mich Jim.» Jetzt hatte er ihre Hand und schüttelte sie leidenschaftlich.

Sie konnte ihre Hand befreien. «Okay, Mr. Levin, warum begleiten Sie mich nicht nach oben, und da können Sie mir dann erzählen, was Sie wissen.»

Auf der Treppe flüsterte er vor sich hin: «Ich fass es nicht. Janet Truelove. Ich fass es einfach nicht.»

Im Großraumbüro deutete sie auf einen Stuhl und setzte sich ebenfalls. «Dann sind Sie also einer meiner Fans?»

«*Ein* Fan? Ich bin Ihr erster und ehrlichster Fan.»

«In letzter Zeit laufe ich einer Menge Fans über den Weg. Schon irgendwie seltsam.»

«Sollte es aber nicht. Sie *haben* eine Menge Fans.»

«Hab ich Sie schon mal im Rocky's gesehen?»

«Im Rocky's, im Evan's, in Boyer's Bar, im Eat a Peach.»

««Sie haben im Boyer's rumgehangen?», fragte Truelove.

«Ich habe das Boyer's unterstützt», sagte Levin. «Ohne mich hätte das Boyer's schon sechs Jahre früher dichtgemacht.»

Cullen kam mit zwei Bechern Kaffee herein. Er ging zu seinem Platz.

«Das ist mein Partner, Detective Cullen», stellte Truelove vor. Zu Cullen sagte sie: «Wir haben hier 'ne Feier unter Freunden.»

«Schon mitgekriegt. Ein Fan von Janet?»

«Der erste und ehrlichste Fan», sagte Levin. Er streckte seine Hand über den Schreibtisch aus. «James Levin. Jim.»

Cullen schüttelte ihm die Hand. «Janet läuft in letzter Zeit ziemlich vielen Fans über den Weg.»

«Sollte sie auch. Sie *hat* eine Menge Fans.»

Cullen setzte sich hinter seinen Schreibtisch. «Tun Sie einfach so, als wäre ich gar nicht da.»

«Mr. Levin hat etwas für uns», sagte Truelove.

«Jim», korrigierte Levin.

«Mr. Levin kennt Diane Foxx.»

«Wollen Sie einen Kaffee, Mr. Levin?», fragte Cullen.

Levin winkte ab. «Ich hatte schon meine Dröhnung.» Er hob die Hände an den Mund. «Vielleicht sollte ich das nicht sagen, nicht in einem Polizeirevier.»

«Erzählen Sie uns von Diane Foxx, Mr. Levin», sagte Truelove und fügte hinzu: «Jim.»

Er strahlte vor Freude. «Also eigentlich ist es ja Ben Forbes, den ich am besten kenne.»

«Bennett Forbes, 218 Ridge Road, Chapel Hill, North Carolina, 27516, 919 555-7847?», fragte Cullen.

Levin verzog das Gesicht. «He, ihr Leute seid gut.»

Sie warteten.

Levin wurde ernst. «Genau. Okay. Ben Forbes. Wir haben zusammen bei Beatty McLeod gearbeitet. Einer Werbeagentur. Von neunzehneinundachtzig bis einundneunzig. Einundneunzig ist Ben dann nach Chapel Hill umgezogen. Er und seine Frau, Kathleen. Sie waren damals ungefähr ein Jahr verheiratet. Sie haben keine Kinder, und sie fand, die Stadt hätte irgendwas damit zu tun. Sie meinte, in einer Collegestadt würde sie schwanger. Die Vibrations wären einfach besser. Sie haben immer noch keine Kinder, also weiß ich nicht so recht.

Ben war ein Trinker. Ein Weltklassesäufer. Er war wirklich gut im Trinken. Kurz vor seinem Umzug hat er damit aufgehört. Ich habe dann nichts mehr von ihm gehört. Oh, eine Weihnachtskarte und so weiter. Dazu ein paar Zeilen und etwas, das er aus einer Zeitung oder einer Illustrierten ausgeschnitten hatte, etwas, von dem er glaubte, es würde mich interessieren. Dann erhielt ich einen Brief. Vor ungefähr einem Monat. Er kam nach New York, er wollte sich mit mir treffen. Er kam her, weil er ein paar alte Freunde besuchen wollte. Er wollte ‹Wiedergutmachung leisten›, so hat er sich ausgedrückt, sich entschuldigen, schätze ich, für seine Art, als er noch auf Alk war. Er sagte, es sei einer der Schritte, verstehen Sie, diese zwölf Schritte, die bei den Anonymen Alkoholikern …»

«Es ist einer der zwölf Schritte der Genesung», sagte Cullen.

«Ja», sagte Levin. «Genau. Dann wissen Sie also, wovon ich rede.»

«Ja», sagte Cullen.

«Wir kennen uns damit aus», sagte Truelove.

Levin fuhr fort: «Jedenfalls, also sagte ich, hey, toll, dich wieder zu sehen, lass uns irgendwo zu Mittag essen, lass uns ins Blue Mill gehen, wo wir früher ziemlich viel rumgehangen sind. Oh, ich vergaß – Diane Foxx. Ende der achtziger Jahre, unmittelbar bevor Ben Kathleen kennen lernte, war Diane Foxx seine Flamme.

Sie arbeitete als freiberufliche Texterin, die gelegentlich

von unserer Agentur engagiert wurde. Heute macht sie was anderes. Fundraising oder so. Ich hab sie damals immer Diane *die* Sahneschnitte genannt. Letzten Freitag hab ich sie noch gesehen. In seinem Brief schrieb Ben, dass er im Wesentlichen wegen Diane herkommen wollte. Er hat ihr damals den Laufpass gegeben, so wie im übrigen all seinen Frauen, ohne jede Vorwarnung, aus keinem ersichtlichen Grund, nur weil er auf einer Party, in einer Bar oder sogar auf der Straße eine andere entdeckt hatte, die ihm gefiel. Er konnte Frauen auf offener Straße abschleppen wie kein Zweiter. Er wechselte im Vorbeigehen einen Blick mit einer Frau – Augenficken nannte er das – und drehte sich um und ging zurück und holte sie ein und …»

«Diane Foxx», sagte Truelove.

«Genau», sagte Levin. «Sorry. Wir waren also am Samstag im Blue Mill zum Mittagessen. Er hat getrunken. Ich bestellte einen Stoli Martini, pur, mit einem Limonenschnitz, keine Schale, er bestellte das Gleiche. Ich sagte, he, was ist los, ich dachte, du hättest damit aufgehört, er sagte, er käme schon damit zurecht. Er sagte, er hätte es eine ganze Weile nach der AA-Methode gemacht, jetzt stünde er aber an einem Scheideweg und gönnte sich eine kleine Verschnaufpause, es musste nicht zwangsläufig alles oder nichts heißen, es sei mindestens so viel Willenskraft erforderlich, nur einen zu trinken wie gar keinen. Das habe *ich* früher immer zu *ihm* gesagt, vor acht Jahren, vor zehn Jahren, wenn er sich gelegentlich fragte, ob er zu viel trank. Jedenfalls, ich war danach für eine Weile sprachlos.

Irgendwann hab ich ihn dann gefragt, ob er Diane schon gesehen hätte, ich wusste, dass er sich Freitagabend mit ihr treffen wollte, unmittelbar nach seiner Ankunft. Er sagte nein, sie hätte es nicht geschafft. Er versuchte abzulenken, über die Arbeit zu reden, ich sagte, ich hätte mich schon darauf gefreut zu hören, wie sie beide nur einen Blick gewechselt und sofort gesehen hätten, dass die alte Leidenschaft immer noch da war, woraufhin sie sich gegenseitig die Kleider vom Leib rissen. Er blieb hartnäckig dabei, dass sie es nicht geschafft hätte, sie sei auf Geschäftsreisen, er könnte aber nur dieses Wochenende kommen und sie sei eben dieses Wochenende auf Reisen.

Das war Bockmist. Ich hab's ihm auch gesagt. Er sagte: ‹Genau so war's. Ehrlich.› Ich sagte, ich arbeite in der Werbebranche, wenn mir jemand mit ‹ehrlich› kommt, dann weiß ich, es bedeutet eigentlich, es ist nicht ehrlich gemeint, es ist vorgetäuscht. Und da saß er dann bereits vor seinem zweiten Martini, es war noch nicht mal halb eins mittags, er war wieder ganz der Alte, der alte Ben, der nicht mit mir zu Mittag aß und ...»

«Sie sagten, Sie hätten Diane Foxx *gesehen*», unterbrach Cullen.

«Genau», sagte Levin. «Tut mir Leid. Vor ein paar Jahren, also, bevor ich in die Werbung gegangen bin, da habe ich in der Pressebranche gearbeitet, genauer gesagt, bei der *Times*, und da war dieser Typ, er war der Leiter unseres Büros in Rom, er wurde zurückgeholt, man hat ihn in die Lokalredaktion gesteckt, es war der erste warme Frühlingstag, er hat die Wetterstory bekommen, eine Story, die traditionell den Altgedienten oder den Grünschnäbeln übertragen wird. Die schreiben die Story immer besser, als sie es eigentlich verdient, weil sie zu beweisen versuchen, dass sie's draufhaben beziehungsweise immer noch draufhaben. Der Typ hat eine Zeile geschrieben, die ich nie vergessen werde. Er schrieb: ‹Alle Frauen auf der Fifth Avenue schienen unendlich lange Beine zu haben und in Eile zu sein, weil sie mit Cary Grant Cocktails schlürfen wollten.›

Freitagnachmittag, um halb sieben, Viertel vor sieben, ich komme gerade aus dem Time-Life-Building, da sehe ich Diane. Sie hat mich nicht gesehen, sie war auf der anderen

Straßenseite der Fiftieth Street. Sie hätte mich so oder so nicht gesehen, sie schwebte drei Meter über dem Boden. Sie hat ohnehin schon unendlich lange Beine, aber jetzt schien sie noch längere Beine zu haben und in Eile zu sein, weil sie mit Cary Grant Cocktails schlürfen wollte.»

«Sie haben nicht mit ihr gesprochen», sagte Cullen.

«Sie war auf der anderen Straßenseite. Unterwegs zu Forbes.»

«Glauben Sie.»

«Glauben. Wissen. Wo ist der Unterschied? Ich bin Diane vor einem oder anderthalb Jahren mal begegnet. Ich habe sie damals gefragt, wie's Forbes geht, und sie sagte, das wisse sie nicht, sie sei jetzt verheiratet. Ich fragte sie, wie ist das Eheleben denn so, und sie sagte, *so lala*.»

«*So lala*?», wiederholte Cullen.

«So sagt man in Deutschland. Es geht halt so.»

«Warum hat sie das auf Deutsch gesagt? Sprechen Sie Deutsch?», wollte Truelove wissen.

«Sie hat überhaupt nichts gesagt», antwortete Levin. «Weder auf Deutsch noch in sonst einer Sprache. Ich habe gefragt, wie ist das Eheleben denn so, sie hat nur mit der Achsel gezuckt. Das bedeutete *so lala*.» Levin zuckte die Achsel. «Sagen Sie, was soll das überhaupt mit ihrem Mann? Das ist doch schräg, oder?»

«Was soll schräg sein?», sagte Cullen.

«Ist doch ziemlich schräg, dass sie ermordet wird, und zwei Tage später wird er auch noch ermordet.»

«Dann wurde sie also ermordet?», sagte Truelove.

Levin lachte. «Okay. Ich weiß, was Sie hier machen.»

«Was machen wir denn?», fragte Cullen.

«Sie drehen mir das Wort im Munde herum, genau das machen Sie. Sie versuchen, mich dazu zu bringen zu sagen, Ben hätte mir erzählt, er habe Diane ermordet.»

«Hat er?», fragte Truelove.

«Ich habe Ihnen bereits gesagt, was er gesagt hat. Er hat gesagt, er sei mit ihr verabredet gewesen, aber sie hätte es nicht geschafft, sie wäre nicht in der Stadt. Ich habe in der Zeitung gelesen, dass sie gestorben ist, daraufhin habe ich Sie sofort angerufen. Ich bin kein bockiger Zeuge, Sie müssen nicht versuchen, mich dazu zu bringen, irgendwas zu sagen.»

Cullen deutete mit dem Kopf zur Tür.

Truelove stand auf und ging zur Tür. Cullen erhob sich und folgte ihr. «Wir sind sofort zurück, Mr. Levine.»

«Levin», sagte Levin.

«Wir sind sofort wieder da.»

Auf dem Korridor sagte Truelove: «Was ist los?»

Cullen schüttelte den Kopf. «Ich weiß nicht. Ich wollte nur, dass er mal eine Minute zum Nachdenken bekommt.»

«Über was?»

Er schüttelte den Kopf. «Keine Ahnung.»

Truelove wartete. Dann sagte sie: «Hast du irgendwas über die Rothaarige herausbekommen?»

Wieder schüttelte Cullen den Kopf. «Es gibt da eine AA-Regel – man nennt es Tradition: Anonymität ist die spirituelle Grundlage des Programms. Ich glaube daran. Ich habe bei den Meetings schon Berühmtheiten gesehen. Ich habe Politiker gesehen, andere Cops. Wenn sie sich nicht darauf verlassen könnten, dass ich und alle anderen Teilnehmer der Meetings ihre Anonymität wahren, würde es niemals funktionieren. Also: Auch wenn ich die Leute gebeten habe, ihren Namen preiszugeben, musste ich gleichzeitig damit rechnen, dass sie genau das nicht tun.»

Truelove stützte ihr Kind in der Hand ab. «Irgendwelche interessante Berühmtheiten?»

«Willst du einen Kaffee?», fragte Cullen.

«Hör zu», sagte Truelove. «Es liegt mir fern, euer Programm infrage zu stellen. Ich meine, ich weiß, dass es bei Mabel funktioniert, und genau darauf kommt's doch an, stimmt's? – dass es einen von einem Tag auf den anderen trocken hält?»

«Genau darauf kommt's an», sagte Cullen.

«Aber dieser Forbes. Wir sollten ihm auf den Zahn fühlen. Ich meine, wir stehen hier und philosophieren, wir sollten dem Arschloch auf den Pelz rücken, statt», sie deutete mit dem Daumen auf die Tür des Vernehmungszimmers, «zu versuchen, dahinter zu kommen, was an der Geschichte von diesem Levin faul ist. Bennett Forbes, 218 Ridge Road, Chapel Hill, North Caroline, 27516, 919 555–7847.»

«Was du rein zufällig alles weißt», sagte Cullen.

«Was ich rein zufällig alles weiß, weil ich zu Gavazovs Schreibtisch geschlendert bin und es von seinem Notizblock abgeschrieben habe, weil es nämlich in keinem Bericht steht, da du den Wichser ja hast laufen lassen.»

«Okay», sagte Cullen. «Okay.»

Truelove hob die Hände, die Handflächen nach oben, auf Höhe ihrer Schultern. «Okay, okay, was?»

«Okay, dann hab ich eben Scheiße gebaut», sagte Cullen.

«So würde ich das nicht nennen, Joe. Ich würde sagen, du schenkst anderen Freunden von Bill W. zu viel Vertrauen. Es ist gut, es ist wirklich gut, dass ihr euch alle gegenseitig unterstützt. Jemand kann aber auch ein Arschloch sein, wenn er sich auf dem Weg der Genesung befindet.»

«Sieh mich an», sagte Cullen.

«Kein Scheiß», sagte Truelove. «Du hast mich verstanden. Sieh dich an.»

«Wen ansehen? Wieso?», fragte Mathews, der gerade die Treppe heraufgekommen war.

«Mike, hast du was für uns?», sagte Cullen.

«Ich hab was, das wird euch begeistern», sagte Mathews.

«Schieß los», sagte Truelove.

«Du wirst ganz besonders begeistert sein», sagte Mathews. «Ich meine, wo du doch, du weißt schon, so bist, wie du eben bist, und im Grunde magst du doch die gleichen Sachen wie wir, richtig? Du verstehst, was ich meine?»

«Die gleichen *Sachen?*», sagte Truelove.

«Erzähl uns einfach, was du hast, Mike», sagte Cullen. «Erzähl uns nicht, was du davon hältst.»

«Ein V. I.», sagte Mathews. «Aber nicht irgendein V. I.»

Sie warteten, aber so schnell ließ er nicht locker. Er wollte, dass es ihm aus der Nase gezogen wurde.

«Ein V. I. im Zusammenhang mit welchem Fall, Mike?», sagte Cullen.

«Welcher Fall? Na, dieser Fall.»

«Wir haben mehrere Fälle, Mike», sagte Truelove. «Ein Fall ist irgendwie in einen anderen Fall übergegangen.»

Mathews nickte wie ein Mann, der genau weiß, wie so was kommen und was für eine harte Nuss das sein kann. «Ja. Ihr versteht, was ich meine?»

«Also ein V. I. in Zusammenhang mit welchem Fall, Mike?», sagte Cullen.

Mathews zuckte die Achseln. «Ich schätze, das müsst ihr sie schon selbst fragen.»

«Wen, Mike?», sagte Truelove.

Mathews strahlte. Endlich die Frage, die er hören wollte. «Leeza Benson.»

Truelove stöhnte, machte auf dem Absatz kehrt und ging den Flur hinunter. Sie blieb stehen und drehte sich um. Zu Cullen sagte sie: «Geh du runter. Ich bringe das mit Levin zu Ende, dann komme ich nach.»

Zu Mathews sagte Cullen: «Ist sie hier?»

«Ich hab sie in Nelsons Büro gesteckt. Die Jungs sind praktisch ausgeflippt. Du verstehst, was ich meine?»

«*Nel*sons Büro?»

«Die Jungs sind ausgeflippt.»

«Nelson ist ein D. C. I., Mike. Du kannst dich nicht einfach so in seinem Büro breit machen wie in meinem.»

«Er ist in L. A.», sagte Mathews. «Auf irgendeinem Kongress. Sarsfield benutzt es im Moment. Du verstehst, was ich meine?»

«Sarsfield», sagte Cullen.

«Er benutzt es, solange er unseren Laden schmeißt.»

«Falls er ihn schmeißt, Mike», sagte Cullen. «Es ist nicht unser Laden … geh und hol sie. Bring sie hier rauf. Ich nehme an, sie ist wegen Bassett hier und nicht, weil sie nur mal hören wollte, ob du heute Abend frei hast, um mit ihr ins Chaos zu gehen.»

Mathews lachte. «Wie's der Zufall so will, ich *habe* frei. Du verstehst, was ich meine?»

«Bring sie rauf», sagte Cullen.

Mathews ging nach unten. Cullen ging in sein Büro. Er schloss die Tür, damit er in den Spiegel an der Wand hinter der Tür sehen konnte. Er zog einen Kamm aus dem Sakko, das an der Rückseite der Tür hing, und kämmte sich die Haare. Er musste sich ziemlich verrenken, um sein ganzes Gesicht im Spiegel zu sehen. Er sah einen Mann mittleren Alters, der sich vor einem Spiegel verrenkte.

23

Das Telefon klingelte, und Nora überlegte, ob sie rangehen sollte. Aber sie stand einfach nur davor und schaute zu, wie es klingelte. Der Anrufbeantworter schaltete sich nach dem vierten Klingeln ein, und sie drehte die Lautstärke hoch und hörte zu, wie der Anrufer darüber nachdachte, eine Nachricht zu hinterlassen, sich dann entschied, dies nicht zu tun, und auflegte.

«Scheiße», sagte Nora und steckte sich eine Zigarette an. Sie sah auf die Küchenuhr. Elf. Sie war zu einem 8-Uhr-

Meeting in Amagansett gewesen, bis um fünf auf Shelter Island gab es kein anderes Meeting in der Nähe. In Southampton gab's ein Mittags-Meeting, aber dahin wollte sie nicht gehen, denn es war ein Treffen für Schriftsteller und Künstler – natürlich nicht offiziell, aber de facto – und sie kannte dort einfach zu viele Leute. Ihr Sponsor ging dorthin.

Ihr Sponsor – es war das Beste, ihre Anonymität zu schützen – war weder Schriftsteller noch Künstler, sie war Rechtsanwältin, spezialisiert auf Urheberrecht, Noras Anwältin. Nora hatte ihren Sponsor seit vier Tagen nicht mehr angerufen, was einerseits durchaus keine Seltenheit war, andererseits allerdings auch wieder ungewöhnlich genug, dass ihr Sponsor schon sehr bald sie anrufen würde. Wahrscheinlich hatte sie Nora bereits angerufen, wahrscheinlich befand sich auf dem Anrufbeantworter zu Hause eine Nachricht. Aber sie wollte keine Fernabfrage riskieren, weil die Cops wahrscheinlich alle Anrufe überwachten und zurückverfolgten.

Nicht, dass die Cops Anrufe zurückverfolgen mussten, um sie zu finden. Jeder, der nur einen Funken Grips im Kopf hatte, konnte sich denken, wo sie war. Sie besaß noch ein Apartment in East Hampton, und wenn sie nicht zu Hause war, dann war sie immer dort. Das war allgemein bekannt. Journalisten, die sie interviewten, hatten darüber geschrieben. Andere erfolgreiche Schriftsteller besaßen Häuser in den Hamptons, Häuser am Strand oder an einem Teich. Sie, die in der Stadt über einem Schneider wohnte, wohnte in East Hampton über einer Boutique für Modeklassiker.

Das Telefon klingelte.

Derselbe Anrufer.

Kratzte all seinen Mut zusammen, um dieses Mal eine Nachricht zu hinterlassen.

Mut?

War es das, was man brauchte?

Was verstand sie denn schon von Mut?

Sie verstand nur etwas davon, einen Mann zu erstechen.

Diesmal schaltete sich der Anrufbeantworter bereits nach dem zweiten Klingeln ein, denn er war so programmiert. Das Ding schien den letzten Anruf, bei dem der Anrufer einfach aufgelegt hatte, als Nachricht zu zählen, obwohl das nicht so sein sollte.

Oder doch?

Wenn man Männer abstach, was bedeutete da schon das Wörtchen *sollte*?

Dieses Mal hinterließ der Anrufer – *falls* es derselbe Anrufer war – eine Nachricht:

«Hi, Nora. Jerome Lester am Apparat. Ich habe gerade gelesen ...»

Sie musste es jetzt sofort wissen, sie konnte sich nicht einfach nur den Kopf darüber zerbrechen, wie zum Teufel er sie gefunden hatte, herausgefunden hatte, wo sie war, ihre Nummer herausgefunden hatte, sie musste es wissen, also nahm sie den Hörer ab. «Woher *zum Teufel* haben Sie diese Nummer?»

Es dauerte eine ganze Weile, bis er antwortete. Er musste erst seine Gelassenheit wiederfinden, nachdem er unter ihrem verbalen Schlag zurückgetaumelt war. «Mit Ihnen alles okay?»

«Ist das eine Antwort? Ich frage, wie zum Teufel Sie mich gefunden haben, woher zum Teufel Sie meine Nummer haben, und Sie fragen mich, ob mit mir alles okay ist?»

«Ich habe das über Basset gelesen», sagte Lester.

«Ich habe keinen Basset. Ich hasse Bassets. Eine Freundin von mir hat Bassets – drei Stück. Die sind völlig undiszipliniert, die springen einen einfach an und sabbern. Nichts sieht schlimmer aus als eine schöne schwarze Hose – Dolce & Gabbana, ich habe vierhundert Dollar für diese Hose bezahlt – übersät mit Bassethaaren. Einer von denen heißt Bruiser. Sie findet das schrecklich süß. Aber er ist ein streitsüchtiger Rowdy, ein undisziplinierter Rowdy.»

«Hören Sie, ich könnte zu Ihnen rauskommen», sagte Lester. «Ich bin auf dem Kennedy. Hab gerade einen Fahrgast abgesetzt, besorg mir schnell was zu essen, und da lese ich das über Bassett. Ich könnte in anderthalb Stunden bei Ihnen sein.»

«Ich dachte, Sie wären verheiratet, Jer. Haben Sie mir nicht erzählt, Sie sind verheiratet? Woher haben Sie diese Nummer?»

«Spielt das eine Rolle? Ich hab sie eben. Ich hab sie. Ich mach mir Sorgen um Sie.»

«Woher wussten Sie, dass ich hier bin?»

«Spielt das eine Rolle?»

«Tut es, ja. Okay? Es spielt eine Rolle. Ich bin Krimiautorin. *Sie* sind Krimiautor. Wenn jemand die Telefonnummer von jemand anderem herausbekommt, dann will ich wissen, wie er das gemacht hat.»

«... Ich bin ein Freund von Bill.»

«Bill?»

«Bill W.»

«O mein Gott. Und? Haben Sie die Intergroup angerufen?»

«Ich hab's bei einem Meeting gehört. Die Leute reden drüber. Es ist ein Problem.»

«Ein *Problem*? Was für ein beschissenes *Problem* soll das denn wohl sein?»

«Ein Anonymitätsproblem. Ihre Anonymität. Sie werden von einem Cop gesucht.»

«Von einem Cop?»

«Kommen Sie, Nora. Lassen Sie mich nicht alles zweimal sagen. Ein Cop ist zu einem Meeting gekommen und er nimmt auch am Programm teil. Er behauptet, unbedingt mit Ihnen sprechen zu müssen, im Zusammenhang mit einem Fall.»

«Müsste mit *mir* sprechen oder müsste mit *jemandem* sprechen, jemand, der Informationen besitzt?»

«Müsste mit Ihnen sprechen.»

«Er kannte meinen Namen?»

«Er kannte Ihren Vornamen.»

«Und?»

«Und keiner wollte ihm etwas sagen. Er hat seine Nummer hinterlassen, seine Visitenkarte. Die Leute reden drüber. Nicht nur bei diesem Meeting. Ich habe in Hoboken davon gehört.»

«*Ho*boken?»

«Ich wohne in Hoboken.»

«*Ho*boken?»

«Leck mich, Nora.»

«Was soll denn das jetzt wieder heißen?»

«Es soll heißen, ich habe Ihnen gesagt, dass ich eine schwierige Zeit durchmache. Nicht jeder kann sich die Mieten in Manhattan leisten.»

«Wie sind Sie an meine Nummer gekommen, Jerome? Sie haben mir immer noch nicht erzählt, woher Sie meine Nummer haben.»

«Ich habe jemanden gefragt. Jemanden aus dem Programm.»

«Wen?»

«Ich habe gesagt, es sei wichtig, dass ich Sie erreiche. Ich sagte, ich kenne Sie, nur eben leider nicht Ihre Nummer. Die Nummer Ihrer Wohnung steht nicht im Telefonbuch. Ich konnte ja schlecht Ihren Verleger anrufen. Ich konnte Barbara Walker nicht erreichen ...»

«Barbara Walker, meine Agentin? Warum wollten Sie Barbara Walker anrufen?»

«Nora, ich habe Barbara Walker nicht angerufen. Ich habe jemanden aus dem Programm angerufen, der Sie kennt, der Ihre Telefonnummer kennt. Es spielt keine Rolle, wer es war, denn wenn ich diese Person nicht angerufen hätte, dann hätte ich jemand anderen gefunden ...»

«Eine Frau. Es war eine Frau. Sie sagten ‹Person›, und man sagt nur dann Person, wenn man das Geschlecht der Person – des Individuums – kaschieren will. Männer tun das, wenn sie einer Freundin von einem Urlaub erzählen, den sie mit einer alten Freundin verbracht haben, aber nicht wollen, dass die aktuelle Freundin eifersüchtig wird, daher sagen sie: ‹Als ich damals in Acapulco war, hat's mir überhaupt nichts ausgemacht, all das Gemüse zu essen, nur die Person, mit der ich dort war, hatte die ganze Zeit Durchfall.› Als ob das was kaschieren könnte. Als ob's nicht sonnenklar ist, dass er von einer anderen *Frau* spricht.

Sie haben meine Nummer also von einer Frau. Von Shelley? Nein, das würde sie nie tun. De*nice*? Denice hat Ihnen meine Nummer gegeben, stimmt's? Oder, nein, ich weiß – *Nancy*. Nancy Porter – oh, Scheiße, also, jetzt habe ich ihre Anonymität preisgegeben, aber das ist egal, stimmt's, sie hat Ihnen meine Nummer gegeben, richtig? *War* es Nancy, Nancy gottverdammt Porter, Gott, wie oft habe ich mir ihr Gejammer anhören müssen, wie gottverdammt hart es war, das verschissene Denver verlassen zu müssen. *Den*ver. Wie scheißschwer kann's schon gewesen sein, das verschissene Denver zu verlassen? Hat man nicht genau deswegen diesen beschissen großen Flughafen gebaut – damit die Leute *abreisen* können? Ganz sicher hat man ihn nicht gebaut, damit die Leute dorthin *gehen* können. Sind Sie schon mal in Denver gewesen, Jer? Sind Sie?»

«Ja», sagte Lester.

«Ach, ja? Um was zu tun? Um sich ein paar Broncos-Memorabilia zu besorgen?»

«Die Person, mit der ich zusammen war, stammt von dort. Wir haben die Familie der Person besucht.»

«Sehr witzig, Jer. Dann waren Sie also bei einer Freundin. Soll ich jetzt eifersüchtig werden? Weiß Ihre Frau davon?»

«Soll ich kommen, Nora?», fragte Lester.

«Nach *Denver*? Sie müssen bescheuert sein.»

«Ich könnte rauskommen und wir könnten eine Tasse Kaffee trinken, wir könnten zu einem Meeting gehen. Haben Sie einen Terminplan der Meetings?»

«Gute Idee, Jer. Gehen wir zu einem Meeting, damit Sie meine Telefonnummer ans Schwarze Brett hängen können, damit *noch* mehr Leute wissen, wie sie mich erreichen. Das ist eine *super* Idee.»

«Ich bin in anderthalb Stunden da», sagte Lester. «Vielleicht auch früher. Ich melde mich wieder, sobald ich in der Nähe bin. Wir können uns dann irgendwo treffen.» Und er legte auf.

«Ich fass es nicht!», sagte Nora. Sie legte den Hörer auf und stellte den Anrufbeantworter ab. «Ich bin ironisch und er nimmt's wörtlich. Ich fass es gottverdammt nicht. Er muss ein *fürchter*licher Schreiberling sein.»

Der Summer ertönte. Der Summer an der Tür unten.

«Heilige Scheiße, ist der *schnell*.»

Es läutete wieder.

«Du hast ihm nicht gesagt, wo du wohnst, Nora, also ist er das nicht.»

Der Summer ertönte wieder.

Nora ging in ihr Wohnzimmer mit Blick auf die Straße. Die Fenster waren geöffnet, aber durch die Fliegenfenster war es nicht leicht, senkrecht nach unten zu sehen.

Wieder der Summer.

Ein Streifenwagen der örtlichen Polizei rollte vorbei. Falls das da unten Cops waren, würde die Polizei hier Bescheid wissen. Oder nicht?

Denk nach, Nora, denk nach. Was würde jetzt in einem deiner Bücher passieren, was wäre los, wer könnte da unten sein, wer weiß, dass du hier bist?

Die Cops wissen nicht, dass du hier bist, weder das NYPD noch das East Hampton PD. Tun sie nicht, sie wissen's einfach nicht.

Deine Mutter weiß nicht mal, dass du hier bist, deine beste Freundin weiß es nicht.

Du. Hast. Es. Keinem. Gesagt.

Falsch, stimmt nicht.

Es *stimmt*. Ich hab's ihm gesagt.

Wem?

Diane Foxx' Freund.

Oh, Scheiße. Genau. Wie *heißt* er noch schnell?

Ben.

Du hast es Ben gesagt.

So genau hab ich's ihm aber nicht erklärt. Ich hab ihm nur gesagt, ich hätte eine Wohnung hier draußen.

Über einer Boutique für Modeklassiker.

Das habe ich nicht gesagt. Oder doch?

Genau das hast du gesagt. Über einer Boutique für Modeklassiker.

Ich habe aber nicht *East* Hampton gesagt. Ich habe einfach nur die Hamptons gesagt.

Du hast *East* Hampton gesagt. Ein Apartment über einer Boutique für Modeklassiker in East Hampton.

Der Summer ertönte.

Scheiße. Dachte schon, er ist wieder gegangen.

Er ist den ganzen weiten Weg gekommen, der wird jetzt nicht einfach so wieder gehen.

Scheiße.

...

Er *ist* gegangen. Das war sein letzter Versuch. Er hat nochmal sein Letztes gegeben und jetzt ist er ein für alle Male weg.

Das Telefon klingelte.

Arschloch.

Und klingelte.

Und klingelte und klingelte und klingelte.

Vielleicht ist's an der Zeit, sich hier draußen auch eine Maschine anzuschaffen.

Ich will hier aber keine Maschine. Ich komme hierher, weil ich fort will von all dem Scheiß, den Anrufbeantwortern und Faxgeräten und E-Mail und …

Und klingelte.

Stopp, du hast doch einen Anrufbeantworter. Warum springt das Scheißding nicht an?

Ich weiß, wer anruft. Er ist es. Ben.

Jetzt denk mal einen Moment nach. Hast du ihm deine Nummer gegeben?

Nein … Ja … Scheiße.

Was?

Und klingelte.

Ich hab ihm gesagt, ich schließe die Tür nie ab.

Scheiße.

Aber das ist gut. Das bedeutet, er ist es *nicht*.

Könnte aber auch einfach bedeuten, er hat's vergessen oder ist schüchtern.

Und klingelte.

*Schüch*tern? Er hat eine Frau umgebracht.

Er hat sie nicht umgebracht. Es war ein Unfall.

Und dann hat er ihre Leiche entsorgt.

Hat sie entsorgen lassen.

Und klingelte.

In diesem Club. La Club Hot. Schüchterne Menschen gehen nicht in den Club Hot.

Schätzchen, die lammfrommsten, erbärmlichsten Menschen der Welt gehen in den Club Hot. Es ist ein Ort für die Schwachen, für Deppen, für Spanner und Gaffer.

Und hörte auf zu klingeln.

Gut. Endlich. Jesus.

Sie kehrte ans Fenster zurück. Nichts. Tot. Nadaville.

Hast du früher immer benutzt.

Was benutzt?

Nadaville.

Was meinst du damit, hast du früher immer benutzt?

In einem Buch. Du lässt eine Figur aus einem Fenster schauen und nichts sehen und denken, *Nadaville*.

Und?

Du wiederholst dich.

Du wiederholst dich. Du bist doch hier die Scheißwiederholkönigin. Du bist schlimmer als meine Mutter.

Lass sie da raus, ja? Sie ist auch meine Mutter, weißt du.

Ich weiß, dass du bekloppt bist.

Kann ja sein, dass ich bekloppt bin, aber ich führe keine Selbstgespräche.

«Nora?» Hämmern.

Ach, ja? Und mit wem redest du dann?

«Nora, ich bin's, Barbara.» Hämmern.

Ich rede mit dir.

Und das ist nicht bekloppt, ja?

Ich habe nicht gesagt, dass es nicht bekloppt ist. Ich sagte, ich führe keine *Selbst*gespräche.

«Nora?» Hämmern.

Mo-ment! Jetzt warte mal. Sagst du, du denkst, du wärst jemand *anderer*, eigenständig, anders und *nicht* ich?

Natürlich tue ich das.

Natürlich denke ich das. Natürlich bin ich.

Bist was?

Anders.

«Nora ... Nora!»

Nora drehte sich um, und dort in der Tür stand Barbara Banta, ihre Vermieterin, die Besitzerin der Boutique für Modeklassiker von unten, diejenige, die immer und immer und immer wieder ihren Namen gerufen und, während sie rief, an die Tür gehämmert hatte. Sie hielt einen Schlüsselring in der rechten Hand, und an der linken Hand, einen Schritt hinter ihr, hatte sie Ben Forbes.

«Hi», sagte Nora.

«Mit Ihnen alles in Ordnung?», fragte Barbara Banta. Sie stammte aus Waco, Texas, und klang wie Mary Steenbergen.

«Bestens. Super. Und selbst?» Sie zeigte auf Forbes. «Hey, schön, dich zu sehen.»

«Ihr Bruder hat versucht, Sie anzurufen», sagte Barbara Banta. Sie sah Forbes an, als sie *Bruder* sagte, und Nora wusste, dass er es ihr gesagt hatte. «Er konnte Sie nicht erreichen. Es gibt einen ... Nun, das wird er Ihnen selbst sagen. Es gibt einen Notfall in der Familie.»

«Wie schrecklich», sagte Nora ausdruckslos.

Barbara Banta hörte diesen Tonfall und spürte die seltsame Atmosphäre und tat das Einzige, was sie in dieser Situation tun konnte, sie ging. «Nun, ich lasse euch zwei jetzt besser allein, damit ihr ...» Sie machte sich auf den Weg nach unten, ohne den Satz zu beenden.

Nora ruderte mit den Armen. «Super. Das ist ja wirklich super.»

«Sie haben gesagt», begann Forbes. Dann versuchte er es anders: «Sie haben mir Ihre ...», aber auch das lief sich tot.

«Wie bist du hierher gekommen?», wollte Nora wissen, nicht, dass es irgendeine Rolle spielte, nicht, dass die Antwort sie weiterbringen würde.

«Ich habe den Jitney genommen», sagte Forbes.

«Den *Jit*ney. Den verschissenen *Jit*ney. Ich hasse den Jitney. Und weißt du auch, warum ich den Jitney hasse? Ich hasse den Jitney, weil der Jitney ein Bus ist, aber kein Mensch nennt ihn Bus, alle nennen ihn Jitney, weil sie niemals einen Bus nehmen würden, wenn man ihn Bus nennt, aber sie nehmen ihn, wenn man ihn Jitney nennt, sie nehmen ihn, und sie bezahlen das Doppelte von dem, was der Zug kostet – dreimal so viel wie der Zug –, und sie halten sich ja für so schrecklich hip, weil sie den *Jit*ney nehmen, dass sie doch tatsächlich anderen Leuten auch noch erzählen müssen, was sie gemacht haben: ‹Oh, Scha-hatz, ich hab den Jitney genommen ... Ich bin ihm im Jitney begegnet ... Treffen wir uns doch an der Jitney-Haltestelle, ja, dann fahren wir zusammen raus.›»

«Ich ... ich habe jemanden gesehen ...»

«Bestimmt eine Berühmtheit», fiel Nora ihm ins Wort. «Natürlich hast du eine Berühmtheit gesehen, Scha-hatz. Der Jitney ist für die Berühmten wie geschaffen, er ist auf sie ausgerichtet, es ist geradezu der Streitwagen der Berühmten, der ...»

«Jemand, den ich kenne», verteidigte sich Forbes.

Nora, die ihm den Rücken zugewandt hatte, drehte sich nun zu Forbes um, langsam, langsam, langsam, bis sie ihm Auge in Auge gegenüberstand. «Du hast jemanden *gesehen*, den du *kennst*.»

«Kannte. Jemand, mit dem ich vor langer Zeit mal zusammen gearbeitet habe, bei meinem ersten Agenturjob. Werbeagentur. Sie war ... ich kann mich nicht mehr genau erinnern ... Nora, haben Sie ...» Er lenkte sich dabei die ganze Zeit ab, indem er in seinen Taschen, in den Innen- und Außentaschen, seines verdreckten Leinensakkos herumkramte, nach einem Zeitungsausschnitt kramte, den er schließlich auseinander faltete und mit der richtigen Seite nach oben umdrehte und ihr hinhielt. «Haben Sie das gesehen? Bassett wurde ermordet. Ted Bassett? Diane Foxx' Mann. Es ist einfach nur bizarr. Ich meine, was für ein höchst ungewöhnlicher Zufall. Aber jetzt habe ich, wissen Sie, ich habe ... ich habe Angst. Die Cops wissen Bescheid. Sie wissen von mir und Diane.»

Nora machte einen Schritt auf ihn zu. Sie wollte ihm das Gesicht zerkratzen. «Sie wissen *was* von dir und Diane?»

«Sie, sie, sie wissen, dass ich sie kenne. Sie kannte. Ich bin noch mal zurück, zurück ins Hotel, ich bin zurück ins Hotel, um ihre Tasche zu holen, ihre Handtasche, ihre ... Ich hab Ihnen ja erzählt, dass ich sie dort gelassen hatte. Erinnern Sie sich? Ich hab's Ihnen erzählt. In Ihrer Wohnung, nachdem wir ...»

«Ich erinnere mich», war alles, was Nora sagen konnte.

«Ich bin also zurück. Ein Zimmermädchen. Da war ein Zimmermädchen. Sie ... Sie hat gerufen. Sicherheitsdienst. Sie. Die Polizei.»

Nora ging einen weiteren Schritt auf ihn zu, nicht, um ihm das Gesicht zu zerkratzen, sondern um ihm eine Hand auf die Schulter zu legen. «Diese Frau, die du im Jitney gesehen hast, hast du mit ihr gesprochen?»

Forbes versuchte verzweifelt sich zu erinnern, von welcher Frau sie redete. Dann fiel es ihm wieder ein. «Nein. Nein. Nein, sie saß vorne und ich hinten. Sie hat mich gesehen, als sie sich setzte, sie hat weggeschaut, und dann hat sie mich wieder angesehen, und mir war klar, dass sie mich wiedererkannt hat, aber sie, aber sie, aber sie schien nicht ...»

«Wo ist sie ausgestiegen?»

«Was?»

«Du warst hinten, sie war vorne. Als du ausgestiegen bist, bist du da an ihr vorbeigegangen?»

«Äh, äh, nein. Nein. Sie ist vor mir ausgestiegen.»

«Gut. Sie ist in Westhampton oder in Southampton oder in Water Mill oder in Bridgehampton ausgestiegen. Sie weiß nicht ...»

«In Water Mill», sagte Forbes, als hörte er zum allerersten Mal diesen Ortsnamen. «Sie ist in Water Mill ausgestiegen. Der Fahrer rief ‹Water Mill›, und ich sah, wie sie aufstand. Ich habe nicht zu ihr aufgeschaut. Ich hab auf meinen Schoß gestarrt, als würde ich ein Buch lesen. Ich hab aber nicht gelesen. Ich hab überhaupt nichts gelesen. Ich habe Angst, eine Zeitung zu lesen. Die Illustrierten, alle, die kommen mir so, die kommen mir ausnahmslos so trivial belanglos vor.»

«Hast du was vergessen, Ben, heute oder überhaupt?»

«Nein, ich kann mich, ich kann mich wirklich nicht, kann

mich wirklich nicht erinnern. Eine Pizza. Ich erinnere mich an ein Stück Pizza. Haben Sie, haben Sie, haben Sie zufälligerweise was zu, haben Sie irgendwas zu trinken da?»

Nora dachte, was für eine große wichtige Frage das doch war und was für eine große wichtige Antwort sie darauf hatte. «Ich habe etwas Bourbon im Haus. Ich habe literweise Bourbon. Nehmen wir uns den Stoff vor, okay?»

«Ja», sagte Forbes. «Machen wir das.»

24

«Wir begegnen uns schon wieder», sagte Leeza Benson. Diesmal trug sie schwarze Samtjeans und ein weißes Herrenhemd. Einen schwarzen Kaschmirpullover hatte sie sich über die Schultern geworfen. Kein Hut, keine Mütze. Die Haare hatte sie hochgesteckt, aber ein paar Locken waren entwischt und schienen nun die anderen aufzufordern, ihrem Beispiel zu folgen.

«Sieht so aus», sagte Joe Cullen, geistreicher Kopf und wortgewandter, wenn auch seichter Talkshow-Moderator.

«Hören Sie, das neulich auf den Chelsea Piers tut mir wirklich Leid. Das war ausgesprochen dumm von mir und arrogant. Wenn Sie an meinem Arbeitsplatz auftauchen und Ihre Anwesenheit damit rechtfertigen würden, dass Sie behaupten, Sie wären einfach nur neugierig, fänden die Welt der Models ungeheuer faszinierend, Sie hätten schon immer mal wissen wollen, was da eigentlich so los war, dann wäre ich stocksauer. Also, es tut mir Leid.»

Joe Cullen, Bonvivant, feiner Herr und Mann von Welt, antwortete: «Ich lese die Artikel über die *Haute Couture.*»

Sie runzelte die Stirn und sah ihm direkt in die Augen, weil sie wissen wollte, ob er sich über sie lustig machte. Sie sah, dass er es todernst und absolut ehrlich meinte. «Wirklich», sagte sie, jetzt völlig und zutiefst an ihm interessiert.

«Es ist ... ach, ich weiß nicht ... es ist interessant. Es ist ein Teil des Lebens, genau wie Musik oder Filme oder Bücher.»

«Welcher ist Ihr Lieblingsfilm?», fragte Leeza Benson. «Ich wette, ich mag ihn auch.»

Cullen, der *Cineast*, brütete, wobei er sich Mühe gab, wie der frühe Brando auszusehen, obwohl er eher wie der späte Tom Hanks aussah. «Mein Lieblingsfilm ... Ist schon eine Weile her, seit ich so darüber nachgedacht habe. Ich *hatte* natürlich Lieblingsfilme, ich bin nur nicht ganz sicher, was mein aktueller Favorit ist.»

«Dann eben einer, der Ihnen mal gefallen hat.» Sie war neugierig. Ihre Augen strahlten. Ihre Lippen waren eine Winzigkeit geöffnet wie in Erwartung eines süßen Happens oder eines Kusses.

Er fütterte sie mit etwas Altbewährtem. «Also, *Jules und Jim*, würde ich sagen ...»

«O Gott», fiel sie ihm begeistert ins Wort. «Ist der nicht *wun*derbar? So tragisch, aber dabei auch so ... bittersüß.» Sie berührte seinen Arm und legte ihre Hand darauf, eine heilende Hand, eine Hand mit Hitze darin, Blut und Nerven. Was diese Hand erst alles mit einem anstellen könnte, wenn sich ihre Besitzerin darauf konzentrierte ...

Okay. Alles klar. Höchste Zeit, aus diesem Traum zu erwachen. Es war ein netter Traum, ein großartiger Traum, aber es war Zeit, daraus zu erwachen und professionell zu werden, zu ...

Okay. Jetzt mal ganz langsam. Er konnte genau in *diesem* Augenblick nicht daraus erwachen, denn sie küsste ihn, Leeza Benson küsste ihn, sie hatte den ersten Schritt getan, sie hatte nicht darauf gewartet, dass er es machte, sie stand, genau wie sie zuvor gestanden hatte, dicht vor ihm, aber auch wieder nicht *so* dicht, eine Hand auf seinem Arm, ihre heiße, durchblutete, nervöse Hand, aber sie hatte ihren Hals ausgestreckt und hatte ihre Lippen auf seine gelegt, *unendlich* leicht, so gottverdammt unendlich leicht, dass es so gerade eben auch möglich war, dass sie ihn *nicht* küsste, wäre da nicht, natürlich, die Tatsache, dass ihre Zunge, nun ja, nicht direkt vorschnellte, aber ... nun, auf seinen Zähnen, auf seiner Zunge la-la-la-tanzte.

Und das alles spielte sich in Nelsons Büro ab, Nelson, ein viele, viele Male ausgezeichneter D. C. I. mit gerahmten Fotografien an den Wänden, auf denen er in kameradschaftlicher Umarmung mit Chefinspektoren, stellvertretenden Polizeipräsidenten, Polizeipräsidenten, stellvertretenden Bürgermeistern, Bürgermeistern, stellvertretenden Gouverneuren, Gouverneuren, Gastronomen, Sängern und Sängerinnen, Baseballstars, Footballtrainern, Basketballassen, mit Renee Russo, Joe Pesci und Mel Gibson, mit Spike Lee, mit, aus nur Nelson bekannten Gründen, Jimmy Buffett zu sehen war.

Im Büro eines D. C. I. von einem V. I. auf den Zähnen gela-la-lat zu werden: Eine harte Belastungsprobe für das polizeiliche Abkürzungswesen, im Büro eines stellvertretenden Chief Inspector von einem Vertraulichen Informanten auf den Zähnen gela-la-lat zu werden. Irgendwer – wer immer für solche Dinge verantwortlich war – würde sich eine völlig neue Terminologie einfallen lassen müssen.

All dies geschah in Nelsons Büro, vorübergehend an Sarsfield ausgeliehen, dem biedersten aller Biedermänner, dem verkniffensten aller verkniffenen Böcke, dem schikanösesten aller Schikanierer.

Das war gut. Das war gut für sein Privatleben und es war gut für seine Karriere. Das hier konnte zu nichts anderem führen als zu einer Katastrophe, aber, hey, was ist schon eine kleine Katastrophe im größeren Kontext, im Großen und Ganzen und überhaupt?

Sie stand jetzt eine Idee näher vor ihm. Das Supermodel stand eine Idee näher vor dem Stuporbullen – uuups, sorry, Superbullen. Ich meine, genau das war er doch, oder vielleicht nicht? Ein Superbulle? Musste wohl so sein. Warum sonst sollte sich ein Supermodel so dicht an ihn heranschmiegen und mit ihrer Zunge auf seinen Zähnen la-la-laen, wenn er nicht super war? So nah konnte sie jedem Kerl der Welt auf die Pelle rücken. Es gab auch nicht einen Kerl auf der ganzen weiten Welt, der sie nicht so dicht vor sich stehen lassen würde. Der Dalai Lama würde sie so dicht vor sich stehen lassen. Schon möglich, dass er sie nicht mit der Zunge an seinen Zähnen la-la-laen lassen würde, aber er würde sie absoscheißolut ganz ganz dicht vor sich stehen lassen. Ich meine, er war's wahrscheinlich gewohnt. Ich meine, er hängt mit Richard Gere rum, richtig, und wenn Richard *Gere* mit Cindy Crawford rumhing, hingen die wahrscheinlich alle bei Spago und Mezzaluna oder wie immer der Schuppen heißt rum, und es gab wahrscheinlich Dutzende von Gelegenheiten, wenn Cindy *so* dicht vor seiner Lamaheit stand, ihm ihren Leberfleck zeigte, über Reinkarnation und so Scheiße quatschte.

Leeza Benson kann stehen, wo immer sie stehen will. Sie kann mit ihrer Zunge tun und lassen, was immer sie will – La-la, Cha-cha, Flamenco, Ratatouille, was zum Henker und wonach zum Henker ihr auch immer der Sinn stand. Ein Stupor, ein *Super*bulle kann sie nicht aufhalten. Was soll er denn tun – sie verhaften vielleicht? *Sorry, Ma'am, aber Sie la-laen mit Ihrer Zunge in einer absoluten La-la-Verbotszone. Könnte ich bitte mal Ihre Zulassung sehen?* Denn natürlich würde sie eine Zulassung *haben*, sie würde die offizielle Lizenz zum La-la besitzen. Benson, Leeza Benson, doppel-o-la-la.

Sekündchen. Was ist hier los? Sie verhaftet *ihn*. Sie hat ihre Hand auf seinem Handgelenk, ihre Finger sind um sein Handgelenk geschlungen, sie nimmt ihn in Gewahrsam.

Aber er hatte doch gar nichts gemacht. Weil er es zugelassen hatte, dass sie mit ihrer Zunge auf seinen Zähnen la-late. Na, und? Ist das etwa verboten? Nur sie besitzt die *Lizenz* zum La-la, um Himmels willen.

Sekündchen. Ist das ihre Brust? Ist sie. Es ist ihre linke Brust. Sie hat die Finger ihrer linken Hand um seine rechte Hand geschlungen, und sie zwingt ihn, mit den Fingern seiner rechten Hand ihre linke Brust zu berühren. *Zwingt* ihn. Er will es gar nicht tun. Er hat auch nicht das geringste Interesse daran, es zu tun. Ab-so-lut kein Interesse. Die linken Brüste von Supermodels interessieren ihn nicht. Was im Übrigen auch für rechte Brüste gilt. Linke Brust, rechte Brust – wen interessiert's einen Furz? Eine Brust ist eine Brust, richtig? Linke Brust, rechte Brust – was macht das schon für einen Unterschied? Es macht überhaupt keinen Unterschied. Es ist einfach nur eine Brust.

Okay, sie trägt einen BH. Nein, keinen BH, sondern etwas wie, so etwas wie ein Unterhemd. Nein, kein *Unterhemd*. Sie ist ein *Super*model. Ein Mieder. Okay, also, sie trägt so etwas wie ein Mieder, ein Baumwollmieder. Deshalb ist es ja durchaus nicht so, als fühlte er wirklich ihre *Brust*, nein, er spürt den *Stoff*, ihr Baumwollhemd, ihr Baumwollmieder. Genauso gut könnte er in einer Baumwollfabrik arbeiten und die Baumwolle inspizieren.

Genau das macht er, wird er Sarsfield sagen, falls Sarsfield reinkommen und ihn fragen sollte, was zum Kuckuck er da macht. Falls Sarsfield reinkommt und fragt, was zum Kuckuck er mit der Hand auf der Brust eines Supermodels in Nelsons Büro macht, das Sarsfield vorübergehend benutzt, dann wird er ihm sagen, er inspiziert die Qualität der Baumwolle von Leeza Bensons Hemd, er wird ihm sagen, er habe, wie der Zufall so spielt, gerade eben erst Leeza Benson gegenüber erwähnt, dass sie da aber wirklich ansprechende Baumwolle trage, noch nie zuvor habe er so elegante

Baumwolle gesehen, und sie hätte gesagt, *einfach nur Baumwolle,* und dann hätte sie gesagt, *fühlen Sie doch selbst mal,* ja, und genau das machte er jetzt, sie befühlen, also, nicht sie, es.

«Da ist noch mehr.»

Oh, Scheiße, er träumte nur. Genau das hatte er befürchtet. Er hatte befürchtet, er träume nur und würde aufwachen und nichts von allem wäre wirklich passiert, das alles wäre einzig und allein in seinem Kopf abgelaufen, in seinem wild wuchernden und ungebärdigen Unterscheißbewusstsein.

Er träumte und jemand kam herein und sagte zu ihm: «Da ist noch mehr.»

«Mehr von was?»

«Mehr von mir.»

Moment. Er träumte nicht. Denn es war Leeza Benson, die sagte, *Da ist noch mehr,* und als er sagte, *Mehr von was?,* da war es Leeza Benson, die antwortete: *Mehr von mir.*

Also träumt er nicht. Es ist eine völlig reale Unterhaltung, die er da führt, eine reale Unterhaltung mit Superbenson Leeza Model, auf deren linker Brust seine rechte Hand liegt. Superbenson Model Leeza. Superlisa Model Benson.

«Möchtest du mal sehen?», sagte Supermodel Leeza Benson als Nächstes. Das war das Nächste, was sie sagte. Nicht, *aufwachen, Dummerchen, Schmock, bildest du dir wirklich ein, ich würde dir* nackte *Titten zeigen?* «Möchtest du mal sehen? Nicht jetzt. Ich weiß, jetzt geht es nicht. Aber bald. Sehr bald. So bald wie möglich. Heute Abend. Heute Abend. Bitte, sag mir, dass du heute Abend kommst.»

Und plötzlich stand sie nicht mehr dicht vor ihm, la-la-late mit ihrer Zunge nicht mehr auf seinen Zähnen, umklammerte nicht mehr sein Handgelenk, sodass seine rechte Hand auf ihrer linken Brust lag. Plötzlich beugte sie sich über den Schreibtisch – Nelsons Schreibtisch, an dem in letzter Zeit

Sarsfield arbeitete –, und sie kramte in einer kleinen ledernen Umhängetasche, die sie dort abgestellt hatte, als sie von Mathews in das Büro eskortiert worden war.

Wonach immer sie suchte, sie konnte es nicht finden. Also fing sie an, die Sachen aus der Tasche zu nehmen und auf den Schreibtisch zu legen. Es war wie eine Tasche, die ein Clown in einem Zirkus hat, so reich und üppig war ihr Inhalt.

Ein Mobiltelefon.

Eine kleine Schere.

Ein Schweizer Offiziersmesser.

Mehrere Bleistifte Nummer 2, alle oft und an beiden Enden angespitzt.

Zahlreiche Labellos, Lippenstifte und Lippenbalsame.

Eine Jones-New-York-Sonnenbrille.

Eine Cartieruhr ohne Armband.

Der Abschnitt einer Computereintrittskarte irgendeines Multiplex-Kinos.

Ein Tampax.

Ein winziges Tritonshorn.

Ein ganzer Schwung Visitenkarten – der unterschiedlichen Größe nach von anderen Leuten.

Ein Gummiband.

Und mehr. Viel mehr. Mehr als Cullens Auge Zeit hatte zu inventarisieren in Anbetracht der Tatsache, dass das, was er befürchtet hatte, nun tatsächlich eingetroffen war.

Sarsfield.

An der Tür.

«Ja, ja, ja», sagte Sarsfield.

Er wird sagen, *Ja, was haben wir denn hier?*, dachte Cullen. «Inspector.»

«Was haben wir denn hier?», sagte Sarsfield.

Er wird sagen, *Hoffentlich tun Sie nichts, was ich nicht auch tun würde.* «Ms. Benson ist im Besitz von Informationen im Fall Bassett.»

«Hoffentlich tun Sie nichts, was ich nicht auch tun würde», sagte Sarsfield. «Ist das … *Leeza* Benson.»

«Ms. Benson, darf ich vorstellen, Inspector John Sarsfield. Inspector …»

«John Sarsfield», unterbrach Sarsfield und näherte sich Leeza Benson, dabei als Ersatz für seinen Penis den rechten Arm vor sich ausgestreckt haltend, wobei die Finger seiner rechten Hand ziemlich zuckten.

Sag, ‹Wir begegnen uns schon wieder›, Arschloch.

«Wir begegnen uns schon wieder», sagte Sarsfield.

Er offenbarte Leeza Benson, wie viel ihm diese Begegnung bedeutete, wie sehr er ihre Arbeit bewunderte, was für einen bedeutenden Beitrag sie seiner Meinung nach zur zeitgenössischen amerikanischen Kultur leiste, welchen positiven Einfluss sie seiner Ansicht nach auf die Jugend des Landes ausübte, welches ausgezeichnete Vorbild sie seiner festen Überzeugung nach abgab.

Er kam zum Ende, Sarsfield, wie alle Dummschwätzer es irgendwann mal müssen, und sah sich dann mit der trostlosen Realität konfrontiert, dass all sein schwachsinniger Bockmist auch nicht den geringsten Eindruck auf das avisierte Ziel zeigte, dass sie weiterhin versuchte, sich in eine Position zu manövrieren, aus der sie an ihm vorbeisehen konnte, um Blickkontakt herzustellen mit Cullen.

«Cullen», sagte Sarsfield.

Cullen war komatös. Solche Folgen kann Bockmist haben, wenn er ausgebreitet wird.

«Cu*ll*en», versuchte es Sarsfield wieder. Und dann: *«Cullen!»*

Cullen blinzelte, um zu zeigen, dass er noch lebte. Er legte den Kopf schief, um zu zeigen, dass er noch hörte. Er machte große Augen, um zu demonstrieren, dass er bereit war, sich anzuhören, was immer Sarsfield zu sagen hatte. Er zwang sich, er zwang sich, Leeza Benson nicht anzusehen.

«Ausgezeichnet», sagte Sarsfield. «Gute Arbeit. Ich übernehme das jetzt.»

Cullen stellte die nahe liegende Frage: «‹Das›?»

Sarsfields Gesichtsausdruck war die Miene eines Collegestudenten, der sich nichts mehr wünscht, als dass sein Bruderschaftsbruder nach unten verschwindet und ein bisschen Pool spielt, damit er der süßen kleinen Tri-Delta-Maus eine Stellung zeigen kann, von der er eben erst im *Penthouse Forum* gelesen hat, aber der Bruder gibt vor, die versteckte Anspielung nicht zu checken, er steht einfach nur rum und tut so, als würde er nichts verstehen. Unterhalb seiner Taille, da unten, wo er meinte, Leeza Benson könnte nichts sehen, machte Sarsfield eine kehrende Besenbewegung mit seiner Hand. «Gute Arbeit. Ich übernehme das.»

Cullen wollte schon wieder *‹das?›* sagen, doch Leeza Benson kam ihm zuvor: «Ist schon okay. Er muss nicht gehen. Es macht mir nichts aus, genau genommen wäre es mir sogar lieber so. Er vermittelt mir ein Gefühl von Sicherheit. Deshalb habe ich auch darum gebeten, mit ihm zu sprechen, als ich herkam. Wir haben uns zufällig an der Stelle ... an der Stelle, wo ... Teds Frau ... es ist so ... es ist so ...»

Und Leeza Benson weinte, keine magersüchtigen Supermodeltränen, wie man vielleicht erwartet hätte, sondern große unersättliche feuchte Tränen, die ihr Gesicht schlüpfrig machten und ziemlich unglamourös von ihrer Nasenspitze und ihrer Kinnspitze tropften.

Beim Anblick dieser Tränen ging Cullen *tatsächlich*, nicht etwa, um zu flüchten, sondern um eine Rettungsaktion durchzuziehen. Er lief nach oben und fand Truelove.

«Was ist?», sagte Truelove und schaute von ihrem Schreibtisch zu ihm auf.

«Frag nicht. Komm einfach mit.»

Truelove sah, dass es sich hier nicht um die übliche Krise handelte – die Kaffeemaschine war kaputtgegangen, der Kopierer hatte Papierstau, ein Tatverdächtiger hatte sich im Vernehmungszimmer die Hose nass gemacht – also stand sie einfach auf und folgte ihm.

25

«Was willst du schon wieder?», sagte Cullen.

«Was hab ich denn gemacht?», fragte Mathews.

«Was willst du?»

«Wo ist sie?»

«Mike, wir sind hier nicht in einem deiner Clubs. Du kannst nicht einfach rumrennen und glotzen.»

«Ich frag doch nur. Du hast mit ihr geredet und jetzt tust du das nicht mehr. Ich frag ja nur.»

«Truelove redet mit ihr», sagte Cullen.

Als Mathews zusammenzuckte, sah man ihm die unbeschreibliche Enttäuschung an. «Ich würde dafür bezahlen, sie zu sehen. Würdest du nicht was bezahlen, sie zu sehen, Joe?»

«Ich hab sie gesehen, Mike, gratis, und dann bin ich gegangen, damit sie ein bisschen ungestörter sind. Verstehst du, was ich sage?»

«Was denn nun, willst du den V. I. sehen oder nicht?», fragte Mathews.

«Geh mir nicht auf die Eier, Mike. Ich bring dich um. Ich schwör's bei Gott.»

«Was hab ich denn gemacht? Verstehst du, was ich sage?»

«Truelove ist jetzt bei Leeza Scheißbenson. Das hab ich dir doch gottverdammt gerade erst gesagt.»

Mathews verdrehte die Augen. «Das *weiß* ich. Ich hab dich *verstanden*. Ich *rede* nicht von Leeza *Ben*son. Ich rede von dem *anderen* V. I.»

«Welcher andere V. I., Mike? Zwing mich nicht zu fragen, welcher andere V. I.»

«Der wegen dem Transporter hier ist.»

«Hat jemand den Transporter identifiziert?»

«Sagt er. Du verstehst, was ich sage?»

«Mein Gott, Mike.»

«Was?»

«Bring ihn rauf.»

«Er ist schon oben. Zimmer zwei. Ich sollte besser mitkommen. Ist ein ziemlich kräftiger Bursche. Du verstehst, was ich sage?»

«Ist er hier, um mich zusammenzuschlagen oder um den Transporter zu identifizieren?»

«Man kann nie wissen, du verstehst, was ich sage?»

Der ausgesprochen große kräftige V. I. hatte irgendwas Dickes in der Backe.

Cullen blieb stehen, fühlte sich aber trotzdem erheblich kleiner als der große kräftige V. I. «Mein Name ist Sergeant Cullen», sagte Cullen. «Detective Mathews sagt mir, Sie hätten Informationen für uns.»

«Gibt's eine Prämie?», fragte der große kräftige Bursche.

«Eine Belohnung für was?»

Der große kräftige V. I. sah zu dem Spiegel hinüber, durch den man aus einem kleinen Raum zwischen den Vernehmungszimmern alles beobachten konnte.

«Ist der einseitig verspiegelt?»

«Nein. Eine Belohnung für was?»

«Im Fernsehen sind die immer einseitig verspiegelt.»

«Was kann ich für Sie tun, Sir?»

«Auf der anderen Seite stehen dann die Bullen rum und beobachten den Typ, der verhört wird.»

«Wir haben hier eine Vorschrift, Sir. Die übrigens für die gesamte Polizei gilt. Wenn etwas im Film oder im Fernsehen von Cops gemacht wird, dann dürfen wir es nicht tun. Also, ja, Sie haben Recht, Sir – in Film und Fernsehen benutzen Cops bei Vernehmungen häufig einseitig verspiegelte Fenster. Aber das dürfen wir nicht.»

«Wie steht's mit Aufzeichnungen? Wird das hier jetzt auf Video mitgeschnitten?»

«Hier findet dieselbe Vorschrift Anwendung, Sir. Die zeichnen auf, also dürfen wir nicht aufzeichnen.»

«Das ist wirklich eine *Vorschrift*?»

«Eine Vorschrift für die gesamte New Yorker Polizei. Sagen Sie mir jetzt bitte, warum Sie zu uns gekommen sind, Sir. Es ging um eine Belohnung.»

«Was denn nun, gibt's eine Prämie oder gibt's keine?», fragte der große kräftige V. I. Das Ding in seiner Backe war offensichtlich weich, und er musste es mit der Zunge wieder an seinen Platz zurückschieben. Es hinterließ gelbe Flecken auf seinen Zähnen.

«Eine Belohnung in Zusammenhang mit was, Sir?»

«Dem blauen Van.»

«Und welcher blaue Van könnte das wohl sein?»

«Welcher blaue Van könnte das wohl sein? Na, Leos Van, der blaue Van könnte das wohl sein.»

«Nur, damit ich sicher bin, dass wir hier auch über denselben blauen Van reden, Sir ... Haben Sie von diesem blauen Van *gelesen*, beispielsweise in der Tageszeitung?»

«Ja, ich hab davon gelesen. Ich hab's in der *Post* gelesen.»

«In welchem Zusammenhang?»

«Was soll 'n das wieder heißen, in welchem Zusammenhang?» Der große kräftige Bursche wurde noch größer und noch kräftiger, obwohl er sitzen blieb.

«Haben Sie davon in einer Kleinanzeige gelesen – wurde er vielleicht zum Verkauf angeboten? Gab es einen Artikel über den Künstler, der die Lackierung durchgeführt hat?»

Der große kräftige Bursche legte den Kopf schief. «Dann kennen Sie den Van, den ich meine?»

«Wir glauben den Van zu kennen, deshalb haben wir die Öffentlichkeit ja auch um Mithilfe gebeten. Sie haben also von diesem Van gelesen, aber in welchem Zusammenhang, Sir?»

«Im Zusammenhang mit der Frau, die gestorben ist.»

«Viele Menschen sterben, Sir. Wir sind in New York.»

«Die Frau.»

«Manche davon sind, bedauerlicherweise, auch Frauen.»

«Ist es nicht bedauernswert, dass manche davon auch Männer sind?»

«Jeder einzelne Tod eines Mannes betrübt mich zutiefst», sagte Cullen. «Und jeder einzelne einer Frau.»

Die Stirn des großen kräftigen V. I. legte sich in tiefe Falten. «Häh?»

«Ich bin immer tieftraurig, Sir, wenn jemand stirbt ... Von welcher Frau sprechen Sie, Sir? Wo ist sie gestorben? Oder besser, wie?»

«Sie wissen schon, die auf dem Pier.»

«Sie meinen die Chelsea Piers?» Cullen fragte das nur ungern. Es war immer am besten, wenn die Zeugen es selbst sagten.

«Ja. Chelsea Piers. Die Frau, die dort gestorben ist, auf den Chelsea Piers.»

«Und was hat Leos blauer Van mit der Frau zu tun, die auf den Chelsea Piers gestorben ist?»

«Woher zum Geier soll ich 'n das wissen? Ihr seid hier doch diejenigen, die Leos Van suchen, nicht ich. Ihr seid doch diejenigen, die das in die Zeitung gesetzt haben mit der Telefonnummer.»

«Wie lautet, bitte, Leos Nachname, Sir?»

«Woher zum Geier soll ich 'n das wissen? Er ist einfach, Sie wissen schon, Leo.»

«Wo wohnt denn dieser Leo?»

«Woher zum Geier soll ich 'n das wissen? Brooklyn, glaub ich.»

«Wo arbeitet er? Wo hält er sich normalerweise auf?»

«Leo? Arbeiten? Da muss ich aber lachen. Der sitzt doch den lieben langen Tag auf seinem fetten Arsch und sieht zu, wie andere arme Säcke schuften.»

«Wo sitzt er denn?»

«Im Luigi's, im Hot Club, im Tarzan's, im Madison.»

«Und er ist der Manager dieser Lokale?»

«Manager, Scheiße. Die gehören ihm alle.»

Mathews befand sich bereits auf dem Weg zur Tür, um zu telefonieren.

«Wo geht 'n der jetzt hin?», fragte der große kräftige V. I.

«Seine Frau erwartet ein Baby. Er muss mal kurz telefonieren. Welches Luigi's meinen Sie? Es gibt eine Menge Luigi's?»

«Seine Frau erwartet ein Baby und er ist nicht bei ihr? Das ist nicht richtig. Sagen Sie, gibt's dafür 'ne Prämie?»

«Das Luigi's in Brooklyn? Oder Williamsburgh?»

«Sie müssen doch ein bisschen was Bares dahaben – Sie wissen schon, Drogengeld oder so was. Im Film, im Fernsehen, also, da legen sie einem Spitzel immer einen Riesen hin, wenn er irgendwen verpfeift. Ich verpfeife hier ja keinen, ich erweise hier einen Dienst als guter Bürger, weil jemand gestorben ist. Sie wollen mir doch wohl jetzt nicht verklickern, dass das auch wieder eine von den Sachen ist, die Sie nicht machen, weil das gegen die Vorschrift ist, nur weil die's im Fernsehen, im Film, ja auch so machen?»

«Eine Vorschrift für die gesamte New Yorker Polizei», sagte Cullen.

«Also hören Sie zu» – der große kräftige V. I. schwitzte, er bearbeitete den Knubbel in seiner Backe –, «Sie werden ihm nicht stecken, also, Sie werden Leo nicht erzählen, wie Sie auf ihn gekommen sind, oder? Ich meine, Sie werden ihm doch nicht stecken, wie Sie ihm auf die Schliche gekommen sind, oder? Das würden Sie doch nicht tun, oder doch?»

«Wissen Sie, was Sie sind, Sir?», sagte Cullen.

Der große kräftige V. I. legte den Kopf schief. Ein winziges, gefährliches Funkeln tauchte in seinen Augen auf. «Was soll 'n das jetzt wieder heißen?»

«Wissen Sie, wie wir Sie nennen? Die Polizei?»

Das drohende Funkeln wich Verwirrung. «Ich weiß nicht, was Sie da reden.»

«Sie sind, was wir einen Vertraulichen Informanten nennen. Vertraulich bedeutet, dass wir Ihr Vertrauen nicht enttäuschen, wir nennen keinen Namen, am allerwenigsten der Person gegenüber, über die Sie uns vertraulich informieren.»

Das Gesicht des großen kräftigen Burschen entspannte sich. Ein beinahe ausgelassenes Glitzern trat in seine Augen. Fast kicherte er leise. «Dann sagen Sie also nicht, dass ich so was wie 'ne Ratte bin oder ein Spitzel oder so. Sie sagen, ich bin so was wie, Sie wissen schon, ich teile Ihnen vertrauliche Informazjonen mit oder so.»

«Oder so, allerdings», sagte Cullen. «Und sobald mein Kollege zurückkommt, werde ich ihn bitten, in das Büro zu gehen, wo wir ... Nun, sagen wir einfach mal, wir würden uns freuen, Ihnen eine Kleinigkeit für Ihre Mühen zu geben. Weil Sie ja so ein guter und anständiger Bürger sind.»

«Eine Kleinigkeit wie was zum Beispiel?»

«Einen toten Präsidenten.»

«Welchen?»

«Genau genommen war er gar kein Präsident. Franklin. Ben Franklin.»

«Franklin war kein Präsident?»

«Nein.»

«Hätte er aber sein sollen, verstehen Sie?»

«Ja, vielleicht.»

«Wahrscheinlich war ihm nicht danach oder so.»

«Ja, vielleicht.»

«Außerdem hatte er ja ziemlich viel um die Ohren. Sie wissen schon, wo er doch die Blitze entdeckt hat und alles.»

«Er war ein viel beschäftigter Mann.»

«Nur einen Franklin?»

«Es könnten mehrere sein. Für das, was Sie mir bislang erzählt haben, gibt es nur einen.»

«Was ist denn, wenn, Sie wissen schon, Leo verurteilt wird?»

«Wenn Sie mir etwas sagen, das zu Leos Verurteilung führt, haben Sie ausgesorgt.»

«Was meinen Sie denn jetzt wieder damit? Also, ganz genau.»

«Gott wird auf Sie herablächeln.»

«Gott?»

«Und die himmlischen Heerscharen.»

«Sie verarschen mich, oder was?»

«Was für ein Kautabak ist das da?», fragte Cullen.

Der große kräftige V. I. hob seine Fingerspitzen an die Wange. «Der hier?»

«Sie kauen doch, oder nicht?»

«Ja. Sie wissen schon, wegen dem Rauchen.»

«Aber welche Marke ist es?»

«Skoal. Grobschnitt. Kauen Sie auch?»

Cullen schüttelte den Kopf. «Hab aber mal geraucht.»

«Fehlt's Ihnen?»

«Manchmal.»

«Nach dem Essen, stimmt's? Ein schönes großes Steak, ein schöner großer Scotch. Da will man sich schon mal eine anstecken.»

«Ach, dann eigentlich gar nicht mal. Es fehlt mir nach dem Sex.»

Der große kräftige V. I. hätte um ein Haar seinen Priem verschluckt.

Mathews kehrte zurück.

«He, wie geht's denn Ihrer Frau?», erkundigte sich der große kräftige V. I.

Mathews starrte ihn an. «Meiner Frau?» Er reichte Cullen einen Zettel:

Leo Fetzer

900 Joralemon Street

Cullen faltete das Blatt und gab es ihm zurück. «Nimm Zell und ein paar Uniformierte mit.»

Mathews ging. Truelove kam durch die Tür, bevor Mathews sie schließen konnte. «Auf ein Wort.»

«Gib mir fünf Minuten.»

Sie ging.

«Wer war 'n *das*?», fragte der große kräftige V. I. und kaute gleich schneller.

«Das war mein Partner.»

«Ihr *Part*ner? Muss ganz schön hart sein. Sie nicht alle fünf Minuten zu knallen.»

«Und was genau hat Leo denn nun gemacht?», sagte Cullen.

«Der andere Typ da, dem seine Frau ist gar nicht schwanger, stimmt's? Sie verarschen mich nur. Er war weg, um Leos Adresse rauszubekommen. Das hat doch gerade auf dem Zettel gestanden, oder?»

«Was hat Leo gemacht?»

«Hab ich doch schon gesagt, ihm gehört ein Restaurant und ein paar Clubs.»

«Das *macht* er. Aber was hat er *gemacht*, das Sie auf die Idee bringt, es wäre eine Belohnung wert?»

Der große kräftige V. I. kaute auf seinem Priem. «Dann *gibt's* also ein Preisgeld.»

«Nein, bislang noch nicht.»

Die Stirn des großen kräftigen V. I. verknotete sich in völliger Verständnislosigkeit. «Ich kapier das jetzt nicht. Eben reden Sie noch davon, Sie wollen mir einen Franklin geben, vielleicht auch zwei, und dann ...»

«Hat Leo die Frau umgebracht?», fragte Cullen, trat einen Schritt näher an den großen kräftigen V. I. heran, dann noch einen.

Der große kräftige V. I. hielt Cullens stechendem Blick einen Moment stand, dann senkte er die Augen. «Nein, Sie wissen schon. Er, äh, hat sie abtransportiert.»

«Und Sie haben ihm dabei geholfen.» Noch ein Schritt.

Der große kräftige V. I. sah schräg von unten hoch, dann senkte er schnell wieder seinen Blick. «Nein, Sie wissen schon. Ich, äh, bin nur gefahren, verstehen Sie. Ich tue nur, was man mir sagt.»

«Einen Toten ‹nur zu fahren› ist eine Straftat», sagte Cullen. Ja? War das so? Interessiert aber niemanden. Er wollte nur etwas verdeutlichen. «Der Kerl, der Leo bezahlt hat, um diese Fuhre zu übernehmen. Ein männlicher Weißer, Anfang fünfzig, einsfünfundsiebzig, zweiundsiebzig, braunes Haar, braune Augen, trägt möglicherweise ein dunkelblaues Polohemd, braune Hose, braune Halbschuhe …»

«Allegra», sagte der große kräftige V. I.

Cullen verstummte. Nach einem Augenblick fragte er: «Er heißt Allegra?»

Der große kräftige V. I. verlagerte seinen Priem. «Allegra hat ihn zu uns gebracht. Sie hat ihn abgeschleppt. Oder er hat sie abgeschleppt, ist wahrscheinlicher, denke ich.»

«Hat ihn wo abgeschleppt?»

«Woher zum Geier soll ich 'n das wissen? Im Hot Club. Da strippt sie.»

«Der Hot Club an der Eleventh Avenue? La Club Hot?»

«Kennen Sie noch einen Hot Club?»

«Was hat der Kerl zu Leo gesagt? Darüber, wie die Frau gestorben ist?»

«Es gab noch einen Hot Club, weiter oben im Norden, an der Columbus oder Amsterdam, ich kann die zwei nie auseinander halten. Denen haben wir den Laden aber dichtgemacht. Also, nicht direkt. Wir haben sie überredet, den Namen zu ändern.»

«Hat der Kerl gesagt, warum er keine Hilfe geholt hat? Warum er zu Leo gekommen ist und nicht zu den Cops?»

«Wissen Sie, in was die ihn unbenannt haben? *The Shot Glass*. Wegen dem Neon. Sie wissen schon, die Reklame. Die mussten dann nur ein S kaufen, das vor das H kam, aus dem C haben sie ein G gemacht, aus dem U ein A, das B haben sie abgenommen und stattdessen SS eingebaut. Neonreklamen sind verdammt teuer. Wissen Sie, was man für einen einzigen Buchstaben hinblättern muss?»

«Was ich Ihnen vorhin über Franklin gesagt habe?»

Der große kräftige V. I. schob seinen Priem von einer Seite zur anderen. «Ich erinnere mich, dass Sie Frank*lins* gesagt haben. Frank*lins*.»

«Sie können froh sein, wenn Sie Jefferson zu sehen bekommen, wenn Sie mir die Scheißinfo nicht bald rüberschieben.»

Der große kräftige V. I. spreizte die Hände. «Ich schieb doch jede Menge Info rüber, Mann. Scheiße, mach ich das nicht die ganze Zeit? Ich hab Ihnen alles gesagt.»

Cullen verschränkte die Arme vor der Brust. Schluss jetzt mit Smalltalk.

Der große kräftige V. I. saugte an seinem Priem. «Kann ich das hier irgendwo hinspucken?»

«Schluck's runter, Arschloch.»

Der große kräftige V. I. spuckte den Priem auf den Boden.

«Du blöder Wichser.»

«Hey, redet man so mit mir, mit einem … einem, wie haben Sie mich noch schnell genannt, einem Vertraulichen Informanten?»

«Du bist ein blöder Wichser, denn als du die Frau abgeladen hast, da hast du den ganzen Tatort mit deiner Kautabakspucke eingesabbert. Das ist nämlich unsere einzige Scheißspur, das und eine Pennerin, die sagt, sie hätte einen azurblauen Transporter gesehen. Deshalb, vielen Dank für die Speichelprobe. Außerdem ist es jetzt Zeit, dass ich die Wahrheit erfahre und nicht die Scheiße, die ich bislang gehört habe, denn so oder so kommst du nicht ungeschoren weg, die Frage ist nur, wie viel du kriegst, und das Wieviel hängt ganz allein von dir ab.»

Ein Fehler, denn jetzt stand der große kräftige V. I. auf. Er griff hinter sich, packte den Stuhl, auf dem er saß, zog sich hoch und den Stuhl unter sich weg und richtete sich zu voller Größe auf, und das alles in einer einzigen, fließenden, anmutigen Bewegung, die Cullen niemals bei ihm erwartet hätte.

«Azurblau?», wiederholte der große kräftige V. I., hielt immer noch den Stuhl mit einer Hand ein gutes Stück vom Boden weg, während er die andere Hand zu einer tödlich aussehenden Faust ballte. «Scheiße, was is 'n ‹azurblau›?»

«Setzen Sie sich», sagte Cullen mit einem großen Lächeln auf dem Gesicht, seinem Oberkellnerlächeln. «Ich habe noch ein paar Fragen.»

«Du kannst mich mal», sagte der große kräftige V. I.

Cullens Lächeln wurde breiter. «Nur noch ein paar. Setzen Sie sich. Bitte.»

Statt sich zu setzen, holte der große kräftige V. I. mit dem Stuhl nach Cullens Kopf aus, zielte auf das Lächeln und war bereit, alles auszulöschen, was ihm dabei in die Quere kam.

Er traf nicht. Was Cullen ein gutes Gefühl verlieh. Auch beruhigte ihn, dass der Metalldetektor am Eingang des Reviers funktionierte, denn der große kräftige V. I. war nicht bewaffnet.

Aber warum schob er dann jetzt die Hand, die zuvor eine Faust gewesen war, unter seine Jacke und ergriff etwas, das sich – zumindest in den Händen des großen kräftigen V. I. – als tödlich herausstellen würde?

«Hör zu», versuchte Cullen sein Glück. Der alte *Hör-Zu-*Trick – ein Achselzucken, die zwei Worte, ein Heben der

Hände zu einer quasi päpstlichen Geste, unschuldig, rein, ohne jedes hinterhältig versteckte Motiv. Wie oft hatte er das in seinem Leben bereits versucht – bei streitlustigen V. I.s, bei Verdächtigen, bei erwiesenen Straftätern, bei missmutigen Vorgesetzten und aggressiv-frechen Untergebenen, bei zahllosen Frauen – bei den vielen vielen Leuten, die ihn bei der einen oder anderen Gelegenheit aufs Korn genommen hatten.

Wie üblich klappte es nicht. Der große kräftige V. I. holte erneut mit dem Stuhl aus, verfehlte diesmal sein Ziel knapper und zog die Waffe seiner Wahl aus der Innentasche seiner Jacke, um *sie* in den Zustand der Benutzbarkeit zu bringen: ein Paar waschechte argentinische Bolas.

Zumindest war es das, wofür es Cullen hielt, der Argentinien noch nie näher gekommen war als bis Miami. Zwei unfreundlich ausbalancierte Kugeln, die am Ende einer unfreundlichen kurzen Lederpeitsche hingen. Oder hieß es Bolos? Und war es richtig, von *einem Paar* Bolas – oder Bolos – zu sprechen, oder war die Waffe einfach *eine* Bola? Oder ein Bolo?

Cullen sehnte sich nach einem Lexikon, sehnte sich danach, in einem ruhigen Winkel einer Bibliothek darin zu schmökern, in einem alten Ledersessel.

«Aha ... Schon mal in Buenos Aires gewesen, was?», fragte Cullen, wobei er es auszusprechen versuchte wie Mabel Segura es aussprechen würde: Bwei nos Ei rreis. Wie *ging's* eigentlich Mabel? Er hatte schon lange nicht mehr mit ihr geredet. Er sollte sie mal wieder anrufen. Er sollte sie *jetzt sofort* anrufen.

Aber vorher wäre es keine schlechte Idee, seinen Kopf aus dem Weg dieser Bola oder Bolas zu schaffen, diesem Bolo oder Bolos, der oder die genau auf seinen Kopf zugeschossen kamen, mit einer Geschwindigkeit, die erheblich größer war als jene Geschwindigkeit, die mit dem nun ausrangierten Stuhl erreicht worden war.

Bei der Rettung seines Kopfes vor der totalen Bola- beziehungsweise Bolorisation, trat Cullen rückwärts gegen einen Papierkorb neben dem Schreibtisch, verlor dadurch das Gleichgewicht und knallte auf den Arsch.

Statt Cullen dort, wo er lag, zu Tode zu bola- beziehungsweise bolorisieren, marschierte der große kräftige V. I. schnurstracks zur Tür und hinaus, ja schloss sie sogar hinter sich wie ein wohlerzogener junger Mann.

Ein Glück, hätte Cullens Mutter gesagt, dass wir den los sind.

Nur, er war noch nicht weg, der große kräftige V. I. Beweis dafür war der Schrei, der nun von der anderen Seite der Tür hereindrang, zu real.

Ein vertrauter Schrei. Soll heißen, kein Schrei, den Cullen schon mal gehört hatte, sondern eine Stimme, die Cullen schon einmal gehört hatte und von der er sich vorstellen konnte, dass sie so klang, wenn sie schrie. Wenn *sie* schrie. Nicht, dass er sich je wünschen würde, dass sie schreien müsste. Zumindest nicht so. Anders vielleicht, vielleicht vor … schierem Vergnügen. Aber nicht so, nicht … nun, so verzweifelt.

Cullen ging zur Tür und öffnete sie und ging den Flur hinunter in die Richtung, aus der das Schreien kam, und da, wie er es bereits erwartet hatte, umschlossen von einem Arm des großen kräftigen V. I., dessen anderer Arm die Bolos oder Bolas drohend durch die Luft wirbeln ließ, war Leeza Benson.

Truelove war als Erste und aus kürzester Entfernung dort eingetroffen und stand jetzt da in der typischen Kauerstellung, die bei Verhandlungen mit Geiselnehmern einzunehmen war, teils offensiv, die Arme angewinkelt wie beim Karate, teils defensiv, den hinteren Fuß nach hinten gerichtet.

«Yo. Bruder. Lass die Lady einfach los. Du tust ihr weh», sagte Truelove.

«Verschwinde einfach, Lady», sagte der große kräftige V. I. «Zisch ab.»

«Lass sie los.»

«Zisch ab.»

Und so weiter. Ein Dialog, der scheinbar endlos so fortgesetzt werden kann.

In diesem Augenblick arbeitete Cullen an einem Plan. Er schnappte sich einen Ballon, einen dieser mit Helium gefüllten Dinger, wie man sie für Geburtstage in der Blumenabteilung eines Supermarkts kaufen kann. Das Ding baumelte einfach da, das Edelgas schon halb verdunstet, die Schnur um eine Heftzwecke am Schwarzen Brett an der Wand des Flurs gebunden. Nichts stand auf diesem Ballon, keine Ankündigung einer Party, rein gar nichts. Er war einfach da, von jemandem dort hingehängt, der ihn nicht mehr sehen konnte, wo immer er zuvor gewesen war.

Und Cullen schnappte sich ihn. Und er gab ihm einen Schubs, stieß ihn, beförderte ihn – ungefähr in die Richtung des großen kräftigen V. I.

Der zurückzuckte, und genau wie Kingkong angesichts eines popligen kleinen Doppeldeckers, zuckte der große kräftige V. I. zurück und lockerte seinen Griff um Faye – sorry, Leeza Benson, und drehte sich, um den Ballon zu vertreiben, und verhedderte sich in seinen Bolos oder Bolas oder seinem Bolo oder seiner Bola, und Cullen kam dicht an den großen kräftigen V. I. heran und drückte den Lauf seiner Neunmillimeter unter das Kinn des großen kräftigen V. I. und sagte: «Eine Bewegung – eine einzige – und du bist ein toter Mann.»

Und Truelove rückte näher und Mathews und ein ganzer Haufen Uniformierter und sogar Sarsfield, sie alle rückten dem großen kräftigen V. I. dicht auf die Pelle, denn jeder wollte später sagen können, er oder sie waren dabei gewesen, ja, sogar die weiblichen Cops wollten sagen, sie waren bei der Rettung von Leeza Benson dabei gewesen.

Aber allen war sofort klar, dass es der Ballon gewesen war, der das Kunststück vollbracht hatte, und damit Cullen.

«Du bist ein verdammtes Ass», sagte Truelove, legte einen Arm um Cullens Schultern. Was ihre Art war zu sagen, der Ballon hat's gebracht, der Ballon hat die Bestie erlegt.

Und dann ließ Truelove Cullen los und übergab ihn Leeza Benson, die ihre Arme verschränkt hatte, sich selbst umarmte, die Ellbogen überlappend, die Fingerspitzen weit nach hinten über den Brustkorb streckend, danach strebend, sich in der Mitte ihres Rückens zu berühren, ganz allein stand sie mitten in einer Ansammlung von Cops, New Yorks so genannten Besten, ausgebildet und trainiert und fit und erfahren und bis auf den letzten Mann und die letzte Frau hilflos in dieser Situation, denn traurige Tatsache des Lebens ist doch, dass kein Mensch weiß, was er mit einem Supermodel in Not machen soll, keiner weiß, wie in diese wunderschöne Festung einzudringen und dem zerbrechlichen kleinen Mädchen darin Hilfe zu bringen und Trost zu spenden ist.

Das heißt, niemand außer Joe Cullen – der Ballon-Mann, wie ihn irgendwer todsicher am nächsten Tag nennen würde. Oder Joe der Ballon. Joe der Ballon Cullen schob sich durch die Menge hilfloser Männer und Frauen, die sich um Leeza Benson scharte.

Als er sicher war, dass sie keine Angst mehr haben würde, überquerte er das letzte Stück mit einer Anmut und Würde, die noch nie jemand an ihm bemerkt hatte, einer geradezu ballettesken Grazie mit einer Statur und einem guten Aussehen, das ebenfalls noch nie zuvor jemand bemerkt hatte. Kurz und gut, er sah aus wie ein gottverdammter Filmstar, wie ein Superheld, wie ein … ein Gott.

Die Herzen der Frauen im Raum schmolzen dahin, und sie ballten die Hände und vergruben die Fingernägel in ihren Handflächen, um sich zu kasteien, weil sie Joe der Ballon Cullens Göttlichkeit bislang nicht bemerkt hatten. Und die Herzen der Männer im Raum zogen sich vor Neid zusammen, und sie ballten *ihre* Hände und vergruben *ihre* Fingernägel in *ihren* Handflächen, und sie kniffen die Augen zusammen, bis sie zu harten Kügelchen wurden, und diese Kügelchen feuerten sie aus ihren Augenhöhlen ab und schleuderten sie Joe der Ballon Cullen entgegen, der auf Leeza Benson zuging, und dabei hofften sie, ihn niederzustrecken, bevor er sie erreichen konnte, bevor er eine Hand ausstrecken und sie berühren konnte, bevor sie vor Eifersucht niedergestreckt wurden, weil sie mit ansehen mussten, wie sich ein Scheißbulle und ein Superscheißmodel gottverdammt mitten auf dem Flur eines Scheißreviers *vereinigten*.

Sie waren nicht vorbereitet, niemand war vorbereitet, Joe der Ballon Cullen war bestimmt nicht vorbereitet auf das, was dann *tatsächlich* passierte.

Was dann *tatsächlich* passierte, war Folgendes: Leeza Benson hörte auf, ihre Fingerspitzen weit nach hinten zu strecken und zu versuchen, sich die Fingerspitzen in der Mitte ihres Rückens berühren zu lassen. Sie löste sich, kurz gesagt, aus einer defensiven, beschützenden Haltung und spannte sich für einen winzigen Augenblick zu einer anderen Haltung an, einer aggressiven Haltung, einer Angriffshaltung, und verließ diese Haltung mit einem Schwinger, schwang mit aller Kraft ihren rechten Arm, die Finger der rechten Hand zusammengepresst, den rechten Daumen parallel zu den Fingern ausgerichtet, wodurch sich ihre rechte Hand in eine starre Angriffswaffe verwandelte.

Eine starre Angriffswaffe, mit der sie Cullens linke Wange schlug, und sie schlug ihn dann, weil er so benommen war, dass er nicht einmal die Hand an die Wange hob, um den Schmerz zu lindern, gleich noch einmal.

«Wo sind wir denn hier eigentlich?», brüllte Leeza Benson. «Kein Mensch ist sicher. Das hier ist ein Polizeirevier.»

Und dann zog sie den Kopf ein und drängte sich durch die

Menge hilfloser Männer und Frauen, ließ im Zentrum des Kreises in der Mitte der Zuschauermenge, dazu verdammt, auf ewig angestarrt zu werden, Joe der Ballon Cullen zurück.

Wenn die Action erst einmal vorbei ist, wenn das Supermodel einen Abgang gemacht hat, dann hielt eine Menschenmenge ihren homogenen Zustand nicht sehr lange aufrecht, sie waberte, franste an den Rändern aus, wurde an der einen Stelle komprimiert und an der anderen auseinander gedrückt. Sie verlor ihren Mittelpunkt, sie verlor ihren klar umrissenen Umfang, sie verlor ihre Form, sie verlor ihren Zweck, bis sie schließlich nicht mehr existierte, bis nur noch Joe der Ballon Cullen übrig war, ganz allein, eine völlig bedeutungslose Person.

Schließlich trat Janet Truelove zu Joe und legte eine kühle Handfläche auf seine heiße Wange. Sie zuckte die Achseln, schüttelte den Kopf und sagte: «Kann man nichts machen.»

Cullen nickte einmal. «Ja.»

Truelove zog ihre Hand zurück. Sie wartete einen angemessenen Moment. Dann sagte sie: «Wohin jetzt? Zum Boss von diesem Wichser?»

Detective Sergeant Joe Cullen schüttelte den Kopf. «Schick Mathews. Wir gehen in den Club Hot.»

«In den Stripperschuppen?»

«Du hast's gecheckt.»

Truelove runzelte die Stirn. «Du bist doch nicht...?»

«Nein.»

26

«Lass uns irgendwo hingehen, wo wir reden können, Allegra», sagte Cullen.

Oben auf der Bühne drehte sich eine Tänzerin mit kurzen, weiß gebleichten Haaren zu «Proud Mary».

«Ein Tabledance kostet einen Hunderter», sagte Allegra. «Siehst du Tommy – den Typ da ohne Hals? Aber ich muss dir sagen, dass Quatschen nicht dazugehört.» Sie reckte ihr Kinn Richtung Truelove. «Wird sie zusehen? Das kostet extra. Frag Billy, wie viel. Ich mach das zum ersten Mal, wenn eine Alte dabei zusieht. Kann sein, dass ich nervös werde, weiß noch nicht.»

Truelove zückte ihre Marke. «Poo-liiiie-zei.»

«Ich hab nie irgendwen belästigt», sagte Allegra. «Ich versuche nur, ein paar Mäuse zu machen. Ich studiere in echt Tanz. Schon mal was von Eric Hawkins gehört?»

«Plains Daybreak», sagte Cullen.

Allegra starrte ihn an. «Heilige Scheiße. Du *hast* schon von ihm gehört?»

«Setzen wir uns an den Tisch da. Ist ein bisschen ruhiger.»

Allegra schüttelte den Kopf. «Weil der ein bisschen abseits steht. Lasst uns hier sitzen. Ist zwar offen, dafür aber auch ungestörter, falls du verstehst, was ich sage. Alle sehen Rita zu, für uns interessiert sich kein Schwanz. Rita ist gut. Sie ist eine der Besten. Und alles an ihr ist hundert Prozent Natur. Ihr seid nicht wegen dem Tanzen hier, stimmt's? Ihr seid wegen Mister Shane hier.»

Cullen verharrte mitten in der Bewegung. «Shane?»

«So hab ich ihn genannt», sagte Allegra. «Tatsächlich kenne ich seinen richtigen Namen gar nicht. Er hat nie Wert darauf gelegt, sich mir vorzustellen.»

«Erzähl uns von ihm, Allegra», sagte Truelove.

«Springt was für mich dabei heraus?», fragte Allegra. «Oder was?»

«Wir können dir eine Kleinigkeit geben», sagte Cullen.

«Du bist irgendwie süß.»

«Tu's nicht», sagte Truelove und legte beide Hände energisch auf den Tisch, «sag ihm nicht, dass er süß ist.»

«Wenn du willst, dass sie dir sagt, dass du süß bist, dann

kostet das was. Ein Dreier kostet extra.» Das kam von Ohne-Hals-Tommy, der sich neben dem Tisch aufbaute und dessen Arme aufgrund ihrer Muskelpakete nicht wie bei jedem normalen Menschen seitlich am Körper herabhingen.

«Das sind Cops, Tommy», sagte Allegra. «Die wollen über irgendwas mit mir quatschen.»

«Ach, ja? Um was geht's denn?» Selbst Tommys Stirn hatte Muskeln, und die ließ er jetzt spielen.

«Hau ab, Tommy», sagte Allegra.

Aus Gründen, die nur den beiden allein bekannt waren, machte Tommy genau das.

«Wollt ihr Leute 'ne Coke?», fragte Allegra. «Ist mit Wasser verdünnt.»

«Verzichte», sagte Cullen.

«Verzichte», sagte Truelove.

Allegra legte ihre Fingerspitzen sorgfältig nebeneinander auf die Tischkante. Sie holte tief Luft und kicherte. «Als Kind hat mir mein Klavierlehrer immer gesagt, wenn ich kurz davor stehe, irgendwas zu machen, dann soll ich so tun, als wollte ich gleich Klavier spielen. Ich soll meine Hände so hinlegen, ich soll tief Luft holen und mich konzentrieren.»

«Es hat tatsächlich ausgesehen, als wolltest du gleich Klavier spielen», sagte Cullen.

Allegra lächelte ihn an. «*Wirk*lich?»

Truelove beugte sich zu ihm vor, bis er sie anschaute und ihren zornigen Blick sah.

«Erzähl uns von diesem Shane», sagte Cullen.

Allegra sah ihre Hände an. Sie holte wieder tief Luft. Sie begann zu spielen.

«Ja. Schön. Das erste Mal hab ich ihn auf dem Weg aus der Garderobe gesehen. Also, *ich* kam aus der Garderobe, nicht er. *Er* stand im Flur, vor dem Telefon, und starrte mich an. Er machte keinen Platz, also sag ich: ‹Hi, Süßer. Hast'n Geist gesehen?›, und ich hab ihm dann gesagt, er soll sie schön von mir grüßen. War nur Spaß. Ich meine, wahrscheinlich dachte er, ich erinnerte ihn an seine Frau oder Freundin oder weiß ich. Das erzählen einem die meisten Typen. Die Typen, die auf Blondinen stehen, haben blonde Frauen oder Freundinnen, die Typen, die auf Brünette stehen, haben brünette Frauen oder Freundinnen, die Typen, die auf Rothaarige stehen. Also, die sind schon 'ne Ausnahme, denn es gibt nicht viele Rothaarige, und manche Typen *wollen* in echt eine Rothaarige, weil sie ja noch nie eine kennen gelernt haben.

Jedenfalls, ich ging also zur Theke und bestellte mir eine Margarita, und dann war er da, an der Theke, und ich musste über ihn lachen, denn Sally Dutton – kein Mensch nennt sie einfach Sally, es ist immer Sally Dutton –, Sally Dutton war gerade an der Stange, und sie zeigt ihm den Mittelfinger, was ich nicht kapiert hab, weil, er hat nicht gesabbert oder so. Ich hab sie am nächsten Tag drauf angesprochen, und sie hat gesagt, er hätte sie durch die offene Garderobentür angeglotzt, als er darauf wartete, das Telefon benutzen zu können. Ist bescheuert, oder nicht? Ein Mädchen vögelt die Stange so wie Sally, verschwendet keinen Gedanken an all die Typen, die ihr dabei zusehen. Dann kommt einer von denen aus dem Club, in normaler Straßenkleidung, und versucht ihr in den Ausschnitt zu glotzen, und sie rastet aus.

Na ja, jedenfalls, ich geh also zu ihm rüber, ich: ‹Spendier mir einen Drink.› Ich hatte überhaupt keine Hintergedanken. Er ... na ja, er sah irgendwie einsam aus, was hier nicht gerade 'ne Seltenheit ist, *und* er sah irgendwie nett aus, das ist selten. Echt, du bist der erste nette Typ, der hier reingekommen ist, seit er gegangen ist.»

«Er ist kein», sagte Truelove scharf, «netter Typ.»

«Was ist eigentlich mit dir los?», fragte Allegra. «Zuerst faselst du, er ist nicht süß, dann faselst du, er ist nicht nett. Du bist in ihn verknallt, stimmt's? Ich meine, klar, du bist sein

Partner und alles, und du musst immer voll der Profi sein, aber du bist trotzdem in ihn verknallt.»

«Mädchen», sagte Truelove. «Das ist eine lange Geschichte. Dafür haben wir jetzt keine Zeit. Erzähl uns einfach den Rest.»

Allegra zog eine Schnute. Sie ließ sich zurücksinken. Sie sah aus, als wollte sie protestieren, so behandelt zu werden. Dann atmete sie durch die Nase ein und aus. Sie leckte sich über die Lippen. Sie lockerte ihre Zunge. Sie erzählte ihnen den Rest.

«Er nahm einen Tonic, einfach nur einen Tonic mit Limone. Ich bestellte einen Margarita. Ich sagte ihm meinen Namen. Er darauf, das ist aber ein netter Name. Ich fragte, ob ich rauchen dürfte. Er, na klar. Dann ich, du hast mal geraucht, stimmt's, weil, Leute, die früher selbst mal geraucht haben, die haben nämlich nichts dagegen, wenn man raucht, Typen, die noch nie geraucht haben, die reißen einem den Arsch auf. Ich, was führt dich hierher, dann er, war gerade in der Gegend. Dann ich, woher kommst'n, und er» – sie machte ihre Stimme schroff – «‹nicht von hier›. Ich dann, die meisten Typen erzählen mir alles, die erzählen mir sogar, wie ihr Hund heißt, weil sie denken, je mehr ich über sie weiß, desto eher hab ich Bock, es mit ihnen zu treiben. Dann hat er was ganz Komisches gemacht. Er, ‹Bill›. Und ich dann, bist du das oder ist das dein Hund. Und er, ‹mein Hund›. Das war witzig, echt. Vielleicht hätten Sie dabei sein müssen …

Jedenfalls, ich dann so, und wie heißen deine Kinder, und er, red über was anderes, und ich, das ist cool, über was willst'n reden, und er, wie lange ich schon strippe, und ich darauf, ich weiß, du denkst, ich bin neunzehn, aber ich strippe schon seit elf Jahren, und urplötzlich» – sie machte ihre Stimme wieder tief – «‹Allegra?› Und ich so, äh, oh, jetzt kommt der ernste Teil der Unterhaltung. Und er, kennst du jemanden, der gegen Bezahlung Sachen macht –»

«Sachen?», unterbrach Cullen. «Hat er das gesagt?»

Allegra dachte nach. Ihr Gesicht verzog sich unter der Anstrengung des Erinnerns. Sie bewegte lautlos ihre Lippen, spielte mehrere verschiedene Möglichkeiten durch. Sie reckte die Schultern. Sie leckte sich über die Lippen. Sie holte tief Luft. Sie atmete aus. «Er, kennst du jemand, der gegen Bezahlung *alles* macht? Mit den meisten Typen würde ich über Sex reden, wenn die so was sagen, aber ich wusste, der redet nicht von Sex, der redet davon, jemanden auszuknipsen. Also antwortete ich, tja, da ist Leo.»

«Leo Fetzer», unterbrach Cullen.

Allegra lehnte sich weit von ihm zurück. «Süß *und* smart.»

«Es reicht!», sagte Truelove.

Allegra schmollte. «Ich *sag's* doch nur.»

«Was ist dann passiert?», fragte Cullen. «Hast du ihm Leos Nummer gegeben?»

Immer noch schmollend, schüttelte Allegra den Kopf. «Ich hab ihn *hin*gebracht.»

«*Wohin?*»

Sie zuckte ungeduldig mit der Achsel. «Na, zu Leo eben.»

«Zu ihm nach Hause?»

«In sein Restaurant.»

«Luigi's?»

Noch ein Achselzucken. «Ja.»

«Und?»

«Bist du sicher, dass ich's dir sagen soll, oder willst du mir sagen, was ich dir sagen werde?» Nachdem das gesagt war, wirkte Allegra hochmütig und königlich.

«Erzähl's uns.»

«Leo war gerade beim Abendessen. Pasta.» Sie lachte. «Ich meine, er ist voll das Klischee, der Leo, der stammt direkt aus einem Film. De Niro, Pacino, Jimmy Caan in *Der Pate*. Er zieht sich die Streifen rein und übt. *The Ratpack*, auf HBO, vor ein paar Jahren? Den hat er auf Video aufgenommen, er hat ihn sich so oft reingezogen, er kann's auswendig. Seine Lieblingsstelle – nicht aus diesem Film, aus einem anderen Film, weiß auch nicht, aus welchem, jedenfalls mit Sinatra, Dean Martin und denen allen –, da schnippt er mit den Fingern und sagt: ‹Keine Torten›, womit er meint, keine Mädels im Raum, die Männer reden jetzt über Geschäfte.» Sie lachte, schnippte zweimal mit den Fingern und sagte: «Keine Torten.» Sie lachte wieder und sagte: «Als würden tausend Torten Schlange stehen, um Leos Alte zu werden. Im Wesentlichen war da nur Rickie, sein Packesel.

Leo isst also zu Abend, Rickie war irgendwo hinten in dem Raum, da, wo er immer rumlungert, kaut seinen Kautabak oder weiß ich, welche Scheiße er durchkaut, spuckt das Zeug in eine Tasse, oooh Gott, ist das ekelhaft, und Leo sagt, ich hab dich noch nie gesehen, und Ben, ich komme von außerhalb, dann Leo, du hältst mich bestimmt für einen typischen Spaghetti aus 'nem Film oder so, und Ben dann, ja, genau das denke ich, und Leo, siehst du, Allegra, ich wusste doch, was der denkt, und ich darauf, du bist absolut erstaunlich, Leo, du paranoider Wichser. Das hab ich natürlich nicht gesagt, ich hab einfach nur *wow* gesagt.

Und Leo dann, setz dich doch, und dann sagt er, treibst du's mit ihr, womit er mich meinte, und Ben so, nein, und dann wieder Leo, ob ich ihn bumse, und ich, nein, und er, zu blöd, ihr beiden seht echt klasse aus oder so was Ähnliches, und ich, Leo, Ben hier hat ein Problem. Und Leo dann, was bin ich denn, aus Holz vielleicht, hab dich schon beim ersten Mal verstanden.

Aber dann sagt Ben nicht etwa, können wir jetzt zum geschäftlichen Teil übergehen, nein, er sagt, kann ich ein Stück von dem Brot haben, ich hab seit gestern nichts mehr gegessen, ich fühl mich ganz schwach, ich kippe sonst noch aus den Latschen. Zuerst reagiert Leo so, wo hast du den denn aufgegabelt, wie kommst du gottverdammt dazu, mir hier so einen Kerl anzuschleppen, aber er gibt ihm trotzdem ein Stück Brot, und er reißt sogar noch ein Stück von seinem ab und tunkt's in die Soße von seinen Spaghetti und gibt's ihm, und dann sagt er, was willst du sonst noch, willst du Pasta, willst du Hühnchen, willst du einen Appetithappen. Ben dann, Suppe, ich nehme etwas Suppe, deshalb dann Leo, bringt dem Mann was Minestrone. Ben dann, ich bezahl das auch, aber Leo nobel, das geht aufs Haus, du bist hergekommen, weil du mich bitten willst, was für dich zu erledigen, wer bin ich denn, soll ich dir vielleicht 'ne Schale Suppe berechnen?»

«Dann hat Ben Leo also gebeten, etwas für ihn zu erledigen?», fragte Cullen.

«Nein», sagte Allegra. «Aber Leo wusste Bescheid. Ich meine, warum wären wir sonst wohl bei ihm? Leo ist nicht blöd.»

Cullen nickte. Er sah Truelove an, die ihre Mundwinkel zusammendrückte, um nicht laut loszuprusten. «Weiter.»

Allegra fuhr fort. «Also sagt Leo, willst du was zu trinken, was Wein, was Bier, und Ben so, Wasser, ich nehme einfach nur etwas Wasser, darauf Leo: ‹Wasser?›, was ist denn in Wasser, du kannst nicht einfach nur Wasser nehmen, du musst was Richtiges trinken, was mit Nährstoffen drin. Leo hat wirklich ‹Nährstoffe› gesagt. Und Ben dann, ich nehm Mineralwasser, was Leo nicht mehr so auf die Palme brachte, er konnte schon nachvollziehen, warum jemand ein Mineralwasser haben will.

Nachdem er gegessen und getrunken hat, meint Ben, ich kann's mir leisten zu bezahlen, mein Geschäft läuft gut, ich mache in Werbung, und Leo, woher kommst du überhaupt, und Ben, das würde ich lieber nicht sagen, und Leo, tja, da ich dich vor heute Abend noch nie im Leben gesehen habe, und Allegra auch nicht, brauche ich wirklich so was wie eine Referenz, du verstehst, was ich meine, und Ben packt einen

Umschlag mit drei Riesen aus, in Zwanzigern, und Leo dann, genau von so einer Referenz rede ich, und weiter, um welche Art von Geschäft handelt es sich denn, bei dem du meine Dienste brauchst, und Ben darauf, in meinem Zimmer im Algonquin liegt eine Tote, sie hatte einen Herzinfarkt und ist gestorben.

Dann Ben, ich kann die Polizei nicht verständigen, weil sie sich beim Fallen den Kopf aufgeschlagen hat, und das ganze Bad ist jetzt voll Blut, und die werden doch sofort denken, ich hätte sie erschlagen. Außerdem werden sie denken, wir wären da gewesen, um zu, Sie wissen schon, um zu vögeln, denn sie hatte nichts mehr an. Er so, sie hat sich ausgezogen, weil sie duschen wollte, sie war sauer auf mich, sie war sauer wegen irgendwas, das ich gesagt habe, sie wollte mich aus dem Pelz waschen. Das hat er wirklich so gesagt. Also, nein, wo ich jetzt so drüber nachdenke, *Leo* war derjenige, der das gesagt hat. Ben sagte, sie wollte duschen, um mich abzuwaschen oder so, und Leo dann, darauf kannst du einen lassen, die wollte dich aus dem Pelz haben. Kennen Sie das Lied, von *South Pacific*, ‹I want to wash that man right out of my hair, I want to wash that man ...›»

«Kennen wir, ja», sagte Cullen.

«... right out of my hair, and send him on his way.»

«Nette Stimme», kommentierte Truelove.

«Danke», sagte Allegra.

«Komm zum Ende», sagte Cullen.

Allegra schmollte wieder. «Du bist süß, aber du bist auch ein bisschen gemein.» Sie sah Truelove achselzuckend an. «Ich kann nichts dran machen, er ist süß.»

«Er ist *nicht* süß», sagte Truelove. «Und komm endlich zum Ende.»

Allegra sah aus, als könnte sie jeden Augenblick losheulen. Mit kläglicher Stimme fuhr sie fort: «Ben, ich kann nicht zu den Cops gehen, sie war verheiratet, ihre Ehe lief schlecht, die Cops werden denken, sie wollte wieder zu mir zurück, ich hätte ihr einen Korb gegeben, sie hätte mich angebaggert wie nur was, und ich hätte sie dann umgebracht.

Er stand praktisch in den Startlöchern, er dann, machen wir's einfach, zünden wir diese Kerze an. Leo sitzt immer noch da, er will noch einen Espresso und einen Cognac, er will wissen, was Ben will. Ich sag, *ich* hätte gern einen Margarita, und Ben dann, er nimmt einen Scotch auf Eis. Der Kellner bringt uns die Drinks, Leo, na schön, Ben, was hast du diesem Mädchen denn erzählt, dass sie so sauer wurde? Ben so, ich hab ihr gesagt, sie soll aufhören zu saufen.

Was denn?» Allegra schnipste mit einem Finger zwischen Cullen und Truelove herum. «Was hab ich denn gesagt? Warum glotzt ihr zwei euch so an? Kommt schon, ich versuch doch nur, euch zu erzählen, was passiert ist.»

«Dann hat er diesen Drink getrunken?», fragte Cullen.

«Ja, er hat den Drink getrunken. Was soll das Theater? Er hat ihn bestellt, er hat ihn getrunken. Was soll's?»

«Und was ist dann passiert?», sagte Truelove.

«Was dann passiert ist? Dann ist das passiert, was bei Leo immer passiert. Keine Torten. Er schnipst mit den Fingern, er sieht mich an, er sagt, keine Torten, diesmal musste ich gehen, Rickie, Leos Mädchen für alles, sorgt dafür, dass ich auch wirklich gehe, die dachten nicht mal dran, mir ein Taxi zu rufen, diese billigen Wichser, ich musste erst eine Szene machen.»

«Dann bist du also gegangen und hast keine Ahnung, welche Vereinbarung getroffen wurde», sagte Truelove.

«Keine Torten bedeutet keine Torten.»

«Sonst weißt du nichts mehr?»

«Nicht direkt. Ich weiß, dass er jetzt wahrscheinlich in East Hampton ist.»

«Wer?»

«Ben.»

«Verarsch uns nicht, Allegra. Warum ist er in East Hampton?»

«Weil ich bezweifle, dass er sehr viele andere Angebote bekommen hat. Ich habe ihn seitdem nicht mehr hier gesehen, und der Laden hier ist so was wie sein zweites Zuhause geworden.»

«Er ist nochmal hergekommen?», sagte Cullen. «Nach dem ersten Mal?»

«Das versuche ich euch doch gerade zu sagen», sagte Allegra. «Es ist wahrscheinlich Sonntag oder Montag gewesen. Das erste Mal war er am späten Freitagabend hier. Ich hab ihn an der Bar gesehen, ich bin rüber, ich so, na, wen haben wir denn da, er, Margarita, richtig? Und ich, nein, eigentlich heiße ich *nicht* Margarita, und er, dein *Name* ist Allegra, du *trinkst* Margaritas. Ich musste lachen, weil ich gedacht hatte, er dachte, ich *heiße* Margarita, also ich dann, wie heißt *du* denn, und er, mein Name spielt keine Rolle, dann wieder ich, tut's *wohl*, wir sind wie unsere Namen. Ich fange an, ihm zu verklickern, dass mein Name ‹glücklich› bedeutet, dann er so, das wusste ich schon, er hätte ein paar Sprachen studiert. Es kommen nicht direkt viele Typen her, die Sprachen studieren. Die meisten sind Höhlenmenschen, und das ist dann auch schon *alles*.

Jedenfalls. Also. Er bestellt Margaritas für uns beide, ich dann so, na, na, wir sind erwachsen geworden, was, als du das letzte Mal hier warst, hast du noch Prickelwasser getrunken, wie der Schwächling in *Mein großer Freund Shane*. Sie wissen schon der Film? Er darauf, das war kein Schwächling, er war ein Profikiller, und ich, bist du das auch, hast du diese Frau umgelegt? Ich weiß nicht, warum ich das gesagt habe, ich hab's einfach getan. Ich wusste, dass er sie nicht umgebracht hatte.

Er dann, sie war da und dann war sie nicht mehr da, man kann keine Dinge sagen, von denen man sich wünscht, man hätte sie gesagt, man kann keine Sachen zurücknehmen, von denen man sich wünscht, man hätte sie nicht gesagt, es war aus, es war vorbei, keine Chance mehr, irgendwas zu tilgen, zu revidieren, zu korrigieren. All diese komplizierten Worte hat er wirklich gesagt. Kann mich noch genau dran erinnern. Ich hab ihn damit aufgezogen, dass er sich anhört wie ein Dichter.

Und jetzt kommt der wirklich traurige Teil. Ich sagte, was hast du überhaupt hier zu suchen, was machst du in diesem Club? Ich hab ihn das gefragt, aber die Antwort kannte ich schon. Er, das sagt er mir nicht, weil ich dann nur lachen würde. Ich, ach, werd ich schon nicht, ich werde bestimmt nicht lachen. Er dann, ich bin hier, weil du der einzige Freund bist, den ich habe. Es war so schrecklich traurig.»

Allegra saß einen Augenblick still da, erinnerte sich an die Traurigkeit. Dann schüttelte sie die Erinnerung ab und machte mit der Zunge ein Geräusch, als hätte sie einen schlechten Geschmack im Mund. «Und ob ihr's glaubt oder nicht, dann tauchte Nora McLelland auf.»

«Moment! Eine Sekunde», sagte Truelove. «Nora McLelland? *Die* Nora McLelland?»

«Unglaublich, was?»

«Kennst du sie?», fragte Cullen. «Du kennst Nora McLelland?»

«Ich *kenne* sie nicht», sagte Allegra. «Ich *lese* sie. Ich bin ein Fan von ihr.»

«Und ich bin ein Fan von Patricia Barber und die taucht nicht einfach so *auf*», sagte Truelove.

Allegra rümpfte die Nase. «Wer ist denn Patricia Barber?»

«Erzähl uns einfach, was dann passiert ist», sagte Cullen.

«Ich *versuch's* ja», sagte Allegra.

«Erzähl's einfach.»

Allegra atmete bockig durch die Nase aus. «Sie ist einfach aufgetaucht, sie sagt, du steckst in neuen Schwierigkeiten, womit sie Ben meint, und er darauf, wie hast du mich gefunden, und sie zeigt ihm eines von denen hier.» Allegra deutete mit einer Fingerspitze auf ein Club-Hot-Streichholzheftchen. «Sie sagte, sie hätte seine Taschen durchsucht.

Sie machte irgendeine saublöde Bemerkung über meinen Job. Frauen machen so was immer. Es ist, als ob sie alles darüber wissen wollen, sie sind fasziniert, aber sie können nicht einfach fragen, sie müssen einen immer auch demütigen. Ich bin das gewohnt, aber ich kann euch sagen, weh tut's trotzdem. Ich meine, ich sag dann, ich bin ein Fan von Ihnen, meine Schwester ist auch ein Fan, meine Schwester hat ihre Tochter nach Ihnen benannt, und sie, und wie kommst du dann an diesen miesen Job?

Jedenfalls, Ben sagt, was für Schwierigkeiten meinst du, und Nora dann, Dianes Mann ist tot, und ich, hieß sie so, Diane? Und Nora, du hast es ihr *erzählt*? Und dann sagt sie, oh, richtig, du bist ja hierher gekommen, um die Sache erledigen zu lassen –»

«Um was erledigen zu lassen?», fragte Cullen.

«Na, die *Leiche* loswerden», sagte Allegra. «Passt du nicht auf?»

«Komm zum Ende, Allegra», erinnerte Truelove.

Diesmal übersprang Allegra den Schmollmund. Sie kam einfach zum Ende:

«Nora zeigte Ben die *Post* mit einer Story über Diane Foxx. Ich glaube, es war die *Post*. Kann aber auch die *News* gewesen sein. Sie, du musst sofort aus der Stadt verschwinden, du musst dich verstecken. Ich, du kannst bei mir bleiben. Sie, falls du überhaupt irgendwo bleibst, solltest du bei mir bleiben, in East Hampton, in meinem Apartment über einer Boutique für Modeklassiker, Time After Time, es ist nicht abgeschlossen, geh einfach die Treppe rauf. Sie schrieb ihre Nummer auf ein Streichholzheftchen, aber dann sagte sie, du brauchst vorher nicht anzurufen. Dann ging sie. Und das war's.

Also, nicht ganz. Ich hab noch einen letzten Versuch gestartet, ihn zu überreden, bei mir zu bleiben. Ich sagte, ich wär eine gute Köchin, was schon stimmt, ich sagte, ich könnte mir absolut vorstellen, dass ich wahrscheinlich mit ihm schlafen wollte, was ja auch stimmte. Er hat mich dann einfach nur angesehen. Die meisten Männer, wenn ich denen gegenüber erwähne, dass ich mit ihnen schlafen möchte, die sagen dann sofort, okay, lass es uns machen. Aber er sagte nur – es war ja so schrecklich traurig –, er sagte nur: ‹In unserem nächsten Leben.› Dann trank er sein Glas aus und ging. Seitdem hab ich ihn nicht mehr gesehen.

Ihr werdet jetzt auch gehen, stimmt's?», sagte Allegra. «Ich werde keinen von euch je wieder sehen.»

Sie meinte beide, obwohl sie keinen ansah. Da sie es spürten, sahen sie sich ebenfalls nicht an, sie starrten einfach nur auf den Tisch.

Schließlich schob Cullen seinen Stuhl zurück und stand auf. «Danke, Allegra.»

Truelove nahm eine Visitenkarte heraus und legte sie auf den Tisch. «Danke.» Sie stand ebenfalls auf.

Allegra las die Karte. «Truelove. Nett. Wahre Liebe.»

«Ist nur ein Name», sagte Truelove.

«Namen sind alles», sagte Allegra. «Mein Name bedeutet glücklich.»

«Wir melden uns, falls wir noch was wissen wollen», sagte Cullen.

«Willst du mir deine Karte nicht geben, Süßer?», fragte Allegra.

Cullen kramte eine heraus und gab sie ihr.

«‹Joseph Cullen, Detective Sergeant›.» Sie drehte die Karte um und sah auf die Rückseite. Sie war leer, aber sie studierte sie dennoch, als enthielte sie die eigentliche Botschaft.

Cullen trat einen Schritt zurück. «Wir melden uns.»

«Klar.»

Und noch einen. «Bis bald. Danke.»

«Hey, ich verpfeife andauernd Leute.»

Er drehte sich um und verließ den Club Hot, ging hinaus in die wirkliche Welt. Truelove war bereits draußen.

«Wer ist Patricia Barber?», wollte Cullen wissen.

«Wie konntest du verdammt nochmal nur so was tun?», sagte Truelove.

«Was tun?»

«Mich zwingen, dort zu sitzen, in einem Scheißstripperschuppen. Du hast gedacht, ich fahr drauf ab, stimmt's? Und darauf bist *du* abgefahren.»

«Janet, *mein* Gott.»

«So war's doch. Das hat dich angeturnt. Bruder, du hast ein Problem mit Frauen, das eine Meile breit und zwanzig Meilen lang ist. Ich weiß nicht, was deine Mutter mit dir gemacht hat, und ich will's auch gar nicht wissen.

Scheiße, ich weiß ja, dass du enttäuscht bist, weil das Supermodel in aller Öffentlichkeit so auf dich losgegangen ist. Ich weiß, dass du sauer bist. Aber das gibt dir noch lange nicht das Recht, mich in die Pfanne zu hauen. Scheiße, ich bin dein Partner. Ja, es ist nur vorübergehend, aber wer zum Teufel weiß schon, was mit Mabel passieren wird. Ist doch gut möglich, dass sie beschließt, scheiß der Hund drauf, ich mach auf Berufsunfähigkeit. Also ist es durchaus drin, dass wir beide auf längere Sicht zusammen sind, aber selbst wenn's nur für vorübergehend ist, musst du mir gegenüber ein bisschen Respekt zeigen. Scheiße, ich versuch's zumindest bei dir. Und jetzt lass uns aufsatteln und losreiten.»

«Tut mir Leid», sagte Cullen. «Wahrscheinlich hast du Recht.»

«Da gibt's kein Wahrscheinlich», sagte Truelove.

«Du hast Recht. Du hast Recht und mir tut's Leid.»

«Sag nicht dauernd, dass es dir Leid tut. Zeig's mir. Wie heißt es noch gleich in deinem Programm? Man muss Wiedergutmachung leisten, richtig?»

«Ja.»
«Also, dann sag nicht, es tut dir Leid. Leb's einfach.»
«Sollen wir aufsatteln und losreiten?»
«Kein Scheiß. Nächster Halt ... East Hampton.»

27

«Was willst du jetzt machen?», sagte Nora. Sie lag flach auf dem Rücken auf dem Boden.

«Ich weiß nicht», sagte Forbes. «Was wollen Sie machen?» Er lag flach auf dem Boden neben ihr.

«Wir haben nie miteinander geschlafen ... Oder?»

«Nein. Nein, haben wir nicht.»

«Wir könnten aber.»

«Weiß nicht so recht», erwiderte Forbes. «Mein Kopf.»

«*Dein* Kopf?»

«Wir könnten was trinken.»

«Hab gerade nachgesehen. Wir haben alles weggetrunken.»

«Was meinen Sie damit, ‹hab gerade nachgesehen›?»

«Ich hab gerade nachgesehen, als ich zum Pinkeln aufgestanden bin.»

«Als Sie aufgestanden sind, um sich einen zu genehmigen, wollen Sie wohl sagen. Ohne es mir zu sagen.»

«Weißt du, welches Lied ich liebe?», fragte Nora.

«Sehen Sie? Es stimmt also. Sie versuchen, das Thema zu wechseln.»

«Ich *versuche* nicht, das Thema zu wechseln. Ich *wechsle* das Thema. Ich liebe ‹Tubthumping›.»

«Waren Sie beim *est*?», fragte Forbes.

«Ob ich ein Nest war? Was ist ein Nest?»

«Beim. *Est*. Waren Sie. Bei dem. *Erhardt seminar training*?»

«*Est*. Gott. Ich hab seit Jahren nicht mehr ans *est* gedacht.

Das waren doch diese Selbsthilfegruppen mit eingebauter Gehirnwäsche, richtig?»

«Haben Sie das mitgemacht?»

«Mitgemacht? Gott, nein. Wie konnte man bei so was mitmachen? Keine Pinkelpausen. Leute brüllen sich gegenseitig mit ‹Arschloch!› an. Und das *waren* Arschlöcher, wenn sie sich die Pinkelpausen verbieten ließen. Wie hieß noch gleich der Guru der Truppe? Werner Erhardt?»

«Da hätten Sie sich nicht auf einen Drink rausschleichen können», sagte Forbes.

«Was ist *mit* dir? Ich bin nicht auf einen Drink rausgeschlichen. Ich bin aufgestanden, um zu pinkeln.»

«*Ich* bin aufgestanden, um zu pinkeln, und ich habe dabei nicht rein zufällig bemerkt, dass nichts mehr zu trinken da war. *Sie* sind zum Pinkeln aufgestanden, und Sie haben rein zufällig bemerkt, dass nichts mehr zu trinken da war. Für mich bedeutet das nur eines: Sie haben bemerkt, *dass* noch etwas zu trinken da war, und Sie haben es getrunken.»

«Du bist ein Arschloch.»

«Sie können mich mal.»

«Nur ein Arschloch würde zum Trinken aufstehen, ohne mitzukriegen, ob noch was da war. Scheiße. Ich meine, nur ein Arschloch würde zum *Pinkeln* aufstehen, ohne mitzukriegen, ob noch was zu trinken da war.»

«Sehen Sie? Vielen Dank, Herr Freud.»

«Freud. Was hat Freud damit zu tun?» Nora schnipste rhythmisch mit den Fingern. Sie sang: «What's Freud got to do, got to do with it?»

«Hör sich einer das an, Whitney Houston.»

«Tina Turner, meinst du wohl.» Und sie sang wieder: «I get knocked down, but I get up again. You're never going to keep me down.»

«Das ist von Tina Turner.»

«Das ist von Chumbawamba. Das ist ‹Tubthumping›. Das

ist der Song, den ich liebe. I get knocked down, but I get up again. You're never going to keep me down.»

«Das ist ‹Tubthumping›?»

«Was hast du gedacht, was das ist?»

«Hab nie drüber nachgedacht. Hab immer den Sender gewechselt.»

«Du hast ‹Tubthumping› abgedreht?»

«Wer sagt das noch gleich? ‹Nicht abdrehen.›»

«Larry Sanders.»

«Larry Sanders. ‹Wir sind gleich wieder da. Nicht abdrehen.› Gott, Larry Sanders fehlt mir.»

«*Dir* fehlt Larry Sanders? *Mir* fehlt Larry Sanders. Ich hatte mal einen Freund, wenn wir uns verabschiedeten, er ging zur Arbeit, ich ging zur Arbeit, dann sagte er: ‹Nicht abdrehen.› Ich hab's einfach *geliebt*, wenn er das sagte. Ich hab's *geliebt*.»

«Schon komisch», sagte Forbes. «Wir haben nie miteinander geschlafen, aber irgendwie bin ich eifersüchtig auf diesen Freund.»

«Du hast eine Frau. Ich bin nicht eifersüchtig. Du *hattest* eine Freundin. Du hast sie umgebracht. Ich bin nicht eifersüchtig.»

«Das ist grausam. Sie ist gestorben. Ich habe sie nicht umgebracht.»

«Tut mir Leid. Du hast Recht. Es war grausam ... Warum hast du mich gefragt, ob ich beim *est* war? Gott, ist das schwer auszusprechen. Beim. *Est*. Vielleicht sind die *est*-Gruppen ja deswegen ausgestorben. Es war zu schwer auszusprechen, dass man dabei war.»

«Ich hatte mal eine Freundin, die war dabei.»

«Die, die gestorben ist?»

«Eine andere.»

«Du hattest eine Menge Freundinnen plus eine Frau, und ich bin immer noch nicht eifersüchtig.»

«Wissen Sie auch, warum das so ist?»
«Weil ich ein gefestigter Mensch bin?»
«Das liegt daran, dass Sie eine Frau sind.»
«Kommt jetzt wieder diese Orgasmus-Sache?»
«Genau.»
«Oh, Gott, nicht die Orgasmus-Sache. Das ist so simpel.»
«Leicht für Sie zu sagen. Sie haben sie.»
«Orgasmen?»
«Multiple Orgasmen.»
«Jetzt habe ich sie nicht.» Nora lachte.
«Aber Sie haben.»
«Ich habe sie nicht jetzt.»
«Aber Sie *haben*. Geben Sie's doch zu.»
«Ich gestehe.»
«Genau.»
«Aber es bleibt schrecklich simpel. Weil ich multiple Orgasmen habe, werde ich nicht eifersüchtig?»
«Nicht nur Sie. Es geht nicht nur um Sie. Es geht um alle Frauen. Ein Mann hat einen Orgasmus, und damit ist die Sache für ihn eine ganze Weile erst mal erledigt. Manchmal nur für Stunden, häufiger einen Tag. Manchmal für Tage.»
«Jesus. Du bist kein besonders potenter Kerl.»
«Selbst wenn er von einer Frau zur anderen zieht, kann er nichts mit ihr machen, wenn er was mit der Ersten gemacht hat.»
«Wie putzig.»
«Eine Frau kann einen Mann vögeln, kommen, sich anziehen, zur nächsten Tür gehen, einen anderen Mann vögeln, kommen, sich anziehen, um den Block gehen, einen anderen Mann vögeln, kommen...»
«Okay, okay. Ich hab's verstanden.»
«Also, da muss man doch eifersüchtig werden?»
«Ich *habe* verstanden.»
«Sie streiten es also nicht ab. Streiten Sie's nicht ab.»

«Ich versuche doch gar nicht, es abzustreiten.»

«‹Versuchen.› Deshalb habe ich nach *est* gefragt. Meine alte Freundin sagte, man könnte nicht *versuchen*, etwas zu tun. Entweder tut man's oder man tut's eben nicht.»

«Die alte Freundin, die. Beim. *Est*. War?»

«*Ja*, um Himmels willen. Weiter so.»

Nora lachte. Sie lachte und lachte. Sie zog die Knie an die Brust und lachte. Sie stöhnte und seufzte erschöpft nach ihrem Gelächter. «O Gott, das war witzig.»

«Was war witzig?»

Nora lachte wieder. Sie lachte und lachte. Sie zog die Knie an die Brust und lachte. Sie stöhnte und seufzte wieder erschöpft. «O Gott.»

«*Was* war da so witzig?»

«‹Weiter so.›» Nora lachte wieder. Sie lachte und lachte wieder. Sie breitete die Arme aus, war völlig erschöpft vom Lachen.

«Ich habe nicht versucht, witzig zu sein.»

«Du warst *nicht* witzig. Christina Ricci war witzig.»

«Ich denke ja gar nicht dran zu fragen, wer Christina Ricci ist oder was sie mit allem zu tun hat. Wenn Sie's mir sagen wollen, dann werden Sie's mir schon noch sagen.»

«Christina Ricci hatte eine Hauptrolle in *The Opposite of Sex*. Sie hat die Geschichte erzählt. Hat sie. Erzählt. Das ist genauso schwer zu sagen wie. Beim. *Est*. Also ist sie die Erzählerin, richtig, und an einer Stelle kämpft sie mit einer anderen Figur um eine Kanone ...»

«Der Erzähler interagiert mit einer anderen Figur?»

«Ja. Was ist damit nicht in Ordnung?»

«Ich hätte gedacht, der Erzähler würde nur erzählen.»

«Es ist ihre Lebensgeschichte, also erzählt sie sie auch. Ich habe viele solcher Filme gesehen.»

«Nennen Sie mir einen.»

«Schön, *Sunset Boulevard* zum Beispiel, Arschloch.»

«Nicht nötig, so feindselig zu werden. Ich versuche nur, alles zu verstehen.»

«Ich erzähle eine kleine bedeutungslose Anekdote und du *ana*lysierst sie.»

«Ich versuche nur zu verstehen.»

Nora lag einfach da.

«Machen Sie *wei*ter», sagte Forbes.

«Mir ist nicht danach.»

«Leck mich doch.»

«Hättest du wohl gerne.»

«Unsere Beziehung – die ist auch irgendwie das Gegenteil von Sex, finden Sie nicht auch?»

«Wir haben keine Beziehung.»

«Genau das sage ich ja.»

«Willst du was über den Film hören oder nicht?»

«*The Opposite of Sex*?»

«*Ja*.»

«Vergessen Sie's, wenn Sie so gereizt sind.»

«Sie kämpft also mit diesem Kerl um diese Kanone ...»

Forbes drückte sich die Hände auf die Ohren. «Ich will nichts davon hören.»

«... und die Kanone geht los, und sie liegen beide mit geschlossenen Augen da ...»

«Ich höre nicht zu.»

«... und am Ende schlägt sie die Augen auf, und ihr Begleitkommentar sagt: ‹Du hast doch wohl nicht geglaubt, *ich* wäre tot, oder? Ich bin die *Er*zählerin. Kommt, Leute. *Weiter so.*›» Nora lachte. «Es war *so* witzig.»

Forbes nahm die Hände von den Ohren. «Ich habe kein Wort von dem gehört, was Sie gesagt haben.»

«Affenscheiße.»

«Hab ich nicht.»

«Affenscheiße. Du hast es *ver*sucht, aber du hast es gehört. Also hatte deine alte Freundin Recht, stimmt's?»

«In diesem speziellen Fall.»

«Genau ... Wie kommen wir darauf? Wie sind wir darauf gekommen?»

«Sie haben irgendwas gesagt.»

«*Ich* hab irgendwas gesagt?»

«Lassen Sie uns etwas zu trinken besorgen», sagte Forbes.

«Es kann nichts gewesen sein, was *ich* gesagt habe. Ich habe überhaupt nichts *gesagt*.»

«Lassen Sie uns was zu trinken besorgen.»

«Okay.»

«Haben Sie ein Auto?»

«Wir brauchen kein Auto. Das Spirituosengeschäft ist direkt an der Ecke, du erinnerst dich? Mach *weiter*.»

«Mit einem Auto geht's leichter.»

«Die liefern auch nach Hause, du erinnerst dich? Gott. Sie haben schon was geliefert. Wir sind gute Kunden.»

«Mit einem Auto geht's leichter.»

«Was redest du da? Was *ver*suchst du, mir damit zu sagen? Du versuchst etwas zu sagen, aber du sagst es *nicht*.»

«Mit einem Auto geht's leichter, uns umzubringen.»

«Dachte mir schon, dass du das meinst.»

«Sehen Sie? Ich habe nicht *ver*sucht, es zu sagen, ich *habe* es gesagt.»

«Ich *sagte*, ich dachte, dass du das sagst.»

«Und? Haben Sie einen Wagen?»

«Ich benutze immer den von Barbara, wenn ich mal einen brauche.»

«Super.»

«Meinst du, ‹Super›, lass ihn uns holen, oder meinst du es ironisch, weil es nicht toll ist?»

«Was meinen Sie?»

«Ach, leck mich doch. Du hängst mir zum Hals raus.»

«*Sie* hängen mir zum Hals raus.»

«Dann geh doch. Geh.»

«Ich meinte, weil's gar nicht super ist. Wir können uns nicht im Auto von jemand anderem umbringen.»

«Nein.»

«Ich meine, wir können nicht gegen einen Brückenpfeiler donnern oder einen Schlauch vom Auspuff ins Wageninnere leiten.»

«Nein.»

«Nicht, wenn's der Wagen von jemand anderem ist.»

«Ich sagte doch, nein. Ich bin ganz deiner Meinung.» Nora lachte.

«Was?»

«Ich habe darüber ein Buch geschrieben.»

«Über uns?»

«Über zwei Menschen, die sich umbringen wollten, indem sie mit einem Auto von der Throg's Neck Bridge fuhren, aber es war nicht ihr Wagen.»

«Und?»

«Und sie konnten's nicht tun.»

«Und?»

«Sie *kamen* schließlich ums Leben, während der Flucht vor den Cops bei einer wilden Verfolgungsjagd. Sie verloren die Kontrolle über den Wagen – also, *sie* verlor die Kontrolle über den Wagen, sie saß am Steuer – und überschlugen sich im Lincoln Tunnel.»

«Wie Prinzessin Di.»

«Nicht direkt. Prinzessin Di ist gegen eine Säule gekracht. Im Lincoln gibt's keine Säulen.»

«Finden Sie da Ihre Ideen?»

«Woher soll ich meine Ideen kriegen?»

«Von aktuellen Ereignissen.»

«Ich hab's nicht auf Prinzessin Di aufgebaut. Ich hab's frei erfunden. Prinzessin Di floh nicht vor der Polizei, sie war kein Selbstmordkandidat und sie saß auch nicht am Steuer. Sie starb in einem Auto in einem Tunnel. Ende der Parallelen.»

«Fliehen sagt kein Mensch.»
«Leck mich.»
«Darauf kommen wir noch», sagte Forbes. «Ich denke, wir sollten jetzt miteinander schlafen.»
«Bevor oder nachdem wir uns umbringen?»
«Haben Sie eine Kanone? Tragen Krimiautoren keine Kanonen?»
«Ich hab 'ne Idee», sagte Nora. «Lass uns einfach so weiterreden und wir langweilen uns beide zu Tode.»
Der Summer an der Tür erklang.
Sie rührten sich nicht. Sie atmeten kaum noch.
Der Summer.
«Wer ist das?», flüsterte Forbes.
«Woher zum Henker soll ich das wissen?», raunte Nora.
«Vielleicht ist es Barbara.»
«Sie hätte vorher angerufen.»
«Tja, wer ist es?»
«Woher zum *Teufel* soll ich das wissen?»
«Sehen Sie nach. Können Sie aus dem Fenster sehen?»
«Nein.»
«Ich werd nachsehen.» Forbes stand auf und ging ans Fenster.
«Herr im Himmel», sagte Nora.
Forbes kehrte zurück. «Ich kann nichts sehen.»
«Bah.»
Der Summer.
«Meinen Sie, es sind die Cops?»
«Hast du einen Streifenwagen gesehen?»
«Nein.»
«Dann glaube ich auch nicht, dass es die Cops sind.»
«Tja, wer ist es dann?»
«Ich. Weiß. Es. Nicht.»
Der Summer.
«O Scheiße», schimpfte Nora.

«Was?»

«Ich weiß wieder. Das ist Dingbums – Lester.»

«Wer?»

«Lester. Lester. Er ist Schriftsteller. Ich hab ihn in einem Taxi kennen gelernt.»

«Sie haben ihn in einem Taxi kennen gelernt.»

«Lass es, okay? Wiederhole nicht in diesem monotonen ungläubigen Ton, was ich gerade gesagt habe. Wenn du ein Problem mit etwas hast, das ich sage, dann sag's einfach.»

«Ich versuche nur alles zu verstehen.»

Der Summer.

«Weißt du, warum er vor der Tür steht? Weil ich berühmt bin und er nicht. Er macht das, um seinen Namen in die Zeitungen zu bringen, damit ihn dann irgendein Verleger anruft, und dann wird er nicht mehr nur in Deutschland veröffentlicht.»

«Ich verstehe *wirklich* nicht.»

«Ach, leck mich. *Leck* mich.»

«Ich habe eine Idee», sagte Forbes.

«Denk nicht mal dran. Du solltest froh sein.»

Der Summer.

«Scheiße», sagte Nora. «Scheiße, Scheiße, Scheiße.»

«Lassen Sie uns die Cops rufen und denen sagen, wo wir sind.»

«Ach, das ist aber mal eine glänzende Idee. Besser noch, warum gehen wir nicht einfach runter aufs Polizeirevier? Unterwegs kommen wir am Spirituosengeschäft vorbei, da springen wir dann auf eine letzte Dröhnung noch kurz rein.»

«Wir brauchen jetzt Alkohol.»

«Ja, das tun wir. Wir *brauchen* Alkohol.»

«Wenn wir ihn nicht kriegen, könnten wir sterben.»

«Wär möglich.»

Der Summer.

«Oh, halt endlich die Schnauze. Halt die Schnauze, halt die Schnauze, halt die Schnauze.»

«Ich finde immer noch, dass es eine gute Idee ist», sagte Forbes.

«Ist es. Die Schnauze zu halten ist eine gute Idee. Aber du tust es nicht.»

«Ich meinte, die Cops verständigen. Ich glaube, die Cops zu verständigen und denen zu sagen, wo wir sind, ist eine gute Idee. Die werden kommen, es wird eine wilde Schießerei geben, wir werden sterben. Was das Beste ist.»

«Die Sache hat nur einen kleinen Haken, Arschloch.»

«Wir haben für die Schießerei keine Kanone.»

Der Summer.

«Bingo.»

«Was für einen Herd haben Sie?»

«Woher zum Teufel soll ich das wissen? Was bist du? So was wie ein Gourmetkoch? Es ist ein Herd.»

«Ist es ein *Gas*- oder ein Stromherd?»

«Ach. Ich verstehe. Gas.»

«Tja, dann haben Sie jetzt Ihre Antwort.»

«Ich schätze, das könnte wohl so sein.»

«Sie wollen es eigentlich gar nicht tun, stimmt's? Sie wollen nicht sterben?»

«Es besteht ein kleiner Unterschied in unseren Situationen. Der Typ, den ich umgebracht habe, den habe ich in Notwehr umgebracht. Die Frau, die du umgebracht hast...»

«Ich habe sie nicht umgebracht.»

«Schön, okay, du hast sie nicht umgebracht. Aber sie ist völlig unbekleidet in deinem Hotelzimmer gestorben. Das ist erheblich schwerer zu erklären.»

«Der Typ, den Sie umgebracht haben, hatte nichts an. Haben Sie mir das nicht selbst erzählt? Haben Sie nicht gesagt, Sie wären beide splitternackt gewesen?»

«Wir haben gevögelt, Schätzchen.»

«Er ist gegangen.»

«Natürlich ist er gegangen. Er ist tot.»

«Lester. Lester ist gegangen.»

Nora legte den Kopf schief. «Ich glaube, du hast Recht.»

«Ich brauche einen Drink», sagte Forbes.

«Ich auch.» Nora machte sich auf den Weg ins Schlafzimmer.

«Rufen Sie den Spirituosenladen an», rief er ihr nach.

«Nein, wir müssen hier raus. Lester wird Barbara finden oder zu den Bullen gehen. Er ist ein Tugendlamm. Außerdem ist er auf Ruhm aus. Er wird in *Hard Copy* und *A Current Affair* und *Access Hollywood* auftreten.» Nora kehrte mit einem Arm voll Kleider zurück. «Zieh das hier an.»

Forbes mühte sich ab, die Kleidungsstücke zu glätten, die sie ihm reichte. «Das ist ein *Kleid.*»

«Zieh's an. Sie suchen einen Mann und eine Frau.»

«Und was ist *das*?» Forbes wedelte mit Kleidungsstücken herum.

«He, das ist eine echte Motorradjacke aus den Fünfzigern. Du hast kleine Füße, richtig? Ich werde dir was holen, das du anstelle dieser schwulen Halbschuhe anziehen kannst.»

«Das sind Cole-Haans», sagte er, aber sie war schon wieder im Schlafzimmer verschwunden.

Sie kam mit einem Paar schwarzer Doc Marten's zurück. «Du hast kleine Füße, richtig?»

«Das *sagten* Sie bereits.»

«Und?» Sie lachte. «Ich weiß. Du denkst, dass ich denke, wenn du kleine Füße hast, dann musst du auch einen kleinen Schwanz haben. Sagt man das nicht, kleine Füße, kleiner Schwanz?»

«Wenn Sie's sagen. Sie sind die Expertin.»

«Zieh dich an. Du wirst in dieser Jacke und diesem Kleid und diesen Schuhen heiß aussehen. Ich sehe heiß aus, aber du wirst wirklich heiß aussehen.»

«Warum mache ich das schon wieder?»

«*Tu's* einfach.»

Forbes drückte die Kleider an sich. «Ich ziehe mich im Bad um.»

«Sei nicht albern.»

«Ich ziehe mich im Bad um.»

«Bitte *sehr.*»

Während er im Bad war, kehrte Nora in den begehbaren Kleiderschrank zurück und kam mit einem Hillary-Clinton-Strohhut und einer großen Sonnenbrille mit Horngestell wieder heraus. Auf Zehenspitzen schlich sie zur Tür ins Bad und ließ sie auf dem Boden davor liegen, wie ein Friedensangebot.

Als er herauskam, mit dem Hut und der Sonnenbrille und der Jacke und dem Kleid und den Stiefeln, pfiff Nora anerkennend. «Du siehst *so* heiß aus.»

«Leck mich.»

«Oh, das würde ich. Ich würde dich jetzt vögeln. Du siehst *so* heiß aus.»

«Warum ‹würde›? Warum nicht werde?»

Sie gab ihm einen Kuss auf die Wange. «Weil wir jetzt los müssen, Schatz. Das letzte Kapitel. Aber jetzt ist es perfekt, ehrlich. Vorher waren wir Bonnie und Clyde, was ich offen gesagt langweilig finde, aber jetzt sind wir Thelma und Louise.»

28

«Verzeihen Sie, Sie sind Cullen, nicht wahr?», fragte der Mann in der Mets-Jacke.

«Was bist du, so was wie ein Held?», sagte Truelove. «Wildfremde Leute begrüßen dich auf der Straße in den *Hamptons?*»

«Wer sind Sie?», sagte Cullen.

«Joe Cullen, richtig?»

«Wer sind *Sie*?»

«Ich habe Sie im Triangle gesehen, im St. Thomas More. Ich habe Sie sogar einmal auf dem La Guardia gesehen, bei diesem Meeting für Reisende. Ich bin Jerome, Jerome Lester.»

Cullen winkte ab. «Oh, ja. Ich erinnere mich an Sie. Hi, wie geht's?»

«Sie arbeiten, stimmt's? Arbeiten Sie an einem Fall?»

«Ja, hören Sie, ich würde ja wirklich wahnsinnig gern mit Ihnen plaudern, aber wie Sie schon sagten, ich arbeite, ich bin...»

«Sie suchen Nora McLelland, stimmt's? Sie wohnt da oben, über der Boutique, Time After Time.»

Lester zeigte hin, aber Cullen ignorierte seinen Hinweis. Er trat ein wenig näher auf Lester zu, auf eine Weise, die Truelove aufforderte zurückzubleiben für den Fall, dass dieser Kerl ein Irrer war oder schlimmer noch ein Anwalt, der Unfallopfer als Klienten zu gewinnen versucht, ein Bursche, der am Tatort eintraf, noch bevor das Verbrechen begangen war. «Und Sie sind ein Freund von ihr?»

Lester schüttelte den Kopf. «Sie ist im Programm. Sie steckt in Schwierigkeiten. Ich dachte, ich sehe mal, ob ich nicht helfen kann.»

«Was für Schwierigkeiten?»

«Sie machen Witze, was?»

«In was für Schwierigkeiten steckt sie?»

Lester lachte. «Okay, dann denken Sie also, ich würde mich an sie anschleichen oder so.»

«In was für Schwierigkeiten steckt sie, Jerome?», sagte Cullen. Er stand jetzt ganz dicht vor Lester, und Truelove schnitt ihm den Weg ab.

Lester hob die Hände, weniger als Zeichen der Kapitulation als in der Erkenntnis eines uralten Verhaltensmusters. «Ich weiß. Sie brauchen keine Zivilisten, die Ihnen sagen, was Sie tun sollen. Die Cop spielen.»

«Ist es das, was Sie hier machen, Lester?», sagte Cullen. «Cop spielen?»

«Genau das machen Sie doch, Lester, stimmt's?», sagte Truelove. «Sie spielen Cop.»

«Was machen Sie, Lester?», sagte Cullen. «Wenn Sie gerade mal nicht Cop spielen?»

«Ich fahre Taxi», sagte Lester.

«Eine Menge Taxifahrer», sagte Cullen, «fahren nur Taxi, während sie darauf warten, dass ihr Schiff einläuft, darauf warten, die Hauptrolle zu kriegen, darauf warten, endlich einen Volltreffer zu landen. Wie steht's mit Ihnen, Lester, warten Sie auch darauf, einen Volltreffer zu landen?»

Lester lachte. «Ihr Leute seid gut.»

Truelove lachte. «Sind wir. Wir sind gut.»

Cullen lachte ebenfalls. «Wir sind sogar sehr gut.» Dann schob er sein Gesicht dicht vor Lester's Nase. «Wie sieht's aus, Lester. Warten Sie auf einen Volltreffer?»

Wieder hob Lester die Hände, diesmal gab er auf. «Klar. Okay. Ich bin Schriftsteller.»

Cullen lehnte sich weit zurück, spielte den Beeindruckten. «Moment. Sagen Sie nichts.»

«Sagen Sie nichts», sagte Truelove. «Sie sind Krimiautor.»

«Hören Sie», sagte Lester. «Nora McLelland war ein Fahrgast. Sie folgte jemandem, einem Typen. Sie ...»

«Moment, warten Sie», sagte Cullen. «Sie sind Krimiautor, *sie* ist Krimiautorin. Und rein zufällig ist sie bei Ihnen eingestiegen.»

«Ich bin im Programm», sagte Lester.

Cullen wartete, aber mehr sagte Lester nicht.

«Sie sind im Programm», sagte Cullen.

«Deshalb versuche ich ja auch, ihr zu helfen.» Lester bearbeitete mit beiden Händen die Luft vor sich, als könnte er damit auslöschen, was er gerade gesagt hatte. «Ich mache mir Sorgen um sie, das ist alles. Mein Gott, sie hat einen Typen verfolgt, der Typ wurde ermordet, sie ist eine Verdächtige.»

«Ist sie das?», sagte Truelove. «Denken Sie nur, dass sie eine Verdächtige ist, weil Sie Cop spielen oder weil Sie tatsächlich wissen, dass sie eine Verdächtige ist?»

Lester lächelte das Lächeln eines Quizshowkandidaten, der endlich eine leichte Frage erwischt hatte. «Ich weiß, dass sie eine Verdächtige ist, weil Sie beide hier sind.»

Truelove erwiderte sein Lächeln. Sie lächelte Cullen an, der wiederum sie anlächelte.

Dann schob sich Truelove noch dichter an Lester heran. «Sie wussten, dass sie hier draußen ist, und haben uns nicht angerufen.»

«Ich, ich, ich...»

«Das war keine Frage», unterbrach Truelove. «Sie wussten, dass sie hier draußen ist, und haben uns nicht angerufen.»

Lester ließ die Schultern hängen. «Nein. Nein, hab ich nicht.»

«Sie wollten ihr helfen.»

«Wollte ich. Will ich.»

«Sie wollten bei Ihrem Agenten Punkte machen und Ihren Namen vielleicht in die Zeitung und einen Auftritt bei *Entertainment Tonight* bekommen.»

«Ich wollte ihr helfen.»

«So sind Sie eben.»

«Nein, so bin ich eben nicht. Ich kann's nicht erklären. Ich dachte nur, dass ich wenigstens einmal...»

Es gab nichts mehr zu sagen. Dann sagte Lester: «Jedenfalls ist sie weg. Ich bin raufgegangen», er hob einen Daumen über ihre Köpfe zu den Fenstern im ersten Obergeschoss der Boutique namens Time After Time. «Ich habe geklingelt, und als niemand aufmachte, bin ich ins Geschäft runter und habe mich der Inhaberin als Noras Bruder vorgestellt. Sie sagte, das hätte schon jemand versucht, da wäre ein Bursche gewesen, der sie suchte und behauptete, ihr Bruder zu sein, und mit dem wäre sie nach oben gegangen, und Nora hätte ihn hereingelassen, aber es war ihr klar, dass er nicht ihr Bruder war, und ich sagte, nein, ich wäre auch nicht ihr Bruder, sondern ein Cop ...»

«Die Inhaberin des Ladens hat einen Schlüssel?», fragte Cullen.

«Den brauchen Sie nicht, die Tür steht offen», sagte Lester.

Cullen warf Truelove einen Blick zu, der sagte, er gehe hinauf und sie solle unterdessen das Geschäft überprüfen. «Bleiben Sie hier, Lester. Spielen Sie nicht mit dem Gedanken zu verschwinden.» Er ging durch die Haustür, dann das enge Treppenhaus zur ersten Etage hoch und ohne anzuklopfen weiter durch die Wohnungstür; Nora McLelland war nicht da, dafür aber ihr Leergut und der Gestank von verschüttetem Alkohol, der nicht aufgewischt worden war, sowie der Gestank von Verzweiflung.

Unten auf der Straße sagte Truelove: «Spielen Sie oft Cop, Lester?»

«Haben Sie schon mal die neue Taxilizenz gesehen?», fragte Lester. Er zog seine heraus und zeigte sie ihr. «Wenn man seinen Daumen auf diese Stelle legt, kann man nur die Worte ‹Police Department› lesen.»

«Das haben Sie rausgefunden. Cleverer Bursche.»

«Reiner Zufall. Als ich das Ding zum ersten Mal jemand zeigte, hielt man mich für einen Cop. Diesmal hab ich's absichtlich gemacht.»

«Was für ein cleverer Bursche.»

Cullen kehrte zurück. Genau in diesem Augenblick rauschte ein Streifenwagen der städtischen Polizei mit Sirene und Blaulicht vorbei.

«Wie komme ich drauf, dass wir wissen wollen, wohin der fährt?», sagte Truelove.

«Los geht's», sagte Cullen.

«Lester, zeigen Sie meinem Partner doch mal den Trick mit Ihrer Taxilizenz.»

«Komm jetzt, Jan», sagte Cullen.

«Zeigen Sie's ihm. Nur eine Sekunde, Joe. Zeigen Sie's ihm.»

Unendlich langsam nahm Lester seine Brieftasche heraus. Er klappte sie auf und zog seine Lizenz heraus. Er hielt sie wie ein Kartenspieler dicht vor sich.

«Zeigen Sie's ihm», sagte Truelove.

«Wenn man seinen Daumen hierher...», begann Lester und hielt Cullen die Lizenz hin.

«Danke», sagte Truelove, nahm sie ihm ab und ließ sie in einer Innentasche ihres Blazers verschwinden. «Auf geht's.»

Der Streifenwagen stand vor einem Spirituosenladen eine halbe Meile die Main Street hinunter.

Cullen und Truelove hängten sich ihre Dienstmarken um den Hals und gingen hinein.

Der Cop der Stadtpolizei war eine kleine Frau, die mit dem schwer bepackten Gürtel, Neunmillimeter und Holster, Magazintasche, Handschellen, Notizblockhalter, Walkie-Talkie, Gummiknüppel, wie ein Clown aussah. Auch ihr Namensschild hing unten; dort stand *Mastrontonio*.

«Das ist nicht Ihr Ernst», sagte Mastrontonio, als sie ihre Dienstmarken erspähte. «Hier geht's nur um Autodiebstahl.»

Die Bestohlene war offensichtlich eine Frau, die zusammengesunken auf einem Stuhl vor der Theke saß, einem Stuhl, auf dem Leute normalerweise eine Weile schwatzten, bevor sie ihren Gallo oder Glenlivet erstanden, je nachdem, ob sie Kleinstädter oder Großstädter waren.

Die Frau richtete sich auf, als sie sich ihr näherten, wobei es schwer zu sagen ist, was sie erwartete, aber ganz bestimmt nicht ein telegenes und hochmodisch gekleidetes Pärchen. «Wer zum Teufel seid ihr denn, Simone und Russell?»

«Sie spricht von *NYPD Blue*», erklärte Mastrontonio.

Die Frau stand auf und kam mit ausgestreckter Hand und einem breiten Lächeln auf sie zu. Ihr Auto war offensichtlich gut versichert. «Ich bin Jane Dittmann. Produzentin von *Homicide*. Habt ihr zwei Interesse an einem Gastauftritt? Gott, ihr seht sagenhaft aus.» Sie hielt einen Zeigefinger direkt unter Trueloves Nase. «Sie singen, stimmt's? Ich habe von Ihnen gelesen. Ich habe Sie *gesucht*.» Sie war dünn und kantig.

«Wissen Sie, wer Mississippi John Hurt ist?», fragte Truelove.

Jane Dittmann stemmte die Hände in die Hüften. «Ein Bluestyp, richtig?»

«Er kam aus Avalon, Mississippi. Er schrieb einen Song namens ‹Avalon Ballroom›. Ein Typ von einer Plattenfirma hörte den Song und machte sich auf die Suche nach ihm. Er suchte in Avalon, Georgia, und in Avalon, Tennessee, und in Avalon, Florida. Schließlich fuhr er nach Avalon, Mississippi, fand John Hurt und sagte ihm, er habe ihn gesucht. Hurt antwortete: ‹Bin schon mein ganzes Leben hier. War nie woanders.›»

Jane Dittmann legte den Kopf zurück und lachte. Dann wurde sie wieder ernst und untersuchte die Metapher nach versteckten Fallstricken. «Moment, Sie leben doch nicht *hier draußen*?»

«Was haben Sie für einen Wagen?», fragte Cullen.

Jane Dittmann richtete ihre Aufmerksamkeit auf ihn. Sie musterte ihn von oben bis unten. Schließlich sagte sie: «Tom Skerritt.»

«Was für einen Wagen?»

«Nein, wirklich, er wäre perfekt. Man kann keinen viel jüngeren Schauspieler nehmen. Man braucht die sexuelle Spannung zwischen ihm und...» Sie hob einen Unterarm unter ihre Brust, stützte einen Ellbogen darauf ab, stützte ihr Kinn in der Hand dieses aufgestützten Ellbogens ab und castete in Gedanken Trueloves Rolle. «Nicht Hallie Berry, nicht Brandy...»

«Auf gar keinen Fall Brandy», sagte Truelove, «aber warum nicht Hallie Berry?»

«Einen Lexus», sagte Mastrontonio in Beantwortung der ursprünglichen Frage und offenbar verärgert, dass ihr Part nicht gecastet wurde. «Silbern. Die Täter waren ein Mann und eine Frau, wobei der Mann Frauenkleider trug. Die Frau war einssiebzig, etwa sechzig Kilo, rot und blau ...»

«Ach, hören Sie doch damit auf. Ehrlich!» Jane Dittmann ließ ihren Blick von Cullen zu Truelove und zurück zu Cullen wandern. «Sie lesen doch? Bücher.»

«Na, klar», sagte Cullen.

«Dauernd», sagte Truelove. «He, geradezu jeden Tag.»

Dittmann wirbelte triumphierend zu Mastrontonio herum. «Sehen Sie?»

«Dann war die Frau also Nora McLelland», sagte Cullen.

Jane Dittmann schnurrte. «Mein Gott, sieht sagenhaft aus *und* ist auch noch smart.»

Mastrontonio stemmte die Hände in die Hüften. «Okay, wenn Sie ja so auch smart sind ... was sollen die auffälligen Fummel?»

«Sie suchen nach einem Mann und einer Frau, nicht nach zwei Frauen.»

Das sagte keiner der Hauptakteure. Jerome Lester war ihnen in das Geschäft gefolgt.

«Lester, Herr im Himmel», stöhnte Cullen.

Jane Dittmann machte einen Schritt auf ihn zu. «*Jerome* Lester?»

«Will irgendwer wissen, in welche Richtung sie verschwunden sind?», fragte Mastrontonio. «Oder machen wir jetzt eine Werbepause?»

Cullen musste lachen. Truelove ebenfalls. Beide zuckten die Achseln.

«Und?», sagte Cullen.

«In welche Richtung?», sagte Truelove.

Mastrontonio streckte den Arm aus. «Nach Norden. Sag Harbor.»

Dittmann, die sich inzwischen Lester gekrallt hatte, schaute an seiner Schulter vorbei. «Ach, übrigens, sie haben auch meine Brieftasche mitgenommen, falls das jemanden interessiert, und meine Literflasche Stoli.» Sie richtete ihre Aufmerksamkeit wieder auf Lester. «Hören Sie, ich habe Ihre Bücher *gelesen,* also kommen Sie *mir* nicht damit, sie seien nicht kommerziell.»

Mastrontonio folgte ihnen nach draußen. «Was genau ist hier eigentlich los? Ich meine, offensichtlich suchen Sie diese beiden, das tue ich auch.»

«Ach, und übrigens, in meinem Handschuhfach liegt eine Kanone. Eine Zweiundzwanziger.» Jane Dittmann hob unschuldig die Hände. «Ich hab dafür einen Waffenschein.»

Cullen musste wohl die Augen verdreht haben, denn Jane Dittmann formte mit ihrer rechten Hand eine Pistole und schoss ihm genau zwischen die Augen. «Sagen Sie ihm», sagte sie und wedelte mit dem Lauf auf Truelove, «sagen Sie ihm, wie schwer es ist, so gut auszusehen wie wir.»

«Erzähl's mir später», sagte Cullen zu Truelove, und zu Mastrontonio: «Ich will nicht respektlos sein, aber wir können sie still und ruhig aus dem Verkehr ziehen. Sie rechnen nicht mit uns, sie erwarten Streifenwagen, Sirenen, das volle Programm eben.»

Mastrontonio hob die rechte Hand mit gerecktem Daumen.

«Erstens habe ich bereits Sag Harbor verständigt, dass sie die Augen nach dem Lexus aufhalten sollen.» Sie fügte ihren Zeigefinger hinzu. «Und zweitens, wenn meine Chefin spitzbekommt, dass ich Ihnen Informationen gegeben habe, geschweige denn, dass ich Ihnen quasi das Kommando überlassen habe, ist mein Arsch Geschichte. Sie war mal beim NYPD. Sie kann euch Leute nicht ausstehen.»

«Der Name?», sagte Cullen.

«Nadine Warren.»

«Autsch», sagte Truelove.

Cullen bot Mastrontonio die Hand an. «Okay, schön, war nett, Sie kennen zu lernen. Wir sehen uns.»

Mastrontonio ergriff nur zögernd seine Hand, als würde Cullen einen dieser Scherzartikel darin verstecken, die beim Händeschütteln einen elektrischen Schlag austeilten. «Was…?»

Truelove bot ihre Hand an. «War nett, Sie kennen zu lernen. Wir fahren jetzt nach Hause. Falls Sie mal in der Stadt sind, schauen Sie doch einfach bei uns rein. Das Midtown West.»

Mastrontonio lächelte. «Schon kapiert.»

«Was gibt's da zu kapieren?», fragte Truelove.

«Später», sagte Cullen.

Sie stiegen in ihren Wagen und verließen den Parkplatz. Sie nahmen die Straße in Richtung Sag Harbor.

«Dann erzähl mir doch mal, wie's so ist», sagte Cullen, «wenn man so gut aussieht wie du.»

«*Du* kannst *mir* viel erzählen», sagte Truelove. «Warum machen wir diese Solonummer? Wären wir hinter zwei Wichsern mit einem Vorstrafenregister von hier bis Tokio her, dann wären wir froh und glücklich, die Kavallerie auf unserer Seite zu haben. Straßensperren, Hubschrauber, das volle Programm eben. Aber wir fahren auf Straßen, die wir nicht kennen, hinter Leuten her, deren Reaktionsweise wir nicht einschätzen können, wir wissen nur, dass es Killer sind

… und wir wissen, dass es Säufer sind. Machen wir das alles, weil sie im Programm sind?»

«Hab ein bisschen Geduld mit mir, okay?»

«He, was geht's mich an? Außerdem haben die jetzt auch noch eine Kanone.»

«Die werden sie schon nicht benutzen. Nicht gegen uns.»

«Oh, dann ist das hier also so was wie eine Hilfsaktion.»

«So könnte man es nennen.»

«Egal, wie wir's nennen, es gefällt mir nicht.»

«Dann schulde ich dir was.»

«Auch das gefällt mir nicht.»

29

Sie fuhren eine Meile, bis sie zu einem Lastwagen kamen, der umgekippt war und seine Kartoffelladung über die zweispurige Straße verteilt hatte.

«Setz zurück», sagte Truelove.

«Scheiße», sagte Cullen.

«Was? Du kannst nicht rückwärts fahren?»

«Sieh mal, wer hinter uns ist?»

«Mastrondingsbums? Nein, Scheiße. Lester.»

Lester stieg aus seinem Wagen und kam zur Beifahrerseite. «Ich kenne eine Nebenstrecke.»

«Wer zum Teufel hat Sie gefragt?», sagte Cullen, der sich über Truelove beugte, um Lester anzusehen.

Nachdem das gesagt war, gab es nichts mehr zu sagen. Lester kannte immer noch eine Nebenstrecke, und kein Mensch hatte ihn danach gefragt.

«Wo geht's lang?», fragte Truelove.

«Es ist einfacher, wenn ich vorfahre», sagte Lester. «Es gibt eine Menge Biegungen und Windungen.»

«Sie werden eine Menge Biegungen und Windungen in Ihren Hals bekommen, wenn ich ihn in die Finger kriege», sagte Cullen.

Lester starrte ihn einfach nur an. Er sagte nicht, dass er bessere Dialoge schreiben konnte.

«Fahren Sie vor», sagte Truelove.

Lester stieg wieder in seinen Wagen, setzte in eine Einmündung zurück und wendete.

«Warum kommt's mir so vor, als wäre es absolut das Falscheste, was wir machen könnten?», fragte Cullen.

«Was willst du denn machen, die ganzen Kartoffeln einzeln aufsammeln?», sagte Truelove.

Cullen setzte in die Einmündung zurück und wendete.

Lester fuhr voraus, und sie folgten ihm etwa zehn Minuten.

«Jede Menge Biegungen und Windungen», meinte Truelove.

«Du kannst mich mal», knurrte Cullen.

«Joe, es ist schon in Ordnung, wenn jemand etwas weiß, das du nicht weißt. Schon mal vom Fuchs und dem Igel gehört?»

«Nein.»

«Also, der Fuchs kennt viele Dinge, aber der Igel kennt ein großes Ding. Ich hab's in einem Cartoon im *New Yorker* gesehen. Ein Igel hockt an einer Theke und sagt zum Barkeeper: ‹Man sagt, der Fuchs kennt viele Dinge, aber der Igel kennt ein großes Ding. Wollen Sie's hören?›»

Cullen lachte.

«Da. Siehst du? Mabels Lover, Farrell – du kennst ihn, es ist ein Feuerwehrmann –, er sieht den Cartoon und hält ihn für das Komischste, was er je gesehen hat, hängt ihn an den Kühlschrank, zeigt ihn jedem, der vorbeikommt. Und Mabel denkt, na und. Nur Kerle finden das komisch. Farrells Bruder, Brad, er ist Schauspieler, er legt seinen Finger drauf. Er sagt: ‹Frauen ist es egal, wenn Typen ein Ding kennen.›»

Cullen lachte wieder.

«Dem würde ich hinzufügen», sagte Truelove, «Typen halten so viel von dem einen Ding, dass sie damit auf einen eindreschen, bis es ihnen abfällt. Gott bewahre, dass man ihnen sagt, es ist einem scheißegal.

«Er hält an», sagte Cullen und beugte sich über das Lenkrad.

Truelove lachte. «Wieder so ein Männerding. Die meisten Typen kennen kein Thema, das sie nicht wechseln könnten.»

Lester stieg aus seinem Wagen und kam diesmal zur Fahrerseite. «Rechts geht's nach Sag Harbor, geradeaus nach Shelter Island. Die Strecke nach Sag Harbor ist eine Sackgasse. Der einzige Weg hinein und hinaus ist diese Straße und der Weg, den wir genommen hätten, wenn die Kartoffeln nicht gewesen wären. Shelter Island ist eine Insel, aber es gibt an diesem Ende eine Fähre, und am anderen Ende gibt's eine Fähre, die nach Greenport fährt, zu einem Highway, der an der Nordküste entlang zurück nach Westen führt – zum Hauptteil von Long Island, nach Connecticut, in die Stadt, wohin auch immer.»

Cullen sah Truelove an.

«Was? Wir fahren nach Connecticut und hoffen, ihnen zufällig über den Weg zu laufen?»

Lester beugte sich herab, um sie anzusehen. «Shelter Island, dorthin würde ich fahren, wenn ich die Gegend kenne, was bei Nora der Fall ist, da sie ja hier draußen lebt. Das Übersetzen mit der Südfähre dauert nicht lange, deshalb sind sie jetzt bestimmt schon drüben. Aber für die Fahrt zur Nordfähre braucht man gut zwanzig Minuten, und falls sich dort eine Schlange gebildet hat, ist es gut möglich, dass sie noch nicht drauf sind. Wenn sie aber erst einmal übergesetzt haben, werden Sie sie niemals finden. Sind sie aber noch nicht drauf, sitzen sie in der Falle. Ich würde die Polizei auf Shelter Island anrufen und bitten, die Nordfähre zu stoppen, bis Sie dort sind.» Er richtete sich auf und hob die Hände. «Ich weiß: nicht den Cop spielen.»

«Nein», sagte Cullen. «Ist eine gute Idee.» Er sah Truelove an, die bereits am Telefon hing.

«Weiter komme ich nicht mit», sagte Lester. «Sie haben völlig Recht, ich sollte mich raushalten. Ich versuche nur zu helfen. Fahren Sie auf dieser Straße einfach weiter geradeaus. Nach ungefähr anderthalb Meilen sehen Sie ein Schild zur Fähre. *The South Ferry*. Bis zur Fähre ist es dann nochmal eine halbe Meile. Stellen Sie sich nicht in der Schlange an, zücken Sie Ihre Dienstmarke, dann bringen die Sie direkt rüber. Bleiben Sie einfach bis ans andere Ende der Insel immer auf der Hauptstraße. Von der Anlegestelle der Fähre können sich die Autos gut eine Meile zurückstauen. Heute ist die Schlange wahrscheinlich nicht so lang, aber wenn Sie näher kommen, sollten Sie schon mal anfangen, in der Schlange nach ihrem Auto Ausschau zu halten.»

«Danke, Lester», sagte Cullen.

«Ja», sagte Lester und kehrte zu seinem Wagen zurück.

Truelove hatte ihr Telefonat beendet. «Alles geregelt.»

«Bin sofort zurück», sagte Cullen, stieg aus und ging das Stück zu Lesters Wagen.

Lester hatte ein Lucinda-Williams-Tape eingeschoben und hörte volles Rohr «Metal Firecracker». Er drehte die Lautstärke runter, legte einen Ellbogen aus dem Fenster und steckte den Kopf halb heraus. «Was gibt's?»

«Sie können nicht über das hier schreiben», sagte Cullen.

«Ich weiß.»

«Nicht in einem Ihrer Bücher, nicht in einer Zeitungsstory, nicht in einem Artikel für eine Illustrierte.»

«Ich weiß.»

Cullen deutete auf das Kassettendeck. «Lucinda.»

Lester lächelte. «Lucinda.»

Truelove blieb in ständiger Verbindung mit der Polizei auf

Shelter Island, und noch bevor sie von der Südfähre herunter waren, erhielten sie die Mitteilung, dass sich der silberne Lexus in der Schlange vor der Nordfähre befand, noch etwa 20 Autos vor der Anlegestelle. Der Cop, mit dem sie sprach, nannte einen Treffpunkt, der sie bis auf einen Block an den Lexus heranbringen würde. Sein Name war Bogart.

Bogart sagte nicht, dass sechs Streifenwagen der Shelter Island Police an diesem Treffpunkt warten würden, da dies eine große Sache für so einen kleinen Sommerurlaubsort war.

«Scheiße», sagte Cullen.

«Aber voll», bestätigte Truelove.

Einige der Shelter-Island-Cops hatten den Kofferraum ihrer Wagen geöffnet und packten kugelsichere Westen, Helme und Pumpguns aus.

«Ich glaube nicht, dass wir das alles brauchen», sagte Cullen.

«Wie sieht Ihr Plan aus?», fragte Bogart.

Cullen zog seine Jacke aus und legte sie durch das Fenster auf den Vordersitz. Er nahm sein Schulterhalfter ab und legte es durch das Fenster auf die Jacke. «Halten Sie sich einfach im Hintergrund.»

«Joe», sagte Truelove.

Cullen hörte nicht zu. Er ging die bürgersteiglose Straße entlang, vorbei an dem Lexus, bis er zwei Wagenlängen vor ihm war. Dann blieb er stehen, rührte sich nicht mehr und wartete, bis sie ihn sahen.

Nora McLelland kurbelte die Seitenscheibe herunter. «Geh weg, Joe.»

«Hi, Nora.» Cullen schlenderte zu dem Lexus zurück.

«Joe. Gehen Sie einfach.»

«Nora, hören Sie zu, wir müssen reden.»

«Wir haben eine Kanone.»

«Darf ich rüberkommen und einsteigen?»

Forbes beugte sich über Nora. «Ich weiß, wie man damit umgeht. Ich übe auf einem Schießplatz.»

Cullen spreizte die Hände und senkte den Blick auf seinen unbewaffneten Oberkörper. «Nicht nötig, jemanden zu erschießen.»

Ein Mann in einem Jeep Cherokee zwei Wagen vor dem Lexus kurbelte sein Fenster herunter und rief Cullen zu: «Haben Sie sich verlaufen?»

Cullen winkte ab. «Nein, danke.»

Nora steckte den Kopf aus dem Fenster und versuchte, den Mann zu sehen. «Wer ist das?»

«Ihre Lage ist jetzt schon schlimm genug», sagte Cullen. «Sie wollen doch nicht, dass es noch schlimmer wird.»

«Wir wollen einfach nur weg, Joe», sagte Nora. «Weg von hier, raus aus diesem Land. Können Sie uns nicht einfach gehen lassen? Wir werden keinem was tun.»

«Lassen Sie mich einsteigen, und dann reden wir.»

«Das würde ich nicht tun.» Forbes hob beide Hände und richtete sie auf Cullen. Vielleicht hielt er eine Kanone, vielleicht auch nicht. Vielleicht wusste er, wie man mit der Waffe umging, vielleicht wusste er es nicht. Cullen versuchte sich zu erinnern, wann er das letzte Mal auf einem Schießstand gewesen war.

«Wir können das nicht tun, Joe. Mein Gott, ich bin Krimiautorin. Ich kenne alle Tricks.»

«Wir sind hier nicht in einem Roman. Sie wissen einen Scheißdreck. Sie würden nicht tun, was Sie gerade tun, wenn Sie auch nur einen Furz von irgendwas wüssten.» Was immer *das* bedeutete.

Der Mann stieg aus dem Cherokee und überquerte die Straße zu Cullen.

Cullen erkannte ihn an seiner Haartracht und an seiner Haltung: ein pensionierter Soldat, ein Korinthenkacker, einer, der sich in alles einmischen musste.

«Wie geht's?»

«Mir geht's gut.»

«Irgendwas hält die Fähre auf.»

«Sieht so aus, ja.»

«Vielleicht ein Krankenwagen oder so. Notfallfahrzeuge haben Vorrang.»

«Hmmm.»

«Was haben die gemacht?»

«Wen meinen Sie?»

Der Mann lächelte. Ein Korinthenkacker, ein Wichtigtuer, ein Besserwisser. «Die Yuppies in dem Lexus da. Was wollen Sie von denen?»

«Das sind Freunde von mir. Ich sage nur hallo.»

Der Mann lachte. «Deshalb hat er Sie ja auch bedroht, ja. Der Kerl auf dem Beifahrersitz?»

«Würden Sie mir einen Gefallen tun?», sagte Cullen.

Der Mann beugte sich zu Cullen vor, war bereit, seine Befehle zu empfangen und sie, ohne zu fragen, auszuführen. Ein Korinthenkacker, ein Wichtigtuer, ein Held. Er erzählte bereits seinen Enkeln davon, wie er mal dem New Yorker Cop geholfen hatte, zwei bewaffnete Verbrecher außer Gefecht zu setzen.

«Steigen Sie wieder in Ihren Wagen. Bitte.»

Zwinkerte der Mann ihm zu? O Gott, bitte sag, dass er nicht gezwinkert hatte.

Der Mann brauchte eine Stunde bis zu seinem Cherokee und eine weitere Stunde, die Tür zu öffnen, und eine dritte Stunde, auf den hohen Fahrersitz zu klettern, und die ganze Zeit rief Nora McLelland ihm zu: «Joe ... Joe ... Joe ... Joe ...»

Und als er sich endlich von dem Mann zu Nora umdrehte, da sah er, dass sie den Lexus angelassen hatte und das Lenkrad drehte, um aus der Schlange auszuscheren.

Und als Nora sah, dass er zu ihr schaute, da beugte sie den

Kopf aus dem Fenster und rief: «Wir fahren jetzt, wir verschwinden von hier, lassen Sie uns einfach in Ruhe.»

«Nora, Sie sind auf einer beschissenen Insel.»

«Ich weiß, was ich tue. Lassen Sie uns einfach in Ruhe.»

«Nora, wir müssen reden. Wir müssen darüber reden, was in der Perry Street passiert ist. Lassen Sie mich einfach rüberkommen.»

Er hatte sie. Er war zu ihr durchgedrungen. Er spürte es. Denn sie lehnte sich einen Augenblick auf ihrem Sitz zurück und sah Forbes an, der immer noch die Kanone hatte, oder so sah es zumindest aus. Sie sah ihn an und vielleicht machte sie ein Zeichen mit ihren Augen oder mit ihrem Gesicht.

Er hatte sie, weil sie den Kopf drehte und Forbes ansah und irgendeine Geste machte, vermittelte, dass es vielleicht gar keine so schlechte Idee war, Cullen rüberkommen zu lassen, sie mussten *tatsächlich* reden, er musste *tatsächlich* wissen, was in der Perry Street passiert war und, was das betraf, auch im Algonquin, denn *sie* waren schließlich die Einzigen, die *wussten,* was passiert war, sie waren die Einzigen, die *alles* wussten.

Und dann streckte sie den Kopf wieder aus dem Fenster, um ihm ihr Okay zu geben, ja, er könnte rüberkommen. Oder vielleicht auch, um ihm zu sagen, dass er bleiben sollte, wo er war, sie würde zu ihm kommen. Oder vielleicht, um ihm zu sagen, dass sie ihn insgeheim schon immer geliebt hatte. Oder vielleicht, um ihm zu sagen, dass diese Krawatte überhaupt nicht zu diesem Anzug passte oder dass ihr sein Haarschnitt überhaupt nicht gefiel. Oder vielleicht, um ihm zu sagen, dass sie gerade ein neues Lasagne-Rezept ausprobiert hätte und ob sie es ihm aufschreiben sollte. Oder vielleicht oder vielleicht oder vielleicht oder vielleicht.

Er wusste es nicht.

Sie würde es ihm nie sagen.

Sie konnte nicht.

Er würde sie nie fragen.

Er konnte nicht.

Er konnte nicht einfach die riesige Entfernung zwischen dem Lexus und der Stelle überqueren, an der er stand, die obere Hälfte ihres Kopfes von der Stelle aufheben, wo sie auf dem Asphalt hinter dem Lexus lag, konnte nicht Haare und Hirnmasse und Knochen und Blut von der Tür des Lexus kratzen, vom Außenspiegel, und alles wieder dorthin bringen, wohin es gehörte, nämlich in die eine oder andere Hälfte ihres Kopfes, konnte nicht die zwei Hälften ihres Kopfes wieder zusammenfügen, wieder zusammen, alle Pferde des Königs und alle Männer des Königs konnten nicht zwei Hälften ihres Kopfes wieder zusammenfügen. Konnten sie? Konnte er?

Nein, er konnte wirklich nichts anderes tun, als wieder und wieder und wieder und wieder zuzusehen, wie ihr Kopf explodierte und die obere Hälfte sich drehte und kreiste und drehte und plumpste und auf den Asphalt platschte, Haare und Knochen und Hirnmasse und Blut überall, zusehen, wie Blut und Haare und Hirnmasse und Knochen aus der unteren Hälfte ihres Kopfes quoll und die Tür des Lexus heruntersabberte und triefte, sabberte und heruntertriefte, sabberte und triefte.

Sabberte und triefte.

Außerdem konnte er dem Donnern zuhören. Nein, kein Donnern. Er konnte dem dumpfen Schlag zuhören. Nein, kein dumpfer Schlag, sondern ein … Krachen. Er konnte dem Krachen zuhören. Nein, kein Krachen, sondern eine … Explosion. Nein, dem Pau. Nein, PAU. Nein, Krännng. Nein. Also, vielleicht. Dem Krännng. DEM KRÄNNNG! Er konnte dem Krännng zuhören, das der Explosion von Nora McLellands Kopf vorausging und das zugleich das Geräusch war, das ihr explodierender Kopf machte. Zwei verschiedene Ursachen, zwei verschiedene Lautstärken, Niveaus, Dezibels, was immer, aber der gleiche Sound.

Krännng!

KRÄNNNG!

KRÄNNNG!

KRÄNNNG!

Das KRÄNNNG! ihres explodierenden Kopfs und das KRÄNNNG! der Waffe, die explodierte, in, in keiner besonderen beschissenen Reihenfolge.

Die Waffe.

Eine Waffe.

Eine Schrotflinte.

Eine Schrotflinte in den Händen des Korinthenkackers, des Wichtigtuers, des Helden, der einen Schritt von seinem Cherokee entfernt stand, ein dickes fettes Lächeln auf seinem korinthenkackerischen, wichtigtuerischen, heldenhaften Gesicht. «Ich hab sie, Mann. Ich hab sie.»

«O Jesus!»

Das kam nicht von Cullen, sondern von Forbes, neben einer Frau mit einem halben Kopf auf dem Vordersitz eines dicken fetten japanischen Autos.

«O Jesus, mein Gott!»

Forbes, der eine Pistole in der Hand hielt und einige Zeit auf einem Schießplatz verbracht hatte.

«O Jesus mein Gott Nein Nein Nora Nein!»

Zwei Männer mit Waffen.

Joe Cullen tat zwei Dinge. Später, weil man im Nachhinein ja immer schlauer ist, würden die Leute sagen, und Cullen war einer von ihnen, dass er sie in der falschen Reihenfolge getan hatte.

Zuerst rannte er zu dem Korinthenkacker, dem Wichtigtuer, dem Helden mit der Schrotflinte.

«Wir haben sie, Mann», jubelte der Korinthenkacker, der Wichtigtuer, der Held. «Wir haben die Scheißkerle.» Er hatte ein fettes Grinsen auf seinem Gesicht und Speichel tropfte ihm vom Kinn.

Cullen trat dem Mann mit einem Fußballtritt von der Seite vors Schienbein, und als der Mann daraufhin abrupt nach vorn torkelte, legte er zwei Hände auf die Schrotflinte und entriss sie den Händen des Korinthenkackers, des Wichtigtuers, des Helden. Den Schaft der Schrotflinte rammte er auf das Kinn des Korinthenkackers, des Wichtigtuers, des Helden und schlug den Korinthenkacker, den Wichtigtuer, den Helden zu Boden und auf die Straße. Er wollte einen weiteren seitlichen Fußballtritt auf den Kopf des Korinthenkackers, des Wichtigtuers, des Helden loslassen, machte aber im letzten Augenblick einen Rückzieher und trat ihm stattdessen gegen die Schulter.

Als Zweites drehte sich Cullen um, lief zu dem Wagen, die Schrotflinte immer noch in der Hand, und brüllte «Forbes». Brüllte «Ben». Brüllte «Nein.»

Forbes steckte sich den Lauf der Pistole in den Mund und drückte den Abzug mit seinem Daumen. Sein Kopf zerplatzte und rotes Blut legte sich wie ein Schleier von innen über die Windschutzscheibe.

Cullen sackte mitten auf der Straße auf die Knie.

Um ihn herum rannten Menschen. Sie verließen ihre Autos in der Schlange vor der Fähre, und sie rannten. Manche rannten in die eine Richtung, manche in die andere, manche rannten zuerst in die eine Richtung, dann in die andere, rannten wohin auch immer, nur um wegzukommen, weg, weit weit weg von den Männern mit den Waffen.

«Joe?»

Wer zum Teufel war Joe? Er war nicht Joe.

«Joe?»

Hier gibt's keinen Joe.

Janet Truelove kniete sich neben ihn. «Joe?» Sie legte einen Arm um seinen Rücken und eine Hand auf seine Schulter. Die andere Hand legte sie auf die Schrotflinte und nahm sie ihm ab.

«Ich hab's falsch gemacht.»

«Du hast getan, was du tun konntest.»

«Ich hab Scheiße gebaut.»

«Bei so einer Sache gibt's keine Scheiße.»

«Es gibt keine Bösen.»

«Was sagst du da?»

«Diese ganze Sache, all diese Toten – es gibt keine Bösen.»

«Du hast's erfasst.»

«Die ganze Welt ist bewaffnet.»

«Nicht die ganze Welt.»

«Die Frau, der der Lexus gehört, die ist bewaffnet.»

«Sie ist bewaffnet.»

«Warum? Weil sie gut aussieht? Das hat sie doch gesagt. Sie hat gesagt, du sollst mir sagen, wie es ist, wenn man gut aussieht. Sie sagte, ich könnte das nicht verstehen. Ich verstehe nicht, dass es so unangenehm sein könnte, dass man sich bewaffnen müsste.»

«So unangenehm ist es auch nicht.»

«Das findet sie aber.»

«Jeder ist anders.»

«Wir müssen daran denken. Jedes Mal, wenn wir einen Straftäter festnehmen oder einem Zivilisten auch nur eine Frage stellen, müssen wir uns fragen, ob sie wohl bewaffnet sind.»

«So läuft's aber schon eine ganze Weile.»

«Mobilfunktelefone. Es ist, als hätte urplötzlich jeder ein Handy.»

«Scheinbar hat doch jeder eines.»

«Ich war in einem Gap und wollte T-Shirts kaufen ...»

«Hast du's noch nicht gehört? Die Gap-Kette wird jetzt boykottiert. Die beuten unsere Brüder im Südpazifik aus.»

«Ein Junge, ein dreizehnjähriger Junge, er hatte ein Telefon und einen Pieper.»

«Vielleicht ein Stricher.»

«Er war kein Stricher, er war ein jüdischer West-End-Avenue-Junge. Die Verkäuferin konnte es auch nicht fassen. Sie hat ihn gefragt, wozu er ein Telefon braucht, wozu er einen Pieper braucht. Er sagte, damit seine Freundin ihn erreichen kann.»

«Das ist das neue Jahrtausend, Joe. Jeder und alles ist miteinander verbunden. Stehen wir auf.»

«Vielleicht war er auch bewaffnet. Wenn seine Freundin ihn nicht anruft, wenn sie ihn nicht anpiept, wenn sie nicht ihre Hand ausstreckt und ihn berührt, wie's in der Werbung so schön heißt, vielleicht zieht er dann los und legt sie einfach um.»

«Sofortbefriedigung, so sind die Kids heute. Stehen wir auf.»

«Genau das sage ich doch.»

«Ich weiß, ja. Wir sagen das Gleiche. Stehen wir auf. Mir tun die Knie weh.»

«Die Menschen sollten alles wegschmeißen, die Pieper, die Telefone, die Waffen, die Computer, die Fernseher...»

«Sie müssen sie besitzen. Spielzeuge und all den Scheiß. Stehen wir auf.»

«Menschen sollten eine Beziehung zueinander finden, von Angesicht zu Angesicht.»

«Du hast's erfasst. Stehen wir auf. Tun dir deine Knie nicht weh?»

«Er ist tot, stimmt's? Forbes?»

«Ja. Er ist tot. Stehen wir auf.»

«Alte Freundin, ein Hotelzimmer. Ich hätte vielleicht das Gleiche getan. Ich wäre vielleicht auch weggelaufen.»

«Stehen wir auf, Joe. Wir reden später drüber.»

«Es ist ... Wie sagt man noch gleich? Es ist eskaliert.»

«Mir tun die Knie weh. Ich stehe jetzt auf.»

«Und warum hat sie sich eingemischt? Was hatte sie davon? Wollte sie nur helfen, oder...?»

«Es gibt keine Antwort, Joe. Die einzige Antwort lautet aufzustehen.»

«Es ist wie bei Lester. Lester sagt, er will helfen, und ich vermute, irgendwie tut er das auch, aber ich glaube, sein … Weißt du, ich glaube, es ist etwas, worüber er schreiben will.»

«Ich habe ihm gesagt, wenn er was darüber schreibt, schneide ich ihm die Eier ab.»

«Ich habe ihm dasselbe gesagt.»

Sie lachten.

«Stehen wir auf … Na, also … Das war's … Bist du auf den Beinen?»

«Ich bin auf den Beinen.»

«Tun deine Knie weh?»

«Ein bisschen. Deine?»

«Ja, aber wenigstens sind wir auf den Beinen.»

«Du hast's erfasst. Wir sind auf den Beinen.»

«Du hast's erfasst.»